Marie von Ebner-Eschenbach

Das Gemeindekind

„Pavel Holub fällt einer Dorfgemeinde zur Last, weil sein Vater gehenkt wurde und seine Mutter im Kerker sitzt. Gegen alle Wahrscheinlichkeit gelingt Pavel der Aufstieg vom ungeliebten Gemeindekind zu einem respektierten Gemeindemitglied.“ *Redaktion Gröls-Verlag* (Edition I Werke der Weltliteratur)

Redaktionelle Hinweise und Impressum

Das vorliegende Werk wurde zugunsten der Authentizität sehr zurückhaltend bearbeitet. So wurden etwa ursprüngliche Rechtschreibfehler regelmäßig *nicht* behoben, denn kleine Unvollkommenheiten machen das Buch – wie im Übrigen den Menschen – erst authentisch. Mitunter wurden jedoch zum Beispiel Absätze behutsam neu getrennt, um den Lesefluss zu erleichtern.

Wir sind bemüht, ein ansprechendes Produkt zu gestalten, welches angemessenen Ansprüchen an das Preis/Leistungsverhältnis und vernünftigen Qualitätserwartungen gerecht wird. Um die Texte zu rekonstruieren, werden antiquarische Bücher von leistungsfähigen Lesegeräten gescannt und dann durch eine Software lesbar gemacht. Der so entstandene Text wird von Menschen gegen eine Aufwandsentschädigung gegengelesen und korrigiert – Hierbei können gelegentlich Fehler auftreten. Wenn Sie ebenfalls antiquarische Texte einreichen möchten, wenden Sie sich für weitere Informationen gerne an

www.groels.de

Informieren Sie sich dort auch gerne über die anderen Werke aus unserer

Edition | Bedeutende Werke der Weltliteratur

Sie werden es mit 98,035 %iger Wahrscheinlichkeit nicht bereuen.

Die Deutsche Nationalbibliothek verzeichnet dieses Werk in der Deutschen Nationalbibliografie.

Verleger: Marcel Hermann-Josef Gröls, Poelchaukamp 20, 22301 Hamburg.
Externer Dienstleister für Distribution und Herstellung: BoD, In de Tarpen 42, 22848 Norderstedt

1

Im Oktober 1860 begann in der Landeshauptstadt B. die Schlußverhandlung im Prozeß des Ziegelschlägers Martin Holub und seines Weibes Barbara Holub.

Die Leute waren gegen Ende Juni desselben Jahres mit zwei Kindern, einem dreizehnjährigen Knaben und einem zehnjährigen Mädchen, aus ihrer Ortschaft Soleschau am Fuße des Hrad, einer der Höhen des Marsgebirges, im Pfarrdorfe Kunovic eingetroffen. Gleich am ersten Tage hatte der Mann seinen Akkord mit der Gutsverwaltung abgeschlossen, seinem Weib, seinem Jungen und einigen gedungenen Taglöhnern ihre Aufgabe zugewiesen und sich dann zum Schnaps ins Wirtshaus begeben. Bei der Einrichtung blieb es während der drei Monate, welche die Familie in Kunovic zubrachte. Das Weib und Pavel, der Junge, arbeiteten; der Mann hatte entweder einen Branntweinrausch oder war im Begriff, sich einen anzutrinken. Manchmal kam er zur gemeinschaftlichen Schlafstelle unter dem Dach des Schuppens getaumelt, und am nächsten Tag erschien dann die Familie zerbleut und hinkend an der Lehmgrube. Die Taglöhner, die nichts hören wollten von der auch ihnen zugemuteten Fügsamkeit unter die Hausordnung des Ziegelschlägers, wurden durch andere ersetzt, die gleichfalls "kehr-um-die-Hand" verschwunden waren. Zuletzt traf man auf der Arbeitsstätte nur noch die Frau und ihre Kinder. Sie groß, kräftig, deutliche Spuren ehemaliger Schönheit auf dem sonnenverbrannten Gesicht, der Bub plump und kurzhalsig, ein ungeleckter Bär, wie man ihn malt oder besser nicht malt. Das Mädchen nannte sich Milada und war ein feingliedriges, zierliches Geschöpf, aus dessen hellblauen Augen mehr Leben und Klugheit blitzte als aus den dunklen Barbaras und Pavels zusammen. Die Kleine führte eine Art Kontrolle über die beiden und machte sich ihnen zugleich durch allerlei Handreichungen nützlich. Ohne das Kind würde auf der Ziegelstätte nie ein Wort gewechselt worden sein. Mutter und Sohn plagten sich vom grauenden Tag bis in die sinkende Nacht rastlos, finster und stumm. Lang ging es so fort, und zum Ärgernis der Frommen im Dorfe wurde nicht einmal an Sonn- und Feiertagen gerastet. Der Unfug kam dem

Pfarrer zu Ohren und bewog ihn, Einsprache dagegen zu tun. Sie blieb unbeachtet. Infolgedessen begab sich der geistliche Herr am Nachmittag des Festes Mariä Himmelfahrt selbst an Ort und Stelle und befahl dem Weibe Holub, sofort von seiner den Feiertag entweihenden Beschäftigung abzulassen. Nun wollte das Unglück, daß Martin, der eben im Schuppen seinen jüngsten Rausch ausschlief, sehr zur Unzeit erwachte, sich erhob und hinzutrat. Gewahr werden, wie Pavel offenbar voll Zustimmung mit aufgesperrtem Mund und hangenden Armen der priesterlichen Vermahnung lauschte, und hinterrücks über ihn herfallen war eins. Der Geistliche zögerte nicht, dem Knaben zu Hilfe zu eilen, entzog ihn auch der Mißhandlung des Vaters, lenkte aber dadurch den Zorn desselben auf sich. Vor allen Zeugen, die das Geschrei Holubs herbeigelockt hatte und deren Anzahl von Minute zu Minute wuchs, überschüttete ihn der Rasende mit Schimpfreden, sprang plötzlich auf ihn zu und hielt ihm die geballte Faust vors Gesicht. Der Pfarrer, keinen Augenblick außer Fassung gebracht, wandte angeekelt den Kopf und gab mit seinem abwehrend in der Rechten erhobenen Stock dem Trunkenbold einen leichten Hieb auf den Scheitel. Martin stieß ein Geheul aus, warf sich nieder, krümmte sich wie ein Wurm und brüllte, er sei tot, mausetot geschlagen durch den geistlichen Herrn. Am Anfang antwortete ihm ein allgemeines Hohngelächter, doch war seine Sache zu schlecht, um nicht wenigstens einige Verteidiger zu finden.

In der Schar der Neugierigen, welche den am Boden Liegenden umdrängte, erhoben sich Stimmen zu seinen Gunsten, erfuhren Widerspruch und gaben ihn in einer Weise zurück, die gar bald Tätlichkeiten wachrief. Die Autorität des Pfarrers genügte gerade noch, um die Krakeeler zu zwingen, den Platz zu räumen. Sie zogen ins Wirtshaus und ließen dort den vom geistlichen Herrn Erschlagenen so lange hochleben, bis ein Trupp Bauernbursche dem wüsten Treiben des Gesindels ein Ende zu machen suchte. Da kam es zu einer Prügelei, wie sie in Kunovic seit der letzten großen Hochzeit nicht mehr stattgefunden hatte. Die Ortspolizei gönnte dem Sturm volle Freiheit, sich auszutoben, und hatte zum Lohn für diese mit Vorsicht gemischte Klugheit am nächsten Morgen das ganze Dorf auf ihrer Seite. Die allgemeine Meinung war, in der Sache gebe es nur einen Schuldigen – den Ziegelschläger -, und man solle keine Umstände mit ihm machen. Zur Lösung des Akkords verstand die Gutsverwaltung sich gern, Martin hätte ihn ohnedies unter keiner Bedingung einhalten können; so fleißig Weib und Kind auch waren, zu hexen vermochten sie doch nicht. Holub wurde abgefertigt und entlassen. Von dem Gelde, das ihm außer den bereits erhobenen Vorschüssen noch zukam, sah er keinen Kreuzer; darauf hatte der Wirt Beschlag gelegt.

Nach einem vergeblichen Versuch, sich sein vermeintliches Recht zu verschaffen, blieb dem Gesellen nichts übrig, als seiner Wege zu gehen. Der Auszug der Ziegelschläger fand statt. An der Spitze schritt das Oberhaupt der Familie in knapp anliegender ausgefranster Leinwandhose, in zerrissener blauer Barchentjacke. Er hatte den durchlöcherten Hut schief aufgesetzt; sein rotes betrunkenes Gesicht war gedunsen; seine Lippen stießen Flüche hervor gegen den Pfaffen und die Pfaffenknechte, die ihn um seinen redlichen Broterwerb gebracht.

Ein paar Schritte hinter ihm kam die Frau. Sie hatte die Stirn verbunden und schien sich selbst kaum schleppen zu können, schleppte aber doch ein Wägelchen, in dem sich Werkzeug und einiger Hausrat befand und Milada in eine Decke eingehüllt lag. Krank? Zerbleut? Man konnte das letztere wohl vermuten, denn vor der Abreise hatte Martin noch entsetzlich gegen die Seinen gewütet. Pavel schloß den Zug. Mit beiden Armen gegen die Rückseite des Wagens gestemmt, schob er ihn kräftig vorwärts und half auch mit dem tief gesenkten Kopfe nach, sooft Leute des Weges kamen, die den Auswandernden entweder mit einem Blick des Mitleids folgten oder einen Trumpf auf Holubs wilde Schimpfreden setzten.

Einige Tage später, an einem stürmischen grauen Septembermorgen, fand der Kirchendiener, als er, sich ins Pfarrhaus begebend, um dort die Kirchenschlüssel zu holen, an der Sakristei vorüberkam, die Tür derselben nur angelehnt. Ganz erstaunt und erst nicht wissend, was er davon denken sollte, trat er ein, sah die Schränke offen, die Meßgewänder auf den Boden zerstreut und der goldenen Borten beraubt. Er griff sich an den Kopf, schritt weiter in die Kirche, fand dort das Tabernakel erbrochen und leer.

Ein Zittern befiel ihn. "Diebe!" stieß er hervor, "Diebe!" und er meinte, es fasse ihn einer am Genick, und wußte nicht, wie er aus der Kirche und über den Weg zur Pfarrei gekommen...

Der Pfarrer pflegte seine Tür nicht zu versperren. "Was sollen die Leute bei mir suchen?" meinte er; so brauchte der Sakristan nur aufzuklinken. Er tat es... Schreck und Grauen! Im Flur lag die greise Magd des Pfarrers ausgestreckt, besinnungslos, voll Blut. Wie der scharfe Luftzug durch die offene Tür über sie hinbläst, regt sie sich, starrt den Kirchendiener an und deutet mit einer schwachen, aber furchtbar ausdrucksvollen Gebärde nach der Stube des geistlichen Herrn.

Der Sakristan, der dem Wahnsinn nahe ist, macht noch ein paar Schritte, schaut, stöhnt – und fällt auf die Knie, aus Entsetzen über das, was er sieht. -

Eine Viertelstunde später weiß das ganze Dorf: der geistliche Herr ist heute nacht überfallen und, offenbar im Kampf um die Kirchenschlüssel, ermordet worden, im schweren Kampf, das sieht man, darauf deutet alles hin.

Über den Urheber der gräßlichen Tat ist niemand im Zweifel. Auch wenn die Aussagen der Magd nicht wären, wüßte jeder: der Martin Holub hat's getan. In Soleschau wird zuerst auf ihn gefahndet. Er war vor kurzem da, hat seine Kinder beim Gemeindehirten in Kost gegeben und ist mit seinem Weibe wieder abgezogen.

Nach kaum einer Woche wurde das Paar in einer Diebsherberge an der Grenze entdeckt, in demselben Moment, in welchem Holub einen Teil der in Stücke gebrochenen Monstranz aus der Kirche von Kunovic an einen Hausierer verhandeln wollte. Der Strolch konnte erst nach heftigem Widerstand festgenommen werden. Die Frau hatte sich mit stumpfer Gleichgültigkeit in ihr Schicksal gefügt. Bald darauf traten beide in B. vor ihre Richter.

Die Amtshandlung, durch keinen Zwischenfall gestört, ging rasch vorwärts. Von Anfang an behauptete Martin Holub, nicht er, sondern sein

Weib habe das Verbrechen ausgeheckt und ausgeführt, und sooft die Unwahrscheinlichkeit dieser Behauptung ihm dargetan wurde, sooft kam er auf sie zurück. Dabei verrannte er sich in sein eigenes grob gesponnenes Lügennetz und gab das widrige, hundertmal dagewesene Schauspiel des ruchlosen Wichtes, der zum Selbstankläger wird, indem er sich zu verteidigen sucht.

Merkwürdig hingegen war das Verhalten der Frau.

Die Gleichförmigkeit ihrer Aussagen erinnerte an das bekannte: *Non mi ricordo*; sie lauteten unveränderlich: "Wie der Mann sagt. Was der Mann sagt."

In seiner Anwesenheit stand sie regungslos, kaum atmend, den Angstschweiß auf der Stirn, die Augen mit todesbanger Frage auf ihn gerichtet. War er nicht im Saale, konnte sie ihn nicht sehen, so vermutete sie ihn doch in der Nähe; ihr scheuer Blick irrte suchend umher und heftete sich plötzlich mit grauenhafter Starrheit ins Leere. Das Aufklinken einer Türe, das leiseste Geräusch machte sie zittern und beben, und erschaudernd wiederholte sie ihr Sprüchlein: "Wie der Mann sagt. Was der Mann sagt."

Vergeblich wurde ihr zugerufen. "Du unterschreibst dein Todesurteil!" – es machte keinen Eindruck auf sie, schreckte sie nicht. Sie fürchtete nicht die Richter, nicht den Tod, sie fürchtete "den Mann".

Und auf diese an Wahnsinn grenzende Angst vor ihrem Herrn und Peiniger berief sich ihr Anwalt und forderte in einer glänzenden Verteidigungsrede, in Anbetracht der zutage liegenden Unzurechnungsfähigkeit seiner Klientin, deren Lossprechung. Die Lossprechung nun konnte ihr nicht erteilt werden, aber verhältnismäßig mild war die Buße, welche der Mitschuldigen an einem schweren Verbrechen auferlegt wurde. Das Verdikt lautete: "Tod durch den Strang für den Mann, zehnjähriger schwerer Kerker für die Frau."

Barbara Holub trat ihre Strafe sogleich an. An Martin Holub wurde nach der gesetzlich bestimmten Frist das Urteil vollzogen.

2

An den Vorstand der Gemeinde Soleschau trat nun die Frage heran: Was geschieht mit den Kindern der Verurteilten? Verwandte, die verpflichtet werden könnten, für sie zu sorgen, haben sie nicht, und aus Liebhaberei wird sich niemand dazu verstehen.

In seiner Ratlosigkeit verfügte sich der Bürgermeister mit Pavel und Milada nach dem Schlosse und ließ die Gutsfrau bitten, ihm eine Audienz zu gewähren.

Sobald die alte Dame erfuhr, um was es sich handelte, kam sie in den Hof geeilt, so rasch ihre Beine, von denen eines merklich kürzer als das andere war, es ihr erlaubten. Das scharf geschnittene Gesicht vorgestreckt, die Brille auf der Adlernase, die Ellbogen weit zurückgeschoben, humpelte sie auf die Gruppe zu, die ihrer am Tore wartete. Der Bürgermeister, ein stattlicher Mann in den besten Jahren, zog den Hut und machte einen umfänglichen Kratzfuß.

"Was will Er?" sprach die Schloßfrau, indem sie ihn mit trüben Augen anblinzelte. "Ich weiß, was Er will; aber da wird nichts daraus! Um die Kinder der Strolche, die einen braven Pfarrer erschlagen haben, kümm'r ich mich nicht... Da ist ja der Bub. Wie er ausschaut! Ich kenn ihn: er hat mir Kirschen gestohlen. Hat Er nicht?" wandte sie sich an Pavel, der braunrot wurde und vor Unbehagen zu schielen begann.

"Warum antwortet Er nicht? Warum nimmt Er die Mütze nicht ab?"

"Weil er keine hat", entschuldigte der Bürgermeister.

"So? Was sitzt ihm denn da auf dem Kopf?"

"Struppiges Haar, freiherrliche Gnaden."

Ein helles Lachen erscholl, verstummte aber sofort, als die Greisin den dürren Zeigefinger drohend gegen diejenige erhob, die es ausgestoßen hatte.

"Und da ist das Mädel. Komm her."

Milada näherte sich vertrauensvoll, und der Blick, den die Gutsfrau auf dem freundlichen Gesicht des Kindes ruhen ließ, verlor immer mehr von seiner Strenge. Er glitt über die kleine Gestalt und über die Lumpen, von denen sie umhangen war, und heftete sich auf die schlanken Füßchen, die der Staub grau gefärbt hatte.

Einer der plötzlichen Stimmungswechsel, denen die alte Dame unterworfen war, trat ein.

"Allenfalls das Mädel", begann sie von neuem, "will ich der Gemeinde abnehmen. Obwohl ich wirklich nicht weiß, wie ich dazu komme, etwas zu tun für die Gemeinde. Aber das weiß ich, das Kind geht zugrunde bei euch, und wie kommt das Kind dazu, bei euch zugrunde zu gehen?"

Der Bürgermeister wollte sich eine bescheidene Erwiderung erlauben.

"Red Er lieber nicht", fiel die Gutsfrau ihm ins Wort, "ich weiß alles. Die Kinder, für welche die Gemeinde das Schulgeld bezahlen soll, können mit zwölf Jahren das A vom Z nicht unterscheiden." -

Sie schüttelte unwillig den Kopf, sah wieder auf Miladas Füße nieder und setzte hinzu: "Und die Kinder, für welche die Gemeinde das Schuhwerk zu bestreiten hat, laufen alle barfuß. Ich kenn euch", wies sie die abermalige Einsprache zurück, die der Bürgermeister erheben wollte, "ich hab es lang aufgegeben, an euren Einrichtungen etwas ändern zu wollen. Nehmt den Buben nur mit und sorgt für ihn nach eurer Weise; der verdient's wohl, ein Gemeindekind zu sein. Das Mädel kann gleich dableiben."

Der Bürgermeister gehorchte ihrem entlassenden Wink, hocherfreut, die Hälfte der neuen, seinem Dorfe zugefallenen Last losgeworden zu sein. Pavel folgte ihm bis ans Ende des Hofes. Dort blieb er stehen und sah sich nach der Schwester um. Es war schon eine Dienerin herbeigeeilt, welcher die gnädige Frau Anordnungen in bezug auf Milada erteilte.

"Baden", hieß es, "die Lumpen verbrennen, Kleider aussuchen aus dem Vorrat für Weihnachten."

Bekommt sie auch etwas zu essen? fuhr es Pavel durch den Sinn. Sie ist gewiß hungrig. Seitdem er dachte, war es seine wichtigste Obliegenheit gewesen, das Kind vor Hunger zu schützen. Kleider haben ist schon gut, baden auch nicht übel, besonders in großer Gesellschaft in der Pferdeschwemme. – Wie oft hatte Pavel die Kleine hingetragen und sie im Wasser plätschern lassen mit Händen und Füßen! – Aber die Hauptsache bleibt doch – nicht hungern.

"Sag, daß du hungrig bist!" rief der Junge seiner Schwester ermahnend zu.

"Jetzt ist der Kerl noch da! Wirst dich trollen?" hallte das Echo, das seine Worte weckten, vom Schlosse herüber.

Der Bürgermeister, der schon um die Ecke des Gartenzauns biegen wollte, kehrte um, faßte Pavel am Kragen und zog ihn mit sich fort.

Drei Tage dauerten die Beratungen der Gemeindevorstände über Pavels Schicksal. Endlich kam ihnen ein guter Gedanke, den sie sich beeilten auszuführen. Eine Deputation begab sich ins Schloß und stellte an die Frau Baronin das untertänigste Ansuchen: weil sie schon so *dobrotiva* (allergütigst) gewesen, sich der Tochter des unglücklichen Holub anzunehmen, möge sie sich nun auch des Sohnes desselben annehmen.

Der Bescheid, den die Väter des Dorfes erhielten, lautete hoffnungslos verneinend, und die Beratungen wurden wiederaufgenommen. Was tun?

"Das in solchen Fällen Gewöhnliche", meinte der Bürgermeister; "der Bub geht von Haus zu Haus und findet jeden Tag bei einem andern Bauern Verköstigung und Unterstand."

Alle Bauern lehnten ab. Keiner wünschte, den Sprößling der Raubmörder zum Hausgenossen der eigenen Sprößlinge zu machen, wenn auch nur einen Tag lang in vier oder fünf Wochen. Zuletzt wurde man darüber einig: Der Junge bleibt, wo er ist – wo ja sein eigener Vater ihn hingegeben hat: bei dem Spitzbuben, dem Gemeindehirten.

Freilich, wenn die Gemeinde sich den Luxus eines Gewissens gestatten dürfte, würde es gegen dieses Auskunftsmittel protestieren. Der Hirt (er führte den klassischen Namen Virgil) und sein Weib gehörten samt den Häuslern, bei denen sie wohnten, zu den verrufensten des Ortes. Er war ein Trunkenbold, sie, katzenfalsch und bösartig, hatte wiederholt wegen Kurpfuscherei vor Gericht gestanden, ohne sich dadurch in der Ausübung ihres dunkeln Gewerbes beirren zu lassen.

Ein anderes Kind diesen Leuten zu überliefern wäre auch niemandem eingefallen; aber der Pavel, der sieht bei ihnen nichts Schlechtes, das er nicht schon zu Hause hundertmal gesehen hat. So biß man denn in den sauren Apfel und bewilligte jährlich vier Metzen Korn zur Erhaltung Pavels. Der Hirt erhielt das Recht, ihn beim Austreiben und Hüten des Viehes zu verwenden, und versprach, darauf zu sehen, daß der Junge am Sonntag in die Kirche und im Winter sooft als möglich in die Schule komme.

Virgil bewohnte mit den Seinen ein Stübchen in der vorletzten Schaluppe am Ende des Dorfes. Es war eine Klafter lang und breit und hatte ein Fenster mit vier Scheiben, jede so groß wie ein halber Ziegelstein, das nie aufgemacht wurde, weil der morsche Rahmen dabei in Stücke gegangen wäre. Unter dem Fenster stand eine Bank, auf welcher der Hirt schlief, der Bank gegenüber eine mit Stroh gefüllte Bettlade, in der Frau und Tochter schliefen. Den Zugang zur Stube bildete ein schmaler Flur, in dessen Tiefe sich der Herd befand. Er hätte zugleich als Ofen dienen sollen, erfüllte aber nur selten eine von beiden Bestimmungen, weil die Gelegenheiten, Holz zu stehlen, sich immer mehr verminderten. So diente er denn als Aufbewahrungsort für die mageren Vorräte an Getreide und Brot, für Virgils nie gereinigte Stiefel, seine Peitsche, seinen Knüttel, für ein schmutzfarbenes Durcheinander von alten Flaschen, henkellosen Körben, Töpfen und Scherben, würdig des Pinsels eines Realisten.

Zwischen dem Gerümpel hatte Pavel eine Lagerstätte für Milada zurechtgemacht, auf der sie ruhte, zusammengerollt wie ein Kätzlein. Er streckte sich auf dem Boden dicht neben dem Herde aus, und wenn die Kleine im Laufe der Nacht erwachte, griff sie gleich mit den Händen nach ihm, zupfte ihn an den Haaren und fragte: "Bist da, Pavlicek?"

Er brummte sie an: "Bin da, schlaf du nur", biß sie wohl auch zum Spaß in den Finger, und sie stieß zum Spaß einen Schrei aus, und Virgil wetterte aus der Stube herüber: "Still, ihr Raubgesindel, ihr Galgenvögel!" Bebend schwieg Milada, und Pavel erhob sich unhörbar auf seine Knie, streichelte das Kind und flüsterte ihm leise zu, bis es wieder einschlief.

Als er zum ersten Male ohne die Schwester zur Ruhe gegangen war, hatte er gedacht: Heut wird's gut, heut weckt er mich wenigstens nicht auf, der Balg. Am frühesten Morgen aber befand er sich schon auf der Dorfstraße und lief geraden Weges zum Schlosse. Das stand mitten im Garten, der von einem Drahtgitter umgeben war; ein dichtes, immergrünes Fichtengebüsch verwehrte ringsum den Einblick in dieses Heiligtum. Pavel pflanzte sich am Tore auf, das dem des Hauses gegenüberlag, preßte das Gesicht an die eisernen Stäbe und wartete. Sehr lange blieb alles still; plötzlich jedoch meinte Pavel, das Zuschlagen von Fenstern und Türen und verworrenes Geschrei zu hören, meinte auch die Stimme Miladas erkannt zu haben. Zugleich erbrauste ein heftiger Windstoß, schüttelte die toten Zweige von den Bäumen und trieb die dürren Blätter im rauschenden Tanze durch die Luft. Zwei Mägde kamen aus dem Dienertrakte zum Hause gelaufen; eine von ihnen wäre beinah über den alten Pfau gestolpert, der im Hofe auf und ab stelzte. Er sprang mit einem so komischen Satz zur Seite, daß Pavel laut auflachen mußte. Im Schlosse und in seiner Umgebung wurde es nun lebendig; es kamen auch Leute zum Gartentor; wer aber durch dasselbe ein- und ausging, sperrte es langsam hinter sich ab. Es war das eine Einführung, die ihrer Neuheit wegen manchem Vorübergehenden auffiel. – Das Gartentor absperren bei hellichtem Tage; was soll denn das heißen? Wird sich schwerlich lange halten, die unbequeme Einrichtung.

Aber sie hielt sich doch zum allgemeinen und mißbilligenden Erstaunen der Dorfbewohner, und nach und nach erfuhr man auch ihren Grund.

Dem Pavel wurde er durch Vinska, des häßlichen Hirten hübsche Tochter, in folgender Weise mitgeteilt: "Du Lump du, deine Schwester ist just so ein Lump wie du! Die Petruschka aus der herrschaftlichen Küche sagt, daß die gnädige Frau es mit deiner Schwester treibt wie mit einem eigenen Kind, und deine Schwester will immer nur auf und davon. Darum wird das Schloß jetzt abgesperrt wie eine Geldtruhe. Wenn ich die gnädige Frau wäre, ich möcht solche Geschichten nicht machen; was ich tät, weiß ich... Deinen Vater hat man am Hals aufgehängt, deine Schwester würde ich an Händen und Füßen binden und an die Wand hängen."

Dieses Bild schwebte dem Pavel den ganzen Tag vor Augen, und nachts verschwamm es ihm mit einem andern, dessen er sich aus der Kindheit besann.

Da hatte er gesehen, wie der Heger ein gefangenes blutjunges Reh aus dem Walde getragen hatte. Die Läufe waren ihm mit einem Strick zusammengeschnürt, und an denen hing es am Stock über des Hegers Rücken. Pavel erinnerte sich, wie es den schlanken Hals gebogen, die Ohren gespitzt und das Haupt emporzuheben gesucht; er erinnerte sich der Verzweiflung, die dem feinen Geschöpf aus den Augen geschaut hatte.

Im Traume kamen ihm diese Augen nun vor – aber wie Miladas Augen.

Einmal rief er laut: "Bist da?", richtete sich im Halbschlafe auf, wiederholte: "Bist da?", tastete suchend umher und erwachte darüber völlig. Mit der Schnelligkeit des Blitzes, mit der Gewalt des Sturmes kam das verwaisende Gefühl der Trennung über ihn und warf ihn nieder. Der harte Junge brach in Tränen, in ein leidenschaftliches Schluchzen aus, weckte die Leute in der Stube, weckte die Häusler, seine Wandnachbarn, mit seinem Geheul. Die ganze Gesellschaft kam herbei, bedrohte ihn, und da er taub blieb für jede, auch die nachdrücklichste Ermahnung, wurde er mit vereinten Kräften zur Tür hinausgeschleudert.

Das war eine tüchtige Abkühlung, selbst für den heißesten Schmerz. Pavel blieb eine Weile ganz ruhig und still auf der fest gefrornen Erde liegen. Die ihm völlig neue und gräßliche Empfindung einer ungeheuren Sehnsucht verminderte sich allmählich, und eine alte wohlbekannte trat an ihre Stelle: Trotz, kalter, wühlender Groll.

Wartet, dachte er, wartet, ich werde euch!...

Der Entschluß, ein Ende zu machen, war gleich da; der Plan zu dessen Ausführung reifte langsam in Pavels schwerfälligem Kopf. Nachdem aber die große Anstrengung, ihn auszudenken, überstanden war, erschien dem Burschen alles übrige nur noch wie Spielerei. Er wollte ins Schloß eindringen, die Schwester entführen, mit ihr über die Berge in die Fremde gehen, sich als Arbeiter verdingen und nie wieder den Vorwurf hören, daß er der Sohn seiner Eltern sei.

Mit dem Bewußtsein eines Siegers erhob Pavel sich vom Boden und ging in weitem Bogen hinter den Häusern des Dorfes dem Schloßgarten zu. Die Pfeife des Nachtwächters warnte freundlich vor den Wegen, die zu vermeiden waren. Auf den Feldern lag harter, hoher Schnee; die Erde schimmerte lichter als der Himmel, an dem die bleiche Mondessichel immer wieder hinter treibendem Gewölk verschwand. Pavel gelangte ans Gartengitter, überkletterte es und ließ sich von oben in die Fichten und dann von Zweig zu Zweig zu Boden fallen. Da befand er sich nun im Garten, wußte auch, in welcher Gegend desselben, in der dem Dorf entgegengesetzten, der besten, die er hätte wählen können, für jetzt sowohl wie später zur Flucht. Von steigender Zuversicht erfüllt, ging er vorwärts... immer geradeaus, und man muß zum Schlosse kommen. Was dann zu geschehen hätte, malte Pavel sich nicht deutlich aus; er ging, Milada zu befreien, das war ihm herrlich klar, und mochte alles übrige Zweifel und Ratlosigkeit sein, der Gedanke erleuchtete ihm die Seele, den hielt er fest. Daß er jämmerlich zu frieren begann in seinen elenden Kleidern, daß ihm die Glieder steif wurden, grämte ihn nicht; aber schlimm war's, daß immer tiefere Finsternis einbrach und Pavel alle Augenblicke an einen Baum anrannte und hinfiel.

Wenn er auch das erstemal gleich wieder auf die Beine sprang, beim zweiten Male schon kam die Versuchung: Bleib ein wenig liegen, raste, schlafe! Trotzdem aber erhob er sich mit starker Willenskraft, tappte weiter und gelangte endlich ans Ziel, das er sich vorgesetzt – ans Schloß. Hochauf schlug ihm das Herz, als er an die alte verwitterte Mauer griff. Weiß Gott, wie nahe er der Schwester ist; weiß Gott, ob sie nicht in dem Zimmer schläft, vor dessen Fenster er jetzt steht, das er zu erreichen vermag mit seinen Händen... Es könnte so gut sein – warum sollte es nicht? und leise, leise fängt er an zu pochen... Da vernimmt er dicht am Boden ein knurrendes Geräusch, auf kurzen Beinen kommt etwas herbeigekrochen, und ehe er sich's versieht, hat es ihn angesprungen und sucht ihn an der Kehle zu packen. Pavel unterdrückt einen Schrei; er würgt den Köter aus allen seinen Kräften. Aber der Köter ist stärker als er und wohlgeübt in der Kunst, einen Feind zu stellen.

Das Geheul, das er dabei ausstieß, tat seine Wirkung, es rief Leute herbei. Sie kamen schlaftrunken und ganz erschrocken; als sie aber sahen, daß sie es nur mit einem Kind zu tun hatten, wuchs ihnen sogleich der Mut. Pavel wurde umringt und überwältigt, obwohl er raste und sich zur Wehr setzte wie ein wildes Tier.

3

Was Pavel im Schlosse gewollt, erfuhr niemand; aber die Hartnäckigkeit, mit welcher er jede Auskunft verweigerte, bewies deutlich genug, daß er die schlechtesten Absichten gehabt haben mußte. Einbrechen wahrscheinlich oder Feuer anlegen, dem Kerl ist alles zuzutrauen. So sprach die öffentliche Meinung, und die mit Elternrechten ausgestattete Gemeinde beschloß Pavels exemplarische Züchtigung durch den Herrn Lehrer Habrecht in Gegenwart der sämtlichen Schuljugend.

Der Lehrer, ein kränklicher, nervöser Mann, verstand sich äußerst ungern zur Ausübung des ihm zugemuteten Strafgerichts. Seine Ansicht war, daß solche vor einem jugendlichen Publikum vorgenommene Exekution demjenigen, an dem sie vollzogen wird, selten nützt, und denen, die ihr zusehen, immer schadet. "Dieses Vieh wird durch den Anblick ein noch ärgeres Vieh", äußerte er, viel zu derb für einen Pädagogen. Man hatte, wenn auch nicht ganz überzeugt, seine Einwendung oft gelten lassen, dieses Mal fruchtete sie nichts.

An dem Tage, der zur Bestrafung des nächtlichen Einschleichers bestimmt war, übernahm ihn denn der Lehrer seufzend aus den Händen der Schergen und führte ihn am Schopfe bis zur Tür der Schulstube. Hier blieb er stehen, hob den gesenkten Kopf des Knaben in die Höhe und sagte: "Schau mich an, was schaust denn immer auf den Boden, schlechter Bub!"

Nicht liebreich waren diese Worte! und doch, woran lag es denn, daß sie dem Pavel ordentlich wohltaten und daß sogar die Art, in welcher der Herr Lehrer ihn dabei an den Haaren zauste, etwas Vertraueneinflößendes hatte und wie eine Herzstärkung wirkte?

"Fürcht dich, du Bosnickel, du Trotznickel! Fürcht dich!" fuhr jener fort, machte schreckliche Augen und schwang mit äußerst bezeichnender Gebärde den dürren Arm in der Luft. Und Pavel, aus dem seit drei Tagen kein Wort herauszubringen gewesen, der seit drei Tagen keinem Menschen ins Gesicht geschaut hatte, richtete mit einem Male seinen scheuen Blick blinzelnd auf den Lehrer und sprach mit einem halben Lächeln: "Ich fürcht mich aber doch nicht."

Aus der Schulstube hatte es früher herausgesummt wie aus einem Bienenkorbe, dann war das Summen in wüsten Lärm übergegangen, und jetzt wurde da drinnen gerauft um die besten Plätze zum bevorstehenden Schauspiel. Der Lehrer brummte unwillig vor sich hin und schüttelte Pavel von neuem: "Wenn du dich schon nicht fürchtest, so schrei, schrei, was du kannst, rat ich dir!" sagte er, öffnete die Tür und trat ein. Sogleich wurde es still in der Stube, nur einzelne unwillkürliche Ausrufe befriedigter Erwartung ließen sich hören; freundschaftlich rückte man aneinander in den Bänken; die rührendste Eintracht herrschte. Der Lehrer stellte Pavel neben das Katheder und sah sich nach der Rute um. Da er sie eine Weile nicht fand oder nicht zu finden schien, rief eine Stimme: "Dort im Fenster steht sie, im Winkel." Die Stimme kam aus einer der letzten Reihen und gehörte dem Arnost, dem Sohn des Häuslers, bei dem Virgil zur Miete wohnte. Pavel ballte die Faust gegen ihn, was zu einem Gemurmel der Entrüstung Anlaß gab. Mehr als hundert Augen richteten sich schadenfroh und gehässig auf den braunen zerlumpten Jungen. In ihm kochte die Galle, und so klar er zu denken vermochte, so klar dachte er: Was hab ich euch getan? Warum seid ihr meine Feinde?

Habrecht gebot Stille und hielt eine Ansprache, in welcher er die Schuljugend auf eine merkwürdige Enttäuschung vorbereitete. "Ihr seid voll Vergnügen. Warum? Wieso? Tun euch die Prügel wohl, die ein anderer kriegt? Paßt auf! Weh tun werden sie euch! Jeder von euch" – seine Stimme senkte sich zu einem geheimnisvollen Geflüster, und er streckte den Zeigefinger langsam gegen das Auditorium aus: "Jeder, der dasitzt und vor Schadenfreude aus der Haut fahren möcht, wird bald vor Schmerz aus der Haut fahren mögen. Jeder, der herglotzt und zuschaut, wie ich meine

Schläge austeile, wird sie mitspüren... mitspüren!" wiederholte er seine unheimliche Prophezeiung, bei der ihm selbst zu gruseln schien. "Und jetzt gebt acht, was der Herr Lehrer kann!"

Alle Kinder schauderten vor dem Wunder, das sich an ihnen vollziehen sollte; nur noch von der Seite streiften zage Blicke den gefürchteten Mann, dessen Erscheinung in ihrer Länge und Magerkeit etwas Gespenstisches hatte. Die Buben stierten zu Boden, die Mädchen verdeckten die Augen mit den Schürzen. Der Lehrer aber ging rasch ans Werk. Mit fabelhafter Geschwindigkeit wirbelte er die Fuchtel um den Kopf des Delinquenten und führte dann eine Anzahl Hiebe, die Pavel für die Einleitung zur eigentlichen Strafe hielt. Statt diese jedoch folgen zu lassen, sprach der Lehrer plötzlich: "Herrgott, da fällt mir jetzt die Brille herunter... Heb sie auf... Für die Strafe bedanken kannst du dich nach der Stunde."

Pavel starrte ihn mit stumpfsinnigem Staunen an; er wartete noch auf die richtige Wichse – da hörte er, daß er sie schon habe, und erhielt Befehl, sich zu setzen: – auf den letzten Platz in die letzte Bank. Der Lehrer zog das Taschentuch, wischte sich den Schweiß von der Stirn, nahm umständlich eine Prise und begann den Unterricht. Arnost, der so rot war wie ein Krebs, flüsterte seinem Nachbar zu: "Hast g'schaut?" – "Ein bissel", antwortete der. – "Spürst was?" – "Ich spür's im Buckel." – "Mich brennt's am Ohr." – Ein neugieriges kleines Ding von einem Mädchen, das zufällig mit einem Auge an einen Riß in der Schürze geraten war und ihn zum Auslugen benützt hatte, gestand einigen Gefährtinnen, daß es meine, auf lauter Erbsen zu sitzen.

Nach beendigter Lehrstunde wollte Pavel sich mit den anderen davonmachen; aber der Schulmeister hielt ihn zurück, betrachtete ihn lange mit stechenden Blicken und fragte ihn endlich, ob er sich schäme.

Pavel antwortete leise: "Nein."

"Nein? wieso nein? Hast aller Scham den Kopf abgebissen?"

Der Bursche verfiel wieder in das hartnäckige Schweigen, das der Lehrer an dem armseligsten und seltensten Besucher seiner Schule kannte. Bisher hatte er ihn laufen lassen, heute jedoch, als er ihn strafen sollte für eine unbekannte Schuld, Mitleid mit ihm gefühlt. Um diese Regung tat's ihm nun leid, und er fuhr giftig fort: "Aufgewachsen in Schande, ja wirklich schon aufgewachsen, bald vierzehn Jahre – an die Schande gewöhnt, weiß nicht einmal mehr, wie sie tut!"

Nun sprach Pavel: "Weiß schon", und den Mund des Kindes verzerrte ein alternder Zug verbissener Bitterkeit. Er hatte nicht verstanden, was der Herr Lehrer früher gewollt mit seinen Schlägen, die beinahe nicht weh taten; daß er ihm jetzt den Jammer seines Lebens vorwarf, verstand er wohl.

"Weiß schon", wiederholte er in einem Tone, durch dessen erzwungene Keckheit unbewußt der Schmerz einer tiefen Enttäuschung drang.

Der Lehrer betrachtete ihn aufmerksam – er war das verkörperte Elend, der Bub! – Nicht durch die Schuld der Natur. Sie hatte es gut mit ihm gemeint und ihn kräftig und gesund angelegt; das zeigte die breite Brust, das zeigten die roten Lippen, die starken, gelblich schimmernden Zähne. Aber die wohlwollenden Absichten der Natur waren zuschanden gemacht worden durch harte Arbeit, schlechte Nahrung, durch Verwahrlosung jeder Art. Wie der Junge dastand mit dem wilden braunen Haargestrüpp, das den stets gesenkten Kopf unverhältnismäßig groß erscheinen ließ, mit den eingefallenen Wangen, den vortretenden Backenknochen, die magere derbe Gestalt von einem mit Löchern besäten Rock aus grünem Sommerstoff umhangen, die Füße mit Fetzen umwickelt, bot er einen Anblick, abstoßend und furchtbar traurig zugleich, weil das Bewußtsein seines kläglichen Zustandes ihm nicht ganz verlorengegangen schien. Lange schwieg der Lehrer, und auch Pavel schwieg; aber immer verdrossener ließ er die Unterlippe hängen und begann verstohlen nach der Tür zu sehen, wie einer, der eine Gelegenheit zu entwischen wahrzunehmen sucht.

Da sprach der Lehrer endlich: "Sei nicht so dumm. – Wenn du aus der Schule draußen bist, sollst du denken: wie kann ich hinein, und nicht, wenn du drin bist: wie kann ich hinaus?"

Pavel stutzte; das war nun wieder ganz unerklärlich und stimmte mit der weitverbreiteten Meinung überein, der Schulmeister vermöge die Gedanken der Menschen zu erraten.

"Geh jetzt", fuhr jener fort, "und komm morgen wieder und übermorgen auch, und wenn du acht Tage nacheinander kommst, kriegst du von mir ein Paar ordentliche Stiefel."

Stiefel? – wie die Kinder der Bauern haben? ordentliche Stiefel mit hohen Schäften? Unaufhörlich während des Heimwegs sprach Pavel die Worte: "Ordentliche Stiefel" vor sich hin, sie klangen märchenhaft. Er vergaß darüber, daß er sich vorgenommen hatte, den Arnost zu prügeln, er stand am nächsten Morgen vor der Tür der Schule, bevor sie noch geöffnet war, und während der Stunde plagte er sich mit heißem Eifer und verachtete die Mühe, die das Lernen ihm machte. Er verachtete auch die drastischen Ermahnungen Virgils und seines Weibes, die ihn zwingen wollten, statt zum Vergnügen in die Schule zur Arbeit in die Fabrik zu gehen. Freilich mußte dies im geheimen geschehen; zu offenen Gewaltmaßregeln zu greifen, um den Buben im Winter vom Schulbesuch abzuhalten, wagten sie nicht; das hätte gar zu auffällig gegen die seinetwegen mit der Gemeinde getroffene Übereinkunft verstoßen.

Sieben Tage vergingen, und am Nachmittag des letzten kam Pavel nach Hause gerannt, in jeder Hand einen neuen Stiefel. Vinska war allein, als er anlangte; sie beobachtete ihn, wie er das blanke Paar in den Winkel am Herd, sich selbst aber in einiger Entfernung davon aufstellte und in stille Bewunderung versank. Freude vermochten seine vergrämten Züge nicht auszudrücken, aber belebter als sonst erschienen sie, und es malte sich in ihnen ein plumpes Behagen. Einmal trat er näher, hob einen der Stiefel in die Höhe, rieb ihn mit dem Ärmel, küßte ihn und stellte ihn wieder an seinen Platz.

Aus der Stube erscholl ein Gelächter, Vinska trat auf die Schwelle, lehnte sich mit der Schulter an den Türpfosten (eine Tür gab es zwischen der Stube und dem Eingange nicht) und fragte: "Wo hast die Stiefel gestohlen, du Spitzbub?"

Er sah sich nicht einmal nach ihr um, von antworten war gar keine Rede. Vinska jedoch wiederholte ihre Frage so oft, bis er sie anbellte: "Gestohlen! ja just gestohlen!"

"Du Esel", murmelte sie, "siehst du? Jetzt sagst du's selbst."

Der Blick ihrer begehrlichen grauen Augen wanderte abwechselnd von den Stiefeln zu den eigenen nackten, hübsch geformten Füßen. Pavel hatte sich auf die Erde gekauert neben sein neues köstliches Eigentum; es war ihm, als müsse er es beschützen gegen eine nahende Gefahr, und er machte sich gefaßt, ihr zu begegnen. Vinska neigte den Kopf auf die Seite, lächelte den Burschen, der drohend zu ihr emporsah, plötzlich an und sprach mit einschmeichelnder Stimme: "Geh, sag mir, woher hast sie?"

Er wußte nicht, wie ihm geschah. In dem Ton hatte er die Vinska vor kurzem zum Peter sprechen hören, der ihr Liebhaber war. Heiße Wellen wogten auch in seiner Brust, er verschlang seine reizende Hausgenossin mit den Augen und meinte, was ihn da mit ungeheurer Macht angepackt hatte, sei die Lust, auf sie loszustürzen und sie durchzuprügeln.

Dabei rührte er sich nicht, öffnete nur ganz willenlos die Lippen und sprach: "Der Herr Lehrer hat sie mir gegeben."

Vinska begann leise zu kichern. "O je – der! Wenn du sie von dem hast, dann hast du nichts."

"Was – nichts?"

"Nun – nichts! Wenn du morgen aufwachst, sind die Stiefel weg."

"Weg?... Warum nicht gar!"

"Ja, ja! was der Lehrer schenkt, hält sich nicht über Nacht. Du weißt ja, daß er ein Hexenmeister ist."

Pavel geriet in Eifer: "Ich weiß, daß er kein Hexenmeister ist."

Das Mädchen warf verächtlich die Lippe auf. "Du Dummrian! Er war drei Tage tot und im Sarge. War er nicht? Und weiß nicht jedes Kind, daß einer, der drei Tage tot gewesen ist, in die Vorhölle hineingeschaut und dem Teufel eine Menge abgelernt hat?"

Pavel starrte sie sprachlos an, ihm begann zu gruseln. Sie gähnte, drückte die Wange an die emporgezogene Schulter und sagte nach einem Weilchen so nachlässig, als ob sie eine ihr langweilig gewordene, hundertmal erzählte Geschichte wiederhole: "Der alten blinden Marska, die im vorigen Jahr bei uns gestorben ist, hat er auch ein Paar Schuhe geschenkt. Sie hat sie am Abend vors Bett gestellt, und wie sie am Morgen hineinfahren will, tritt sie statt in die Schuh auf eine Kröte, so groß wie eine Schüssel."

Pavel schrie auf: "Das ist nicht wahr!" Heiß und kalt wurde ihm vor Zorn und Angst, und plötzlich schossen Tränen ihm in die Augen. Vinska streifte ihn mit einem Blick voll Geringschätzung und kehrte in die Stube zurück. An dem Abend suchte Pavel sich des Schlafes zu erwehren, er wollte seinen Schatz bewachen, er betete auch ein Vaterunser nach dem andern, um die bösen Geister zu bannen. Trotzdem sank er endlich doch in Schlummer, und als er am nächsten Morgen erwachte, hatte Vinskas Prophezeiung sich erfüllt – die Stiefel waren verschwunden.

4

Pavel verlor kein Wort über sein Unglück. Als Vinska ihn schelmisch lachend fragte, wo seine Stiefel wären, führte er einen so derben Schlag nach ihr, daß sie schreiend davonlief. Auch die Erkundigungen seiner Schulkameraden fertigte er mit Püffen ab; die ärgsten erhielt Arnost, der ihn dafür beim Lehrer verklagte. Damit war aber nichts getan, denn es gehörte zu den Eigentümlichkeiten des letzteren, daß er gleich stocktaub wurde, wenn einer seiner Zöglinge sich über den andern beschwerte. Eine Woche verfloß, Pavel erschien nicht mehr in der Schule; er ging aus freien Stücken in die Fabrik und arbeitete dort von früh bis abends. Mehrmals schickte der Lehrer nach ihm, und da es vergeblich blieb, begab er sich endlich in eigener Person nach der Wohnung Virgils, um den Buben abzuholen. Das Weib des Hirten empfing ihn und verblüffte ihn, bevor er noch den Mund auftun konnte, durch die lauten Ausbrüche ihres Jammers. Nach fünf Minuten war dem Lehrer, als ob er unter einer Traufe stände, aus der statt Regentropfen Schrotkörner auf ihn niederhagelten. Ihm wurde ganz wirr in seinem müden und schmerzenden Kopf.

Die Frau rief Gott und alle Heiligen zu Zeugen ihrer Leiden an. Nein, sie hatte nicht geahnt, was sie sich aufhalste, als sie dareingewilligt, das Kind des Gehenkten und der Zuchthäuslerin bei sich aufzunehmen. Viel war ihr im Leben schon begegnet, aber etwas so Schlechtes wie der Bub noch nie. Jedes Wort aus seinem Munde ist Trug und Verleumdung. Erzählt er nicht, daß seine Pflegeeltern ihn abhalten, in die Schule zu gehen, und daß sie den Wochenlohn einstecken, den er in der Fabrik verdient?

Von Entrüstung hingerissen, setzte sie hinzu, die bösen Augen weit geöffnet und bedeutungsvoll auf den Alten gerichtet: "Redet er nicht noch ganz anderen als uns armen Leuten, mit Respekt zu melden, grausige Dinge nach?"

Der Lehrer hatte sein Taschentuch gezogen und drückte es an den kahlen Scheitel. Er kannte die Gerüchte, die über ihn im Schwange waren, und es bildete den Zwiespalt in ihm, daß sie ihn manchmal verdrossen und daß er sich ein anderes Mal einen Spaß daraus machte, sie zu nähren. Heute war das erstere der Fall; er winkte abwehrend: "Still still! Halte Sie ihr Maul."

"O Jesus Maria, ich!" rief das Weib, "ich red nicht! ich möcht mir lieber die Zunge abbeißen... Keinen Pfifferling sollten sich der Herr Lehrer mehr kümmern um den schlechten Buben, sag ich nur... Die schönen Stiefel! Nicht zwei Tage hat er sie gehabt."

"So, wo sind sie?"

Die Virgilova (wie sie im Ort genannt wurde) ergoß sich in einem neuen Redeschwall: Wo die Stiefel geblieben seien, müsse der Herr Lehrer den Juden fragen, dem der Bub sie vermauschelt habe. Der Jud werde freilich nichts davon wissen wollen, zeterte sie, und Habrecht, völlig betäubt, hielt sich die Ohren zu und trat den Rückzug an. Nach einigen Schritten jedoch blieb er stehen, wandte sich und befahl der Frau, Pavel morgen ganz gewiß in die Schule zu schicken. Sie versprach, den Auftrag zu bestellen, und tat es, indem sie Pavel am Abend mitteilte, der Herr Lehrer sei dagewesen und ließe ihm sagen, nicht mehr unter die Augen solle er ihm kommen. Die Ermahnung war überflüssig; Pavel wich ohnehin dem Schulmeister auf hundert Schritte aus.

Der Vinska hingegen lief er nach und gehorchte ihr wie ein knurriger Hund, der, unzufrieden mit seinem Herrn, immer zum Aufruhr bereit ist und sich doch immer wieder unterwirft. Was sie wollte, geschah; er besorgte ihre Botengänge; er stahl für sie Holz aus dem Walde, Eier aus den Scheunen der Bauern; er geriet ganz und gar unter ihre Botmäßigkeit.

Indessen, was ihn auch beschäftigte, wohin er auch wanderte – eines vergaß er nicht; einen Umweg scheute er nie und niemals; Tag für Tag kam er ans Tor des Schloßgartens und spähte in den Hof hinein und starrte die Fenster des Hauses an. Anfangs mit sehnsüchtiger Hoffnung im Herzen, später, als ihm diese allmählich erloschen war, aus alter Gewohnheit.

Eines schönen Mainachmittags fand er, als er an seinen Beobachtungsposten trat, zu seiner höchsten Überraschung das Gartentor offen. Unter den Säulen der Einfahrt stand die Equipage der Frau Baronin, eine geschlossene Kalesche, mit dicken Fliegenschimmeln bespannt. Die Dienerschaft drängte sich grüßend und knixend um den Wagen, auf dem ein Koffer aufgebunden war. Nun flog der Schlag lärmend zu, der Lakai sprang zum Kutscher auf den Bock, der schwere Kasten schwankte auf den Schneckenfedern, das Gefährt setzte sich in Bewegung. In kurzem Trabe umkreiste es den Hof, bog ganz langsam um die Ecke am Torpfeiler und rollte der Straße zu. Pavel hatte einen Blick in das Innere des Wagens geworfen und war zurückgefahren wie geblendet. Er preßte das Gesicht an die Mauer; er schloß die Augen und sah dennoch wieder – sah mit den geschlossenen klar und deutlich, was er eben mit seinen offenen Augen gesehen: – die Frau Baronin war nicht allein in ihrem wunderbaren Wagen; neben ihr saß ein kleines Fräulein, in schönen Kleidern, mit einem Hütchen auf dem Kopfe, und hatte wohlbekannte, hatte die Züge Miladas, aber so runde und rosige Wangen, wie seine Schwester nie gehabt.

Plötzlich richtete der Bursche sich empor und sprang in tollen Sätzen dem Wagen nach. Der hatte abermals eine Wendung gemacht und glitt mit eingelegtem Radschuh im Schritt der dicken Schimmel den Abhang des Schloßbergs hinab. Pavel lief quer über das grüne Feld, lief der Kalesche voraus und erwartete sie, am Wegrain aufgestellt, pochenden Herzens. Sie kam quietschend und rasselnd heran, und der Junge streckte sich, guckte und erblickte abermals die liebliche Erscheinung von vorhin. Und jetzt war auch er gesehen worden, ein Freudenjauchzen drang an sein Ohr, die Stimme Miladas rief: "Pavel, Pavel!..." Mit solchem Ungestüm warf das kleine Mädchen sich ans Fenster, daß die Scheibe klirrte und in Stücke brach. Sogleich hielt die Karosse, und der Bediente schickte sich an, vom Bock zu steigen. Hastig befahl die Baronin: "Sitzenbleiben! Vorwärts, jagt den Buben fort!" Die Peitsche knallte um Pavels Kopf, und drinnen im Wagen erscholl lautes Jammergeschrei... Dazwischen ließ ernster, liebevoller Zuspruch sich vernehmen. – Pavel sah, daß die alte Dame das Kind an sich gezogen hatte und daß es in ihren Armen weinte. Dieses Weinen ging ihm durch Mark und Bein; dieses Weinen mußte aufhören, dem mußte er ein Ende machen.

Da stieß er auf einmal einen Jauchzer aus, wie er dem Übermütigsten nicht besser gelungen wäre, und begann in gehöriger Entfernung von der Kutscherpeitsche bärenplump und emsig Räder und Purzelbäume zu schlagen. Wenn der Atem ihm auszugehen drohte, stand er still, lachte zu der Kleinen hinüber, machte Zeichen und schnitt Gesichter, bis sie endlich in ein fröhliches Gelächter ausbrach. Ach, wie hüpfte ihm das Herz im Leibe, als er einmal wieder ihr liebes Lachen vernahm! -

Die Entfernung zwischen ihm und dem Wagen wuchs und wuchs.

Pavel lief und sprang nicht mehr; er schritt nur noch, und als er am großen Berge angelangt war, erklommen die Schimmel eben dessen steilen Gipfel. Mühsam keuchte er die Höhe hinan, und oben brach er zusammen, mit hämmernden Schläfen, einen rötlichen Schein vor den glühenden Augen. Zu seinen Füßen breitete die sonnenbeglänzte Ebene sich aus; an der Grenze derselben lag die Stadt; einzelne ihrer Häuser schimmerten schneeweiß herüber; die vergoldeten Spitzen der Kirchtürme glitzerten wie Sterne am blauen Tageshimmel. In der Richtung gegen die Stadt schlängelte sich die Straße durch die grünen Fluren, und auf der Straße glitt ein schwarzer Punkt dahin, und diesen Punkt verfolgte Pavel so inbrünstig mit den Blicken, als ob das Heil seiner Seele davon abhinge, daß er ihm nicht entschwinde. Als es geschah, als die Schatten der Auen den kleinen Punkt aufnahmen und ihn nicht mehr zum Vorschein kommen ließen, streckte sich Pavel flach auf die Erde und blieb so regungslos liegen wie ein Toter... Seine Schwester war ein Fräulein geworden und war fortgefahren in die Stadt.

Wenn er jetzt ans Gartentor kam, mochte er nur vorübergehen; mit der Freude, nach der Kleinen auszulugen, war es nun nichts mehr. Herb und trostlos fiel der Gedanke an den Verlust seines einziges Glückes dem Jungen auf die Seele. Gern hätte er geweint, aber er konnte nicht; er wäre auch gern gestorben, gleich hier auf dem Fleck. Er hatte oft seine Existenz verwünschen gehört, von seinem eigenen Vater wie von fremden Menschen, und nie ohne innerste Entrüstung dabei zu empfinden; jetzt sehnte er sich selbst nach dem Tod: und wenn es einmal so weit gekommen ist mit einem Menschen, kann auch das Ende nicht mehr ferne sein, meinte er. Und steht es einem nicht frei, es zu beschleunigen? Es gibt allerlei Mittel. Man hält zum Beispiel den Atem an, das ist keine Kunst; es handelt sich nur darum, daß es lange genug geschieht. Pavel unternimmt den Versuch mit verzweifelter Entschlossenheit, und wie er dabei den Kopf in die Erde wühlt, regt sich etwas in seiner Nähe, und er vernimmt ein leises Geräusch, wie es durch das Aufspreizen kleiner Flügel hervorgebracht wird. Er schaut...

Wenige Schritte von ihm sitzt ein Rebhuhn auf dem Neste und hält die Augen in unaussprechlicher Angst auf einen Feind gerichtet, der sich schräg durch die jungen Halme anschleicht. Unhörbar, bedrohlich, grau – eine Katze ist's. Pavel sieht sie jetzt ganz nah dem Neste stehen; sie leckt den lippenlosen Mund, krümmt sich wie ein Bogen und schickt sich an zum Sprung auf ihre Beute. Ein Flügelschlag, und der Vogel wäre der Gefahr entrückt; aber er rührt sich nicht. Pavel hatte über der Besorgnis um das Dasein des kleinen Wesens alle seine Selbstmordgedanken vergessen: – So flieg, du dummes Tier! dachte er. Aber statt zu entfliehen, duckte sich das Rebhuhn, suchte sein Nest noch fester zu umschließen und verfolgte mit den dunklen Äuglein jede Bewegung der Angreiferin. Pavel hatte eine Scholle vom Boden gelöst, sprang plötzlich auf und schleuderte sie so wuchtig der Katze an den Kopf, daß sie sich um ihre eigene Achse drehte und geblendet und niesend davonsprang.

Der Bursche sah ihr nach; ihm war weh und wohl zumute. – Er hatte einen großen Schmerz erfahren und eine gute Tat getan. Unmittelbar nachdem er sich elend, verlassen und reif zum Sterben gefühlt, dämmerte etwas wie das Bewußtsein einer Macht in ihm auf... einer anderen, einer höheren als derjenigen, die seine starken Arme und sein finsterer Trotz ihm oft verliehen. Was war das für eine Macht? Unklar tauchte diese Frage aus der lichtlosen Welt seiner Vorstellungen, und er verfiel in ein ihm bisher fremdes, mühevolles und doch süßes Nachsinnen. Ein lauter Ruf: "Pavel, Pavel, komm her, Pavel!" weckte ihn. Auf der Straße stand der Herr Lehrer, den einer seiner beliebten Nachmittagsspaziergänge bis hieher geführt hatte und der seit einiger Zeit den Jungen beobachtete. Er trug einen Knotenstock in der Hand und versteckte ihn rasch hinter seinem Rücken, als Pavel sich näherte.

"Du Unglücksbub, was treibst du?" fragte er. "Ich glaube, du nimmst Rebhühnernester aus?"

Pavel schwieg, wie er einem falschen Verdacht gegenüber immer pflegte, und der Schulmeister drohte ihm: "Ärgere mich nicht, antworte... Antworte, rat ich dir!"

Und als der Bursche in seiner Stummheit verharrte, hob der Lehrer plötzlich den Stock und führte einen Schlag nach Pavel, dem dieser nicht auswich und den er ohne Zucken hinnahm. Im Herzen Habrechts regten sich sofort Mitleid und Reue.

"Pavel", sagte er sanft und traurig, "um Gottes willen, ich hör nur Schlimmes von dir – du bist auf einem schlechten Weg; was soll aus dir werden?" Diese Anrufung rührte den Buben nicht, im Gegenteil: eine tüchtige Dosis Geringschätzung mischte sich seinem Hasse gegen den alten Hexenmeister bei, der ihn betrogen hatte.

"Was soll aus dir werden?" wiederholte der Lehrer. Pavel streckte sich, stemmte die Hände in die Seiten und sagte: "Ein Dieb."

5

Die Frau Baronin kam noch am Abend desselben Tages nach Hause, aber allein. Ihre Fahrten nach der Stadt wiederholten sich jede Woche den ganzen Sommer hindurch, und man wußte bald im Dorfe, daß ihre Besuche dem Kloster der frommen Schwestern galten, mit deren Oberin sie sehr befreundet war und denen sie die kleine Milada zur Erziehung anvertraut hatte. Das Institut stand in hohen Ehren, und als Pavel hörte, daß seine Schwester dort untergebracht war, durchströmte ihn ein Gefühl von Glück und Stolz und von Dankbarkeit gegen die Frau Baronin. Er widerstand auch einige Zeit lang den Aufforderungen Vinskas und der eigenen Lust, Raubzüge in den herrschaftlichen Wald zu unternehmen. Nur eine Zeitlang. Seitdem der alte Förster pensioniert und sein Sohn an dessen Stelle gekommen, war der Eintritt in den Wald jedem Unbefugten ein für allemal verboten worden. Das neue Gesetz machte böses Blut und reizte gewaltig zu Übertretungen.

Es bildete sich eine Bande von Buben und Mädeln, lauter Häuslerkindern, deren Führerschaft Pavel übernahm wie ein natürliches Recht. In kleinen Gruppen wanderten sie hinaus, lustig, kühn und schlau. Sie kannten die Schlupfwinkel und gedeckten Stege besser als selbst die Heger und gingen mit köstlichem Gruseln ihren Abenteuern entgegen, die nur auf zweierlei Weise enden konnten. Entweder glücklich heimkehren, das gestohlene Holz auf dem Rücken, mit der Aussicht auf Lob und ein warmes Abendessen, oder erwischt werden und Prügel kriegen, an Ort und Stelle wegen Dieberei und daheim, weil man sich hatte erwischen lassen. Das letztere Schicksal traf selten einen anderen als Pavel, dem es oblag, den Rückzug zu decken, und den man immer im Stiche ließ, weil man seiner Verschwiegenheit sicher war. Der Pavel verriet keinen, und hätte er es getan, dem schlechten Buben würde man nicht geglaubt haben.

Sein Ruf verschlimmerte sich von Tag zu Tag. Fand sich im Walde irgendeine böswillige Beschädigung vor, sie war sein Werk. Entdeckte man eine Schlinge, er hatte sie gelegt; fehlten Hühner, Kartoffeln, Birnen, er hatte sie gestohlen. Trat ihn jemand an und drohte ihm, dann stellte er sich und starrte ihm stumm ins Gesicht. Die alten Leute schimpften ihn nicht einmal mehr; er wäre imstande, meinten sie, einem Steine nachzuwerfen aus dem Busch. So schwarz erschien er mit der Zeit, daß die Familie Virgil förmlich in Unschuld schimmerte im Gegensatz zu ihm.

Daß Pavel hundert Hände und die Kraft eines Riesen hätte haben müssen, um die zahllosen Schelmenstreiche, die ihm zugeschrieben wurden, wirklich auszuführen, überlegten seine Mitbürger nicht; er aber kam langsam dahinter, und ihn erfüllte eine grenzenlose Verachtung der Dummheit, die das Unsinnigste von ihm glaubte, wenn es nur etwas Schlechtes war. Er fand einen Genuß darin, das blöde und ihm übelgesinnte Volk bei jeder Gelegenheit von neuem aufzubringen, und wie ein anderer im Bewußtsein der Würdigung schwelgt, die ihm zuteil wird, so schwelgte er in dem Bewußtsein der Feindseligkeit, die er einflößte. Was er zu tun vermochte, sie zu nähren, das tat er, und kannte Aufrichtigkeit nicht einmal gegen den Geistlichen im Beichtstuhl.

Die Zeit verfloß; der Sommer ging zur Neige; der erste September, der Tag des großen Kirchenfestes, kam heran. Im vorigen Jahre noch hatte sich Pavel durch die Menge gedrängt und während des Hochamtes barfüßig und zerlumpt unter den Bauernkindern gekniet, dicht an den Stufen des Altars. Heute trat er nicht in die Kirche ein; er hielt sich draußen wie die Bettler und Vagabunden, zu denen er seiner Ausstaffierung nach paßte. Sein ehemals langer grüner Rock reichte ihm jetzt gerade bis zum Gürtel und präsentierte, geplatzt an allen Nähten, eine Musterkarte von abgelegten Kleidern der Virgilova in Gestalt von großen und kleinen Flicken. Das grobe Hemd ließ die Brust unbedeckt, die Leinwandhose, altersgrau und verschrumpft, war so hoch über die Knie heraufgezogen, als ob ihr Eigentümer eben im Begriff sei, durch den Bach zu waten.

Pavel stand mit dem Rücken an die Planken des Pfarrhofgartens gelehnt, die Arme über den zur Seite geneigten Kopf erhoben, und sah gleichgültigen Blickes den Zug der Kirchgänger vorüberwallen. In Scharen kamen Bursche und Mädel heran; die letzteren begaben sich sofort in das Gotteshaus, die ersten blieben bei den am Weg aufgerichteten Marktbuden zurück und erwarteten, deren Inhalt musternd, das Zusammenläuten zur Predigt. Einer unter ihnen, ein kleiner junger Mensch mit häßlichem, flachgedrücktem Gesicht, tat sich dabei durch ein auffallend protziges Wesen hervor. Er trug feine, halbstädtische Kleidung; an die schwarze Jacke war aus lauter Wohlhabenheit so viel Stoff verschwendet worden, daß sie sich vorne wie eine Tonne blähte und sich hinten zu einem stolzen Katzenbuckel aufbauschte. Die anderen Bursche begegneten dem Dorfstutzer mit einer Rücksichtnahme, die trotz einer kleinen Beimischung von Spott den Wunsch verriet, auf gutem Fuße mit ihm zu stehen. Natürlich auch!

Er war ja der Peter, der einzige Sohn des Bürgermeisters, der Erbe des größten, im besten Stande befindlichen Bauernhofes im ganzen Orte.

Das erste Glockenzeichen klang vom Turme; der Zudrang der Bevölkerung zur Kirche hatte aufgehört; hastend eilten nur noch einzelne Verspätete die Dorfstraße herab. – Ganz zuletzt, ganz allein erschien Vinska und erregte alsbald die Aufmerksamkeit des Hofstaats, der den Peter umgab.

"Sackerment!" hieß es, "die Vinska! Was die heute schön ist! – Wie prächtig ihr das Kopftüchlein steht. – Es ist von Seide, meiner Treu! – Und wenigstens sechs Röcke hat sie an. – Und wie bescheiden sie tut! O du Heilige du!"

Jeder hatte ein boshaftes Wörtlein für sie, oder ein galantes, das viel beschämender war als das boshafte. Nur der Peter schwieg und sah aufmerksam einem Vogel nach, der auf dem Eckpfeiler des Pfarrhofgartens gesessen hatte und sich in die Luft schwang bei Vinskas Nahen. Sie war bald in der die Kirchenpforte umstehenden Menge verschwunden. Die Bursche folgten ihr nach, und Pavel hörte den einen von ihnen zum andern sagen: "Ich möcht nur wissen, wie der Virgil, der alte, krummbeinige Lump, zu der hübschen Tochter gekommen ist."

Der Angeredete verzog den Mund: "Und ich möcht wissen", erwiderte er, "wie die Tochter des Lumpen zu den schönen Kleidern gekommen ist!"

Daß sie schöne Kleider trug, hatte Pavel nicht bemerkt, und von der ganzen Vinska nichts gesehen als ihre Füße oder eigentlich ihre Stiefel! – Eine halb vermischte Erinnerung an eine große Freude, an ein bitteres Leid, war beim Anblick derselben in ihm aufgetaucht, und er sann ihr nach in seiner langsamen und hartnäckigen Weise.

Wenn ihn die Vinska schalt, schloß sie meistens mit den Worten: "Und dumm bist du, dumm, der Dümmste im ganzen Dorfe." Vor kurzem noch hatte diese Versicherung ihn kühl gelassen, seit einiger Zeit begann sie ihn zu verdrießen; ihm schwante, daß etwas Wahres an ihr sei. "Dumm", murmelte er und griff sich an die Stirn, "aber so dumm doch nicht, wie sie glaubt, die Spitzbübin." So dumm doch nicht, daß aus seinem Gedächtnis alles verschwunden wäre, was sich vor einem Jahre begeben hatte, und daß er nicht vermöchte, einen Verdacht, der damals schon flüchtig in ihm aufgestiegen war, von neuem, und jetzt kräftiger, zu fassen.

Das Hochamt dauerte lange; die Sonne stand bereits im Scheitel, als Gesang und Musik endlich verstummten und die Beter so eilig aus der Kirche herausdrängten, wie sie hineingedrängt hatten. Pavels Augen suchten nur die eine und vermochten nicht, sie zu entdecken, auch dann nicht, als das Gewühl sich zerstreute und ein Teil der Leute die Marktbuden umringte, der andere in leicht übersehbarem Zug die Dorfstraße hinanschritt. Vinska war wie verschwunden, und der Peter mit ihr.

Nach der Messe wäre es Pavels Sache gewesen, heimzukehren und mit Virgil das Vieh auf die Weide zu treiben; aber das fiel ihm heute nicht ein. Er vagabundierte in der nächsten Umgebung auf den Feldern und im Walde herum und suchte die Vinska. Bis zur Wut gesteigerte Ungeduld kochte in seiner Brust, und quälend nagte der Hunger an ihm.

Gegen Abend kam er zum Wirtshaus, vor dem es lustig zuging. Betrunkene sangen, Buben balgten sich, kleine Mädchen hüpften im Reigen beim Schall des Zimbals und der Fiedeln, der durch die offene Tür herausgellte. Neugierige hielten die Fenster der Tanzstube besetzt, beobachteten, was drinnen vorging, und machten ihre Glossen darüber. Nach langem Kampf eroberte Pavel einen Platz zwischen ihnen und sah die Paare sich drehen im dunstigen, spärlich erleuchteten Gemach. Ganz nahe am Fenster, an dem er stand, schwenkte Peter die Vinska auf einem Fleck herum. Er war schon stark angetrunken, hatte die Jacke und mit ihr seine vornehme Zurückhaltung abgelegt. Der Peter in Hemdärmeln war ein so ordinärer Kumpan wie der erste beste Knecht.

Die Vinska in seinen Armen schlug züchtig die Augen zu Boden und erglühte feuerrot bei den Reden, die er ihr zuflüsterte, und den Küssen, die er ihr raubte. Über den Anblick vergaß Pavel seinen Hunger – seine Ungeduld wich einem rasenden, ihm unbegreiflichen Schmerz; wie in den Fängen eines Raubtieres wand er sich und brachte ein entsetzliches Röcheln hervor.

Die Umstehenden erschraken; man stieß ihn hinweg, und er wehrte sich nicht; er schlich davon, durch die langsam hereinbrechende Dunkelheit, seinem unheimlichen Daheim zu. Aus der Hütte schimmerte ihm der ungewohnte Glanz einer brennenden Kerze entgegen. Sie war auf dem Fenstersimse aufgepflanzt, und in dem von ihrem Schein erhellten Stübchen saßen Virgil und sein Weib auf der Bank, und zwischen ihnen stand ein Teller mit Braten und eine Flasche Branntwein. Die beiden Alten aßen und tranken und waren guter Dinge. Pavel beobachtete sie eine Weile vom Feldrain aus, stieg dann zum Hohlweg herab, den die Dorfstraße bei den letzten Schaluppen bildete, und streckte sich auf die ausgebrochenen Ziegelstufen des Eingangs, den Kopf an die Tür gelehnt.

So mußte, im Fall, daß er etwa einschlief, die Vinska ihn wecken, wenn sie ins Haus wollte. Stunden vergingen; der matte Glanz, den das Licht im Fenster auf den Weg geworfen hatte, erlosch. Das treibende Gewölk am Himmel, der umschleierte Mond mahnten Pavel an die Winternacht, in welcher er ausgezogen war, Milada aus der Gefangenschaft zu befreien.

Was für ein Narr war er damals gewesen – was für ein Narr geblieben bis auf den heutigen Tag...

Von dem einzigen, der ihn nie beschimpft, dem einzigen, der ihm je eine Wohltat erwiesen, hatte er sich in blödsinnigem Mißtrauen abgewendet und war der Betrügerin unterwürfig gewesen, die ihn zum besten hatte, ihn bestahl und verlachte... Oh – ganz gewiß verlachte und verspottete! Sie spottete so gern, die Vinska, und so leicht bei viel geringeren Veranlassungen, als seine grenzenlose Dummheit eine war.

Was tu ich ihr? fragte er sich plötzlich und antwortete auch sogleich: Ich schlag sie tot. Keine Überlegung: was dann? Nicht die geringste Angst, nicht der kleinste Skrupel, nicht einmal ein Zweifel an der Ausführbarkeit seines rasch gefaßten Vorsatzes.

Er stand auf, öffnete leise die Tür, holte den Knüttel Virgils vom Herde und legte ihn neben sich, nachdem er seinen früheren Platz und seine frühere Stellung wieder eingenommen hatte.

Nun kam eine große Ruhe über ihn; die Augen fielen ihm zu, und er schlief ein. Nicht tief, so halb und halb, wie er zu schlafen pflegte, wenn er die Nacht mit den Pferden draußen auf der Hutweide zubrachte.

Der Morgen dämmerte, als leichte Schritte, die sich näherten, ihn weckten. Sie war's. Heiter, bequem und friedlich mit ihrer unschuldig-pfiffigen Miene kam sie einher, zögerte ein wenig, als sie Pavel daliegen sah, betrat dann ganz sachte die Stufen und beugte sich, um ihn zur Seite zu schieben. – Da packte er sie am Fuß und riß sie zu Boden. Sie fiel ohne einen Laut, erhob sich aber sogleich auf die Knie, während er nach dem Knüttel griff... Ein Blick in des Jungen Gesicht, und aus dem ihrigen wich alles Blut.

"Pavel", stammelte sie, "was fällt dir ein – du wirst mich doch nicht schlagen?" Sie stemmte beide Arme gegen seine Brust und sah angstvoll und bebend zu ihm empor.

"Schlagen nicht – erschlagen werd ich dich", antwortete er dumpf und wandte den Kopf, um ihren flehenden Augen auszuweichen. "Aber zieh zuvor meine Stiefel aus."

"Jesus Maria! wegen der Stiefel willst mich umbringen?"

"Ja, ich will."

"Schrei nicht so... die Alten wachen auf." – "Alles eins."

Sie schmiegte sich an ihn, ein schüchternes Lächeln umzuckte ihre Lippen. "Sie kommen mir zu Hilfe, wie kannst mich dann totschlagen? Geh – sei still, sei gut."

Er suchte sich von ihrer Umarmung loszumachen, die ihn beseligte und empörte; er fühlte, mit Zorn gegen sich, den Zorn gegen sie unter ihren Liebkosungen schwinden. "Spitzbübin!" rief er. "Mach keinen Lärm", mahnte sie; "wenn die Leute zusammenlaufen, was hast du davon? Sei still! Schlag mich tot meinetwegen, aber sei still – schlag mich tot, du dummer Pavel –" und nun kicherte sie schon völlig vergnügt und siegesgewiß.

Zwischen den wirren Haaren, die ihm über die Augen hingen, schoß ein Blitz voll düsterer Glut hervor, der sie von neuem schaudern machte. – Das war kein törichter Junge mehr, es war ein frühreifer Mann, der sie angeblickt hatte, und instinktmäßig rettete sie sich in der Furcht vor ihm – an seine Brust.

"Tu mir nichts! Wie leid wäre dir!"

Sie stand neben ihm und hielt seine Hand, der der Knüttel entsunken war. Sie bat, sie schmeichelte, sie suchte ihn zu rühren und hielt sich selbst eine Totenklage. "O wie leid wäre dir um mich, niemandem so leid wie dir um die arme Vinska."

"Du bist nicht arm!" fuhr er sie an, "du nicht!... Schlecht bist du – und ich geh aufs Bezirksamt und verklag dich."

"Wegen der Stiefel?" fragte sie und lachte herzlich und sorglos.

"Ja."

Flugs ließ Vinska sich auf die Stufen nieder, zog die Stiefel aus und stellte dieselben vor Pavel hin. "Da hast sie, Geizhals! Ich brauch sie nicht! – ich brauch nur dem Peter ein Wort zu sagen, so kauft er mir andere, viel schönere."

Pavel brüllte förmlich auf: "Nein, nein! nimm die meinen, behalt sie, ich schenk sie dir. Nur geh nicht mehr mit dem Peter... Versprich's!" Er faßte sie an den Achseln und schüttelte sie, daß ihr Hören und Sehen verging. "Versprich's, versprich's!"

"Sei ruhig – ich verspreche es", antwortete Vinska; doch war der Ton, in dem sie es sagte, so wenig überzeugend, und es flog ein so seltsamer Ausdruck über ihr Gesicht, daß Pavel die Faust ballend drohte: "Nimm dich in acht!"

6

Die nächste Woche brachte viele Regentage, und an jedem trüben Morgen packte Pavel seine Schulsachen zusammen und ging zum Gelächter aller, die ihm auf dem Wege dahin begegneten, in die Schule. Dort saß er, der einzige seines Alters, unter lauter Kindern und immer auf demselben Platz, dem letzten auf der letzten Bank. Anfangs tat der Lehrer, als ob er ihn nicht bemerkte; erst nach längerer Zeit begann er wieder, sich mit ihm zu beschäftigen. Einmal, als die Stunde beendet war, die Stube sich geleert hatte, Pavel aber fortzugehen zögerte, fragte ihn der Lehrer: "Was willst du eigentlich? In deinem Beruf kannst du dich bei mir nicht ausbilden."

Pavel machte verwunderte Augen, und der Lehrer fuhr fort: "Hast du mir nicht gesagt, daß du ein Dieb werden willst? Nun, Unglücksbub – Unterricht im Stehlen geb ich nicht."

Dem Pavel schwebte schon die Antwort auf der Zunge: Darum ist mir's auch nicht zu tun, versteh's ohnehin. Aber er bezwang sich und sagte nur: "Lesen und schreiben möcht ich lernen."

"Zur Not kannst du's ja."

"Just zur Not kann ich's nicht."

"Mußt dir halt Müh geben."

"Geb mir Müh, kann's doch nicht."

"Gib dein Buch her."

Pavel schüttelte den Kopf: "Aus dem Buch kann ich's schon, aber da –" er fuhr mit der Hand, die heftig zitterte, zwischen sein Hemd und seine Brust und zog einen zerknitterten Brief hervor, "da hat mir der Bote etwas von der Post gebracht..."

"Geschriebenes? Ja so! das ist freilich eine andere Sache, da würde ich wohl selber Mühe haben."

Sein Scherz reute ihn, als Pavel denselben für Ernst nahm und zum ersten Male im Leben demütig sprach: "Ich möcht den Herrn Lehrer doch bitten, daß er's probiert."

Pavel küßte, wenn man so sagen darf, das Blatt mit den Augen und reichte es dem Alten hin, sorgfältig, ängstlich, wie ein leicht zu beschädigendes Kleinod.

Der Lehrer entfaltete es und überflog die Zeilen: "Es ist ein Brief, Pavel – und weißt du von wem?"

"Er wird von meiner Schwester Milada sein, aus dem Kloster."

"Nein, er ist nicht von deiner Schwester aus dem Kloster."

"Nicht?"

"Er ist von deiner Mutter aus dem –" er stockte, und der Bursche ergänzte mit plötzlich veränderter Miene und rauher Stimme: "Aus dem Zuchthaus."

"Willst du ihn hören?"

Pavel hatte den Kopf sinken lassen und antwortete durch ein stummes Nicken.

Der Lehrer las:

"*Mein Sohn Pavel!*

Vor drei monat habe ich Meine feder an das papier gesetzt und meiner Tochter Milada einige Parzeilen in das Kloster geschrieben meine Tochter Milada hat sie aber nicht bekommen die Klosterfrauen haben Ihr ihn nicht gegeben sie haben Mir sagen lassen das beste ist wenn sie von der mutter nichts hört so weiß Ich nicht ob Ich recht tu wenn Ich dir schreibe Pavel mein lieber sohn mit der bitte daß du mir antworten sollst ob meine Parzeilen dich und Milada deine liebe schwester in guter Gesundheit antreffen was Mich betrifft ich bin gesund und so weit zu frieden in meinem platz.

Meine zwei kinder tag und nacht Bete Ich für euch zum Liebengott glaube auch daß meine tochter Milada eine kleine klosterfrau werden wird wenn es die Zeit sein wird und arbeite fleißig hier imhause was mir zurückgelegt wird für meine kinder...

In sechs Jahren mein lieber sohn Pavel werde ich wieder Nachhaus kommen und bitt euch noch daß ihr manchesmal inguten an die Mutter denkt die ärmste auf der welt.

deine Mutter."

Die Lettern des Briefes waren steif und ruhig hingemalt, bei der Nachschrift hatte die Hand gezittert; große matte Flecken auf dem Papier verrieten, daß sie unter Tränen geschrieben worden waren. Mit Mühe entzifferte der Vorleser die halbverwischten Züge, und ihn ergriff die Fülle des Leids und der Liebe, die sich in dieser armseligen Kundgebung aussprach.

"Pavel", sagte er, "du mußt deiner Mutter sogleich antworten."

Der Junge hatte sich abgewendet und starrte finster zu Boden. "Was soll ich ihr antworten?" murmelte er.

"Was dein Herz dir eingibt für die unglückliche Frau."

Pavel verzog den Mund: "Es geht ihr ja gut."

"Gut, du dummer Bub? gut im Kerker?"

Der alte Mann geriet in Eifer, er wurde warm und beredsam; die schönen und vortrefflichen Dinge, die er sagte, ergriffen ihn selbst, ließen Pavel jedoch kühl. Er hatte auf die Vorstellungen des Lehrers zwei Antworten, die er hartnäckig wiederholte, ob sie paßten oder nicht: "Sie sagt ja selbst, daß es ihr gut geht", und: "Die Schwester schreibt ihr nicht, warum soll ich ihr schreiben?"

"Hast du denn gar kein Gefühl für deine Mutter?" fragte der Lehrer endlich.

"Nein", erwiderte Pavel.

Der Alte schüttelte sich vor Ungeduld: "Ich denk der Zeit, wo du ein Kind warst", sprach er, "und brav unter der Obhut deiner braven Mutter, die dich zur Arbeit angehalten hat... Glotz du nur! – Brav und rechtschaffen, sag ich. Das war sie; aber leider gar zu geschreckt und immer halb närrisch aus Angst vor dem niederträchtigen... Na!" unterbrach er sich – "jeder Mensch hat Mitleid mit ihr gehabt, sogar den Richtern hat sie Erbarmen eingeflößt, nur du, ihr Sohn, bist mitleidslos gegen sie. Warum denn, warum? Ich frage dich, gib Antwort, sprich!" Er schob die Brille in die Höhe und näherte die kurzsichtigen Augen dem Gesichte Pavels. In den Zügen desselben malte sich ein eiserner Widerstand; aus den düsteren Augen funkelte ein Abglanz jener Entschlossenheit, die, auf eine große Sache gestellt, den Märtyrer macht. -

Der Alte seufzte, trat zurück und sagte: "Geh, mit dir ist nichts anzufangen." Als Pavel schon an der Tür war, rief er ihm aber doch Halt zu: – "Eins nur will ich dir sagen. Es ist dir nicht alles eins; ich hab es bemerkt, wenn die Leute dich schimpfen; eine Zeit kann kommen, in welcher du froh wärst, gut zu stehen mit den Leuten, und gerne hören möchtest: In seiner

Jugend war der Pavel ein Nichtsnutz, aber jetzt hält er sich ordentlich. Für den Fall merk dir, merk dir, Pavel", wiederholte er nachdrücklich, und eine schwache Röte schimmerte durch das fahle Grau seiner Wangen: "Mach dich nicht zu deinem eigenen Verleumder. Das Schlechte, das die andern von dir aussagen, kann bezweifelt, kann vergessen werden; du kannst es niederleben. Das Schlechte, ja sogar das Widersinnige und Dumme, das du von dir selbst aussagst, das putzt sich nicht hinweg, das haftet an dir wie deine eigene Haut – das überlebt dich noch!"

Er erhob die Hände über den Kopf, huschte so planlos und unbeholfen im Zimmer umher wie ein aus dem Schlafe gescheuchter Nachtfalter und wimmerte und stöhnte: "Vergiß meinetwegen alles, was ich dir gesagt habe; aber den Rat vergiß du nicht, den geb ich dir aus meiner eigenen Erfahrung!" Pavel betrachtete den Schullehrer nachdenklich; der alte Herr tat ihm leid und kam ihm zugleich unendlich töricht vor. Worüber kränkte er sich? Konnte es darüber sein, daß die Leute ihn einen Hexenmeister nannten?... Das wäre auch der Mühe wert!

Für sein Leben gern hätte er sich erkundigt, wußte aber nicht, wie die Frage stellen. Er nahm so lange keine Notiz von des Lehrers entlassenden Winken, bis dieser ihn heftig anließ: "Was willst du noch?" Dann gab er zur Antwort: "Wissen, was den Herrn Lehrer kränkt." Habrecht bog sich zurück, tat einen tiefen Atemzug und schloß die Augen. "Später, Pavel, später, jetzt würdest du mich nicht verstehen."

Da platzte Pavel heraus: "Das wegen der Hexerei?" Ein unwillkürlicher Aufschrei: "Ja, ja!" und der Lehrer packte ihn an den Schultern und schob ihn aus der Tür.

Also richtig! der Alte grämte sich über den Verdacht, in dem er im Dorfe stand. – Unbegreiflich kindisch erschien das dem Pavel; sein Gönner wurde von Stunde an ein Schwächling in seinen Augen, und er schlug dessen eindringlichste Warnung in den Wind. Ja, sie reizte ihn sogar, ihr zuwiderzuhandeln. Die Leute sollen ihn nur für schlechter halten, als er ist, er will's – nach Lob und Liebe geizen die Feiglinge; sich sagen zu dürfen: Ich bin besser, als irgendeiner weiß – das ist die herbe, die rechte Wonne für ein starkes Herz.

Den Brief der Mutter bemühte sich Pavel nachzubuchstabieren, und jetzt, wo er dessen Inhalt kannte, gelang es ihm so ziemlich. Vinska überraschte ihn bei der Beschäftigung, wollte wissen, was er las, und als er ihr eine Auskunft darüber verweigerte, suchte sie ihm das Blatt zu entreißen.

"Was?" zürnte sie, da er ihr wehrte, "du willst mir verbieten, daß ich mit dem Peter gehe, hast aber Geheimnisse vor mir? kriegst Briefe und versteckst sie?" Ihre hübschen Brauen zogen sich zusammen, um den Mund zuckte ein unbezwingliches Lächeln. "Meinst denn, daß ich nicht eifersüchtig bin?"

Sie scherzte, sie verhöhnte ihn, er wußte es und – war beseligt, daß sie so mit ihm scherzte. "Ja, just – eifersüchtig! Du wirst just eifersüchtig sein", brummte er, und ein Himmel tat sich vor ihm auf bei dem Gedanken, wie es denn wäre, wenn aus dem Spiel, das sie jetzt mit ihm trieb, einmal Ernst werden sollte. Einmal! in der weiten unabsehbaren Zukunft, die noch vor ihm lag und welcher er, wenn auch sonst nichts, doch ein festes Vertrauen auf die eigene Kraft entgegentrug.

Die Vinska hatte eine Hand auf die schlanke Hüfte gestemmt und streckte die andere nach ihm aus: "Von wem ist der Brief, Pavlicek?" fragte sie schmeichelnd und schelmisch, "der Brief, den du an deinem Herzchen versteckst?"

"Von meiner Mutter", antwortete er rasch und wandte sich ab.

Vinska tat einen Ausruf des Erstaunens: "Wenn's wahr ist! Ich hätt nicht geglaubt, daß die im Zuchthaus Briefe schreiben dürfen. Was könnten sie auch schreiben? – gute Lehren vielleicht, wie man's anstellen soll, um zu ihnen zu gelangen ins freie Quartier."

Pavel nagte gequält an den Lippen.

"Wirf den Brief weg", fuhr Vinska fort, "und sag niemandem, daß du ihn gekriegt hast; es soll nicht heißen, daß zu uns Briefe kommen aus dem Zuchthaus. Die Leute sagen uns ohnehin genug Übles nach."

"Noch immer weniger, als ihr verdient!" rief Pavel heftig aus, und Vinska errötete und sagte verwirrt und sanft: "Ich hab dein Bestes im Sinn; ich hab gestern den ganzen Tag für dich genäht; ich hab dir ein ganz neues Hemd gemacht."

"Ein Hemd – so?"

"Aber glaub mir, mit der Mutter sollst du nichts zu tun haben; glaub mir, sie hat den Galgen mehr verdient als dein Vater, und er hat gewiß recht gehabt, wie er immer ausgesagt hat vor Gericht: das Weib hat mich verführt... Er hat nichts von sich gewußt, er war ja immer besoffen; aber sie – oh, sie hat's hinter den Ohren gehabt!... und es war halt wie im Paradies mit dem Adam und der Eva."

Sie sah ihn lauernd von der Seite an und begegnete in seinen Zügen dem Ausdruck einer außerordentlichen Überraschung.

"War denn der Adam besoffen?" fragte er mit ehrlicher Wißbegier.

Vinska faßte ihn an beiden Ohren, rüttelte ihn und lachte: "O wie dumm! nicht vom Adam, von deinem Vater ist die Rede, und daß deine Mutter ihn verleitet hat, den Geistlichen umzubringen."

"Schweig!" rief Pavel, "du lügst."

"Ich lüg nicht, ich sag, was ich glaube und was andere glauben."

"Wer, wer glaubt das?" Sie antwortete ausweichend, aber er packte ihre Arme mit seinen großen Händen, zog sie an sich und wiederholte: "Wer sagt das, wer glaubt das?" bis sie geängstigt und gefoltert hervorstieß: "Der Arnost."

"Mir soll er's sagen, mir; ich schlag ihm die Zähn ein und schmeiß ihn in den Bach."

"Dir wird er's nicht sagen, vor dir fürchtet er sich – laß mich los, ich fürcht mich auch; laß mich los, guter Pavel."

"Aha, fürcht'st dich, fürcht dich nur!" sprach er triumphierend und – entwaffnet. Zum Spaß rang er noch ein wenig mit ihr und gab sie plötzlich frei. Reicher Lohn wurde ihm für seine Großmut zuteil: die Vinska sah ihn zärtlich an und lehnte einen Augenblick ihren Kopf an seine Schulter. Ein

Freudenschauer durchrieselte ihn, aber er rührte sich nicht und bemühte sich, gleichgültig zu scheinen.

"Pavel", begann Vinska nach einer Weile, "ich hätt eine Bitte, eine ganz kleine. Willst sie mir erfüllen? – Es ist leicht." Sein Gesicht verdüsterte sich: "Das sagst du immer, ich weiß schon. Was möcht'st du denn wieder?"

"Der alte Schloßpfau hat noch ein paar schöne Federn", sagte sie, "rupf sie ihm aus und schenk sie mir."

Sie bat in so kindlichem Ton, ihre Miene war so unschuldig und er völlig bezaubert. Er ließ sich's nicht merken, brummte etwas Unverständliches und schob sie sachte mit dem Ellbogen weg. Dann nahm er die Peitsche vom Herd und ging zur Schwemme, die Pferde zusammenzuholen, mit denen er auf der Hutweide übernachten sollte.

Die Hutweide lag in einer Niederung vor dem Dorfe, nicht weit vom Kirchhof, der ein längliches Viereck bildete und sich, von einer hohen weißgetünchten Mauer umgeben, ins Feld hineinstreckte. Es war eine Nacht, so lau wie im Sommer; in unbestrittenem Glanz leuchtete der Mond, und die von seinem Licht übergossene Wiese glich einem ruhigen Wasserspiegel. Still weideten die Pferde. Pavel hatte sich in seiner Wächterhütte ausgestreckt, die Arme auf den Boden, das Gesicht auf die Hände gestemmt, und beobachtete seine Schutzbefohlenen. Die Fuchsstute des Bürgermeisters, die weißmähnige, war früher sein Liebling gewesen; seitdem er aber den Sohn des Bürgermeisters haßte, haßte er auch dessen Fuchsstute. Sie kam, auf alte Freundschaft bauend, zutraulich daher, beschnupperte ihn und blies ihn an mit ihrem warmen Atem. Ein Fluch, ein derber Faustschlag auf die Nase war der Dank, den ihre Liebkosung ihr eintrug. Sie wich zurück, mehr verwundert als erschrocken, und Pavel drohte ihr nach. Er hätte alles von der Welt vertilgen mögen, was mit seinem Nebenbuhler in Zusammenhang stand. Das Versprechen der Vinska flößte ihm kein Vertrauen ein; es war viel zu rasch gegeben worden, viel zu sehr in der Weise, in welcher man ein ungestümes Kind beschwichtigt.

Sie will kein Geschrei, kein Aufsehen; sie tut ja seit einiger Zeit so ehrbar, hat ihr früheres übermütiges Wesen, ihre Gleichgültigkeit gegen die Meinung der Leute abgelegt. Die Angst und Hast, mit der sie ausgerufen hatte:

"Es soll nicht heißen, daß zu uns Briefe kommen aus dem Zuchthaus", klang dem Pavel noch im Ohr. Er meinte, das Blatt an seiner Brust brenne; er griff danach und zerknüllte es in der geballten Faust. Was brauchte sie ihm aber auch zu schreiben, die Mutter? Hatte sie noch nicht Schande genug über ihn gebracht? Sie stand zwischen ihm und allen andern Menschen. Zwischen ihn und die Vinska, die so viel bei ihm galt, sollte sie ihm nicht treten... In seinem tiefsten Innern glaubte, ja wußte er: seine Mutter hat das nicht getan, dessen man sie beschuldigt, und dennoch trieb ihn ein dunkler Instinkt, sich selbst zu überreden: Es kann wohl sein... Und aus dem schwankenden Zweifel wuchs ein fester Entschluß hervor: Ich will nichts mehr mit ihr zu tun haben. Ihren Brief zerriß er in Fetzen. Auf dem letzten, den er in der Hand behielt, waren noch die Worte zu lesen: "Deine Mutter die ärmste auf der Welt..." Das bist du, mußte er doch etwas wehmütig berührt zugestehen, das bist du, von jeher gewesen... Ihre große Gestalt tauchte vor ihm auf in ihrem Ernst, in ihrer Schweigsamkeit. Abends erliegend unter der Last der Arbeit, der Not, der Mißhandlung, am Morgen wieder rastlos am Werke. Er sah sich als Kind an ihrer Seite, von ihrem Beispiel angeeifert, schon fast so still und so vertraut mit der Mühsal wie sie. Er erinnerte sich mancher derben Zurechtweisung, die er durch seine Mutter erfahren, und keiner einzigen Äußerung ihrer Zärtlichkeit... vieler jedoch ihrer stummen Fürsorge, ganz besonders der alltäglich vorgenommenen ungleichen Teilung des Brotes. Ein großes Stück für jedes Kind, ein kleines für sie selbst...

Pavel begann die Fetzen des Briefes zusammenzulegen, legte sie aufeinander und betrachtete das Päckchen, ungewiß, was er damit anfangen sollte. Endlich trug er's zum Friedhof und begrub es dort zu den Füßen der Mauer, unter den herüberhängenden Zweigen einer Traueresche.

In seine Hütte zurückgekehrt, legte er sich hin und schlief ein und träumte von dem schönen Hemde, das Vinska für ihn genäht und das eine große Frau mit verhülltem Antlitz, in dunkle Sträflingsgewänder gekleidet, ihm streitig zu machen suchte. Das Bild dieser Frau verfolgte ihn fortan; und wenn er in mondhellen Nächten nur eine Weile unverwandt nach dem Friedhof blickte, ballte es sich zusammen aus Nebel und Dunst und glitt an der schimmernden Mauer vorbei. Pavel starrte die Erscheinung mit tiefem Grauen an und dachte: Meine Mutter ist vermutlich gestorben und "meldet" sich bei mir.

Der Vinska erzählte er von diesem Erlebnis nichts, hätte auch keine Gelegenheit dazu gehabt. Sie war unfreundlich mit ihm, guckte immer nach seinen Händen, wenn er heimkam, sagte spitz: "Schön Dank für die Federn!" – und ging ihm übrigens schmollend aus dem Wege. – Er sah wohl ein, das würde nicht anders werden, bevor er ihr den Willen getan, und so bequemte er sich zur Erfüllung ihres kindischen Wunsches, die ihm eine leichte Sache schien. Seit Miladas Abreise stand die Pforte des Schloßgartens wieder offen von früh bis abends, und der alte Pfau stelzte unzählige Male im Tag an ihr vorbei.

Er hatte in der Tat nur Reste seines sommerlichen Federschmucks übrigbehalten, drei Prachtexemplare an lächerlich langen, von Nachwuchs noch unbedeckten Kielen. Eines Tages lauerte Pavel ihm auf, und als er ihn kommen sah, schlich er ihm nach in den Garten. Längs eines schmalen Weges, den Bäume und Büsche gegen das Haus deckten, schritt der Vogel gemächlich hin und pickte aus purer Jagdlust hie und da ein Insekt vom Boden auf. Plötzlich mußte er, so leise Pavel auch auftrat, dessen Schritte vernommen haben; denn er blieb stehen, reckte mit einer raschen Wellenbewegung den Hals und wandte den Kopf seinem Nachfolger zu, wie fragend: Was willst du von mir? – Wirst gleich sehen, dachte der Bursche, und als Meister Pfau ein schnelleres Tempo einschlug, machte Pavel ein paar Sätze, glitt aus und fiel nieder, verlor aber die Geistesgegenwart nicht, sondern streckte die Hand aus und entriß mit festem, glücklichem Griff dem Vogel auf einmal seine letzte Zier. Der stieß ein rauhes Alarmgeschrei hervor, machte kehrt, schnellte halb fliegend, halb springend empor, und ehe der noch am Boden Liegende sich besann, saß ihm das zornige Tier im Nacken und hackte mit dem harten, scharfen Schnabel auf seinen Kopf, seine Schläfen los. Es tat weh, kam dem Pavel jedoch sehr komisch vor, daß ein Vogel sich in einen Kampf mit ihm einließ. Er lachte – wohl etwas krampfhaft – und machte eine heftige Anstrengung, das Tier abzuschütteln. Aber es krallte sich mit unheimlicher Stärke fester, spreizte die Flügel, hielt sich im Gleichgewicht, und immerfort kreischend, streckte es den kleinen Kopf weit vor, die Augen seines Feindes suchend und bedräuend...

Da wurde diesem angst... Mit beiden Händen griff er nach dem langen blauen Hals, dessen Gefieder sich unter seinen Fingern sträubte, und drehte ihn zusammen wie zu einem Knoten. Das Tier gab noch einen schrillen, verzweiflungsvollen Laut und glitt über Pavels Schulter zur Erde, wo es auf dem Rücken liegenblieb mit zusammengezogenen zuckenden Füßen. Ob tot, hatte der Sieger nicht mehr Zeit, sich zu überzeugen; denn er sah aus dem Schlosse Leute herbeikommen, raffte die Federn vom Grase auf und war wie der Blitz aus dem Garten. Draußen auf der Straße mäßigte er seine Schnelligkeit, um nicht durch sie die Aufmerksamkeit der Vorübergehenden zu erregen. Das Herz pochte ihm heftig, und er dachte an den Lärm, den es im Schlosse bei der Auffindung der zappelnden Pfauenbestie absetzen würde. An der Spitze der Schar, die auf deren Geschrei nach dem Kampfplatz geeilt war, meinte er die Frau Baronin erkannt zu haben.

Eine Weile ging Pavel unbehelligt seines Weges und hoffte schon, dem Verdacht und der Gefahr entronnen zu sein, als die Rufe: "Galgenstrick, schlechter Bub!" an sein Ohr schlugen und ihn eines anderen belehrten. Hinter ihm her waren, wie er sich durch einen raschen Blick überzeugte, der schmächtige rundrückige Gärtner und zwei alte Arbeiter: "Greif aus, elendes Krüppelvolk!" höhnte Pavel und schoß vorwärts im leichten wegverschlingenden Lauf.

Er hatte einen guten Vorsprung vor seinen Verfolgern, und als er zu rennen begann, wurde ein noch viel besserer daraus. An dem Aufsehen, das er erregte, lag ihm jetzt nichts mehr, sondern nur daran, seinen Raub in Sicherheit zu bringen. Glühend, mit funkelnden Augen stürmte er in die Hütte. Vinska stand allein im Flur und errötete vor Freude, als Pavel ihr die Federn hinreichte. Bei seinen hastig hervorgestoßenen Worten: "Versteck sie! versteck dich!" erschrak sie jedoch sehr und fragte: "Was gibt's mit ihnen? Ich mag sie gleich nicht, wenn's was mit ihnen gibt." Er drang ihr das gestohlene Gut auf, schob sie in die Stube und trat selbst zum Eingang der Hütte zurück, wo er sich an den Türpfosten lehnte, die Arme kreuzte und trotzigen Mutes die Häscher erwartete.

Der Anführer derselben war so aufgeregt, daß er nur abgebrochen seine Befehle erteilen konnte: "Packt ihn! Packt den Hund! Ins Schloß mit ihm!" rief er seinen Begleitern zu, zweien preßhaften und friedfertigen Menschen, die einander ansahen und dann ihn und dann wieder einander. – Packen? war das ihre Sache?... Sie hielten sich für verdienstvolle Gärtnergehilfen, weil sie zum Rechen griffen und mit ihm auf den Wegen herumscharrten, sobald sie die Schloßfrau erblickten. Den Rest des Tages lagen sie im Gras, tranken Schnaps und rauchten zuweilen; meistens jedoch schliefen sie.

Dem Pavel wäre es nur ein Spiel und zugleich ein wahres Genügen gewesen, die Guardia anzurennen und zu Boden zu schlagen, aber um Vinskas willen und ihrer Angst vor einem Skandal verzichtete er auf diese Ergötzlichkeit und ließ sich ruhig beim Kragen nehmen, was die beiden Alten zaghaft und ohne innere Überzeugung taten. Indessen wuchs ihnen der Kamm bei der Widerstandslosigkeit, mit der Pavel sich in sein Schicksal ergab, und ein großer Stolz erwachte ihnen, als sie den wilden Buben, dem sie sonst von weitem auswichen, als Gefangenen durch das Dorf führten. Der Gärtner, der Zeter und Mordio schrie, bildete die Nachhut, und die Straßenjugend lief mit. "Was hat er getan?" fragten die Leute. Er soll etwas erwürgt haben... Was? weiß vorläufig niemand; aber das weiß man: Der kommt ins Zuchthaus wie die Mutter, der stirbt am Galgen wie der Vater. Fäuste erhoben sich drohend, Steine flogen und fehlten, aber Worte, schlimmer als Steine, trafen ihr Ziel. Pavel blickte keck umher, und das Bewußtsein unauslöschlichen Hasses gegen alle seine Nebenmenschen erquickte und stählte sein Herz.

Gelassen trat er in den Schloßhof und wurde sogleich ins Haus und in ein ebenerdiges Zimmer mit vergitterten Fenstern gebracht, dessen Tür man hinter ihm absperrte.

Es war eines der Gastzimmer, in dem Pavel sich befand, und seine Augen hatten, solange sie offenstanden, eine Pracht wie diejenige, die ihn hier umgab, nicht erblickt. Seidenzeug, grün schillernd wie Katzenaugen, hing an Fenstern und Türen in so reichen Falten, wie der neue Sonntagsrock Vinskas sie warf, und mit demselben Stoff waren große und kleine Bänke, die Lehnen hatten, überzogen. An den Wänden befanden sich Bilder, das heißt eingerahmte dunkelbraune Flecken, aus denen an verschiedenen Stellen ein weißes Gesicht hervorschimmerte, eine fahle Totenhand zu winken schien... Ein großer Schrank war da, dem Altar in der Kirche sehr ähnlich, und am Fensterpfeiler ein Spiegel, in dem Pavel sich sehen konnte in seiner ganzen lebensgroßen Zerlumptheit. Als er hineinblickte und dachte: So bin ich? gewahrte er über seinem Kopf ein seltsames Ding. Ein flacher eiserner Kübel schien's, aus dem goldene Arme herausragten und der mit einem äußerst dünnen Seilchen an der Decke befestigt war. Pavel sprang sogleich davon und betrachtete das böse Ding mißtrauisch aus der Entfernung. Es schien keinen anderen Zweck und auch keine andere Absicht zu haben, als auf die Leute, die so unvorsichtig waren, in sein Bereich zu treten, niederzustürzen und sie zu erschlagen.

Nach kurzer Zeit ließen Schritte auf dem Gang sich hören; die Tür wurde geöffnet, und die Baronin trat ein. Sie ging mühsam auf den Stock gestützt, war sehr gebeugt und blinzelte fortwährend. Fast auf den Fersen folgte ihr, tief bekümmert, die spärlichen Haare so zerzaust, als hätte er eben in ihnen gewühlt – der Schulmeister. Sein ungeschickt fahriges Benehmen fiel sogar dem schlechten Beobachter Pavel auf.

"Wohin belieben Euer Gnaden sich zu setzen?" fragte der Alte, schoß dienstfertig umher und rückte die Sessel auseinander, um der Frau Baronin den Überblick und somit die Wahl zu erleichtern.

"Lassen Sie's gut sein, Schullehrer", sagte sie ärgerlich, nahm gerade unter dem Kronleuchter mit dem Rücken gegen die Fenster Platz, legte den Stock auf ihren Schoß und gab Pavel Befehl näher zu treten.

Er gehorchte. Der Lehrer jedoch stellte sich hinter den Sessel der gnädigen Frau, und über ihren Kopf hinweg bedrohte er abwechselnd den Delinquenten mit Blicken des Ingrimms oder suchte ihn durch Mienen, welche die tiefste Wehmut ausdrückten, zu erschüttern und zu rühren. Die Baronin hielt die Hand wie einen Schirm an die Stirn und sprach, ihre rotgeränderten Augen zu Pavel erhebend: "Du bist groß geworden, ein großer Schlingel. Als ich dich zum letztenmal gesehen habe, warst du noch ein kleiner. Wie alt bist du?"

"Sechzehn Jahre", erwiderte er zerstreut. Das eiserne Ding an der dünnen Schnur nahm seine ganze Aufmerksamkeit in Anspruch. Im Geist sah er's herunterfallen und die Frau Baronin auf ihrem Richterstuhl zu einem flachen Kuchen zusammenpressen.

Diese nahm wieder das Wort: "Schau nicht in die Luft, schau mich an, wenn du mit mir redest... Sechzehn Jahre!... Vor drei Jahren hast du mir meine Kirschen gestohlen, heute erwürgst du mir meinen guten Pfau, der mir, das weiß Gott, lieber war als mancher Mensch." Der Lehrer erhob seine flehend gefalteten Hände und gab dem Burschen ein Zeichen, diese Gebärde nachzuahmen. Pavel ließ sich aber nicht dazu herbei.

"Warum hast du das getan?" fuhr die Baronin fort. "Antworte!"

Pavel schwieg, und der alten Frau schoß das Blut ins Gesicht. Erregten Tones wiederholte sie ihre Frage. Der Junge schüttelte den Kopf; aus seinem dichten Haargestrüpp hervor glitt sein Blick über die Zürnende, und ein leises Lächeln kräuselte seine Lippen. Da wurde die Greisin vom Zorn übermannt.

"Frecher Bub!" rief sie, griff nach ihrem Stock und gab ihm damit einen Streich auf jede Schulter.

Nun ja, dachte Pavel, wieder Prügel, immer Prügel... und er richtete einen stillen Stoßseufzer an das eiserne Ding: Wenn du doch herunterfallen, wenn du ihr doch auf den Kopf fallen möchtest!

Habrecht machte hinter dem Rücken der Baronin ein Kompliment, in dem sich Anerkennung aussprach: "Euer Gnaden haben dem Holub Pavel eine spürbare Zurechtweisung gegeben", bemerkte er. "Das war gut; eine sehr gute Vorbereitung zum Verhör, das ich jetzt mit Euer Gnaden Erlaubnis vornehmen will."

Der alten Frau war nach ihrer Gewalttat nicht wohl zumute. Sie hatte ihren Zorn auf einmal ausgegeben und lag nun im Bann eines viel unleidigeren Gefühls: einer grämlichen, sentimentalen Entrüstung. "Was ist da zu verhören?" sprach sie; "der schlimme Bub hat mir meinen Pfau erwürgt und will nicht sagen warum, weil er sonst sagen müßte: aus Bosheit."

"So ist es! O gewiß!" bestätigte der Lehrer. "Dem armen Pfau fehlten, als man ihn tot auffand, seine letzten Schwanzfedern, die hat der schlechte Bub ihm gewiß ausgerupft – aus Bosheit!"

"Das ist nun wieder albern, Schulmeister!" fiel die Baronin ärgerlich ein. "Wenn der Junge – wie schon viele andere dumme Jungen vor ihm – meinem armen Pfau nur Federn ausgerupft hätte, wäre das noch kein Zeichen von Bosheit – Dummheit wäre es gewesen und Dieberei."

"O wie wahr!" entgegnete Habrecht, "- Dummheit und Dieberei. So ist es und nicht anders, Euer Gnaden."

"Ist es so? Wer weiß es?"

"Ganz recht, wer... außer – Euer Gnaden, die sogleich Licht in die Sache gebracht haben. Federn ausrupfen? Ei, ei, ei! Um Federn war's dem Buben zu tun; dadurch hat er den Pfau gereizt und einen Kampf hervorgerufen, in dem das gute Tier gefallen ist."

Wie der Rabe Odins an dessen Ohr neigte sich Habrecht an das Ohr der Baronin und flüsterte: "Nicht ohne an dem Feind Spuren seiner Tapferkeit zu hinterlassen. Geruhen sich zu überzeugen, die Stirn des Buben ist zerhackt und voll Blut."

"So? Ja – mir scheint so..."

"Sprich, Holub Pavel!" rief der Lehrer, sich wieder aufrichtend, "entschuldige dich. Um die Federn war's dir dummem Jungen zu tun, eine böse Absicht hast du nicht gehabt."

"Sprich!" befahl auch die Baronin. "Hat dich jemand zum Raub der Federn angestiftet? Denn im Grund", setzte sie nach kurzer Überlegung hinzu, "was solltest du mit ihnen?"

"Freilich, was? ein solcher Bettler mit Pfauenfedern..."

Jedesmal, wenn das Wort "Federn" ausgesprochen wurde, überrieselte es den Burschen; als ihm aber der Lehrer nun mit der bestimmten Frage zu Leibe ging: "Wer hat dich angestiftet? war's nicht die saubere Vinska?", da überkam ihn eine Todesangst vor den schlimmen Folgen, welche dieser Verdacht für die Tochter des Hirten haben könnte, und fest entschlossen, ihn abzuwenden, sprach er mit dumpfer Stimme: "Es hat mich niemand angestiftet; ich hab's aus Bosheit getan."

Die Baronin stieß ihren Stock heftig gegen den Boden und erhob sich: "Da haben Sie's", sprach sie zum Schullehrer, "da hören Sie ihn... den geben Sie auf, der ist verloren."

"Erbarmen sich Euer Gnaden!" flehte der Alte. "Glauben ihm nicht. Der unsinnige Tropf lügt sich zum Schelm; der Tropf weiß nicht, was er tut, Euer Gnaden!"

Sie winkte ihm zu schweigen und trat dicht an Pavel heran. Ihre müden Augen maßen den Wildling mit traurigem Ausdruck: "Und das ist der Bruder meines lieben Kindes", sagte sie tief aufseufzend. "Sooft das Kind an mich schreibt und sooft ich es sehe, fragt es: "Wie geht's meinem Pavel? Wann wird mein Pavel zu mir kommen?"... Es weiß, daß ich mit ihm nichts zu tun haben will, ich habe es erklärt und bleibe dabei, aber es fragt doch, das Kind..."

Pavel war zusammengefahren, er riß die Augen weit auf, seine Nasenflügel bebten: "Welches Kind? – die Milada?"

"Wann wird mein Pavel zu mir kommen?" wiederholte die Baronin erregt und gerührt und mit den Tränen kämpfend. "Aber kann ich dich zu ihr schicken, Dieb, schlechter Bub, schlechtester im Dorfe!... kann ich denn?"

"Schicken Sie mich", sagte Pavel leise.

Der Lehrer zog die Schultern in die Höhe, schob die Kinnlade vor und machte ihm die eindringlichsten Zeichen: "Haben Euer Gnaden die Gnade, ich bitte untertänigst, Euer Gnaden! So spricht man."

Pavel aber zermarterte seine verschränkten Finger; seine Brust hob sich keuchend; mit einem trockenen Schluchzen sprach er noch einmal: "Schicken Sie mich."

Die Baronin wandte sich dem Lehrer zu: "Es scheint ihm Eindruck zu machen."

"Es macht ihm einen außerordentlichen Eindruck. Euer Gnaden haben das Rechte getroffen mit diesem weisen Beschluß..."

"Beschluß? Von einem Beschluß ist noch gar nicht die Rede."

Den Einwand überhörend, fuhr der Lehrer fort: "Das unschuldige Kind wird besser als irgendwer auf sein Gemüt zu wirken verstehen, das Kind..."

"Das Kind", fiel die Baronin ein, "ist der Stolz und der Liebling des Klosters."

"Sehen Euer Gnaden!... Und was könnte für den verwahrlosten Jungen heilsamer und aneifernder sein als der Anblick seiner wohlgeratenen Schwester, als ihr Beispiel, ihre Ermahnungen?"

"Vielleicht", entgegnete die alte Dame nachdenklich. "Und so wollen wir es denn in Gottes Namen versuchen... Ein letztes Mittel. Schlägt das fehl, dann – mein Wort darauf: bei seiner nächsten Übeltat kommt er nicht mehr vor mein – sondern vor das Bezirksgericht."

"Hörst du's?" rief der Lehrer, und Pavel murmelte ein ungerechtfertigtes "Ja". In Wirklichkeit wußte er nicht, was und ob überhaupt gesprochen worden, seitdem man ihm Hoffnung gemacht hatte, daß er seine Milada wiedersehen solle. Das unerreichbare Ziel seiner jahrelangen Sehnsucht stand plötzlich nahe vor ihm; sein heißester, in tausend Schmerzen aufgegebener Wunsch war ihm auf das unerwartetste erfüllt. Das Herz hüpfte ihm im Leibe; ein Jauchzen, das er nicht unterdrücken konnte, drang aus seiner Kehle; er wandte sich auf den Fersen: "Und jetzt geh ich zur Milada!" sagte er.

"Halt!" rief die Baronin, "bist närrisch? So ohne weiteres geht man nicht zur Milada. Jetzt trollst du dich nach Hause, und am Samstag kommst du ins Schloß und holst einen Brief für die Frau Oberin ab. Den wirst du ins Kloster tragen und bei der Gelegenheit vielleicht deine Schwester zu sehen bekommen."

"Gewiß! ich werde sie gewiß zu sehen bekommen – wenn ich nur einmal dort bin!" sprach Pavel und schürzte mit einer unwillkürlichen Bewegung die Ärmel auf.

"Nicht gar zuviel Zuversicht", versetzte die Baronin. Sie war müde geworden und schickte sich an, ihren früheren Platz wieder einzunehmen. Da sprang Pavel auf sie zu, schob sie hastig zur Seite und den Lehnsessel aus dem Bereich des Kronleuchters hinaus: "So", rief er, "jetzt setzen Sie sich."

Die Greisin war nahe daran gewesen, umzusinken, als sie statt des Stützpunktes, den sie suchte, einen Stoß erhielt. Mit einem Schrei der Angst klammerte sie sich an den in tiefster Ehrfurcht dargereichten Arm des Lehrers, der die gnädige Frau zu ihrem Sitz geleitete und dann bebend vor Unwillen die Faust gegen Pavel erhob: "Was tust? was fällt dir ein – Spitzbube?"

Pavel deutete ruhig nach der Schnur des Lüsters: "Wenn das Strickerl reißt, ist sie ja tot", sprach er.

"Esel! Esel! – fort! hinaus!" rief Habrecht, und der Junge gehorchte, ohne mit Abschiednehmen Zeit zu verlieren.

Die Baronin beruhigte sich allmählich und sagte: "Er ist blitzdumm, aber er hat wenigstens eine gute Absicht gehabt."

"Das weiß Gott", rief der Lehrer, "- wenn Euer Gnaden nur nicht so erschrocken wären!"

"Ach was! Daran liegt nichts." Sie zog das Taschentuch und drückte es an ihre Stirn. "Viel schlimmer ist, viel schlimmer, daß ich einmal wieder inkonsequent gewesen bin... Wie oft habe ich mir vorgenommen: Es bleibt dabei, meine Milada darf ihren Bruder nicht mehr sehen – und jetzt schicke ich ihn selbst zu ihr!... Keine Willenskraft mehr, keine Energie – der geringste Anlaß, und – mein festester Vorsatz ist wie weggeblasen."

"Kommt vom Alter, Euer Gnaden", fiel Habrecht in liebenswürdig entschuldigendem Tone ein – "da können Euer Gnaden nichts dafür... Der Mensch ändert sich. Bedenken nur, Euer Gnaden! auch die Zähne, mit denen man in der Jugend die härtesten Nüsse knackt, beißt man sich im Alter an einer Brotrinde aus."

"Ein unappetitlicher Vergleich", erwiderte die Baronin; "verschonen Sie mich, Schullehrer, mit so unappetitlichen Vergleichen."

7

In der Nacht vom Samstag auf den Sonntag schloß Pavel kein Auge. Er lag wie in Fieberhitze und meinte immer, jetzt und jetzt komme jemand, ihm den Brief abzufordern, den ihm die Baronin am Abend überschickt hatte und der ihm Einlaß ins Kloster verschaffen sollte. Sie konnte sich's anders überlegt, ihre Güte konnte sie gereut haben... Pavel kauerte sich zusammen auf seiner elenden Lagerstätte und faßte wilde Entschlüsse für den Fall, daß seine Besorgnisse in Erfüllung gehen sollten.

Indessen graute der Morgen, und Pavels eigene Hirngespinste blieben seine einzigen Bedränger. Dennoch verließ die Unruhe ihn nicht. Schon um vier Uhr stand er am Brunnen und wusch sich vom Kopf bis zu den Füßen, zog Hemd und Hose an und den Rock, der eine bedeutende Verschönerung erfahren hatte. Auf dessen schleißigster Stelle, gerade über dem Herzen, prangte ein bunter Flicken, ein handgroßes Stück Zeug, das beim Zuschneiden von Vinskas neuem Leibchen übriggeblieben war. Pavel nahm sich vor, es herabzutrennen und der kleinen Milada zu schenken, wenn es ihr so gut gefiele wie ihm. Und so zog er rüstig und freudig aus und begegnete keiner lebenden Seele im ganzen Dorf. An der Mauer des Schloßgartens schlüpfte er besonders eilig vorbei, und nun ging's bergab und bergauf, immer mit der stillen Besorgnis: Wenn mir nur keiner nachläuft, um mich zurückzurufen.

Auf der Höhe angelangt, von welcher aus er vor fast zwei Jahren dem Wagen nachgeblickt, der seine Schwester entführte, atmete er freier. Er besann sich, wie schön er damals die Türme der Stadt hatte glänzen gesehen. Heute lagerten Herbstnebel über ihnen und verbargen sie seinen Augen. Und auf dem Feld, das zu jener Zeit im Grün der jungen Halme geprangt, lagen große harte Schollen, vom Pfluge umgelegt, dessen Schaufel einen Metallglanz auf ihnen hinterlassen hatte. Er schritt weiter, verlor sein Ziel oft aus den Augen, verfolgte es aber mit dem Instinkt eines Tieres; es fiel ihm nicht ein, daß er's verfehlen könnte. Drei Stunden war er gewandert, da hörte er zum ersten Male deutlich den Schlag der Uhr von einem der Kirchtürme schallen und langte bald darauf bei den kleinen Häuschen der Vorstadt an.

Die Brücke, von welcher er oft sprechen gehört hatte, lag vor ihm, und unter ihr rauschte ein so gewaltiges Wasser, wie er nicht gewußt hatte, daß es auf Erden gibt. Und das Wunder, das er anstaunt, Milada sieht es alle Tage, denkt Pavel; und Stolz auf die Schwester und Ehrfurcht vor ihr ergreifen ihn.

Am Brückenpfeiler sitzt ein altes Weib und hat Äpfel feil. Gewiß ißt Milada Äpfel noch ebenso gern wie früher – wie wär's, wenn er ihr ein paar mitbrachte? Die Hökerin kehrt ihm den Rücken zu; sie kramt eben in ihrer Vorratskiste; ihr ein paar Äpfel wegzumausen wär eine kleine Kunst... Soll er? soll er nicht? – Eine innere Stimme warnt ihn: Gestohlenes Gut taugt nicht mehr für Milada... Er steht und zaudert. Da wendet sich die Alte, sieht ihn, rühmt ihre Ware und lädt ihn zum Kaufe ein.

"Ich hab kein Geld", sagt Pavel zögernd.

Mit der Freundlichkeit der Hökerin ist es sogleich vorbei, und ihre Aufforderung lautet jetzt: "Wenn du kein Geld hast, so pack dich!"

Das ist wieder gewohnter Klang, Pavel fühlt sich angeheimelt, er fragt nun fast zutraulich nach dem nächsten Weg zum Fräuleinstift.

"Was willst du im Fräuleinstift?" brummt das Weib. "Wärst gestern gekommen. Am Samstag wird dort ausgeteilt."

Pavel lügt, er weiß selbst nicht warum, und behauptet, das sei ihm wohl bekannt, wiederholt seine Erkundigung und wandelt, nachdem er sie erhalten, einem Hause zu, das sich wie eine riesige gelbgetünchte Schachtel am Ende des Platzes erhebt. Es hat auffallend kleine Fenster und an der Seite ein schmales Pförtchen, zu dem einige Stufen hinunterführen. Ratlos steht er lange davor, pocht, rüttelt an der Klinke, aber sie bleibt unbeweglich und sein Pochen ungehört. Eine Schar kleiner Jungen kommt daher; einer von ihnen springt die Treppe zur Klosterpforte hinab, hängt sich an den Glockenstrang, läßt ihn plötzlich zurückschnellen und läuft davon. Ein Geläute, das gar nicht enden wollte, drang aus dem Innern des Hauses; das Pförtchen öffnete sich, Pavel trat ein und stand wieder vor einer geschlossenen Tür; doch hatte diese ein Glasfenster und gewährte den Einblick in eine Halle, deren ziemlich niedriges Gewölbe von freistehenden

Säulen getragen wurde und deren Wände mit Feuchtigkeitsflecken bedeckt waren. Eine Nonne erschien, musterte den Besucher und fragte mit strenger Miene: "Warum schellst du so stark? Was willst du?"

"Meine Milada", stammelte Pavel. Es überkam ihn plötzlich, daß er sich unter einem Dache mit seiner Schwester befand, und unleidlich wurde seine Ungeduld. "Wo ist sie?" rief er.

"Wen meinst du?" fragte die Klosterfrau. "Es gibt hier keine Milada, du bist wohl fehlgegangen."

Schon wollte sie ihn abweisen, da erinnerte er sich des Talismans, den er bei sich trug, und überreichte den Brief.

Die Nonne betrachtete eine Weile die Aufschrift: "Ja so", sagte sie. "Liebes Kind, deine Schwester heißt bei uns Maria. Du kannst sie jetzt nicht sehen, sie ist in der Kirche."

Pavel erklärte, er wolle auch in die Kirche, und dabei nahm sein Gesicht einen so entschlossenen und bösen Ausdruck an, daß der Pförtnerin angst wurde. Sie bemühte sich, ihm begreiflich zu machen, daß er warten müsse, bis die Messe aus sein werde, führte ihn zu dem Ende in ein an die Halle anstoßendes Zimmer, ließ ihn dort allein und verschloß hinter ihm die Tür.

Da war er ein Gefangener. Der düstere Raum, in dem er sich befand, hatte keinen zweiten Eingang, dafür aber drei mit schweren bauchigen Gittern versehene Fenster. Sie öffneten sich auf einen mit Obstbäumen bepflanzten Rasenplatz, in dessen Mitte, altersgrau und verwittert, eine Muttergottesstatue stand, ein buntes Kränzlein auf dem Haupte, und Pavel dachte gleich, niemand anders als Milada habe das geflochten... Wenn sie doch käme, bald käme, wenn doch die Messe schon vorüber wäre!... Glockenklang erhob sich, es wurde zum Sanktus geläutet; nun folgte die Wandlung, Pavel sank auf die Knie und betete inbrünstig: Lieber Gott, schick mir meine Schwester! Er sehnte sich, er hoffte, er wartete – die Glocken hatten längst zum letzten Segen geläutet, die Kleine erschien immer noch nicht. Und still war's ringsum wie in einer leeren Kirche. Kein Mensch im Garten zu erblicken, in der Halle kein Laut, kein Schritt zu hören. Pavel warf sich gegen die Tür und polterte mit Händen und Füßen, solange er konnte. Umsonst, niemand kam, ihn zu erlösen. – Erschöpft und verzweifelt sank er auf den Boden, zu Füßen eines großen Tisches, der nebst einigen an die Wände gerückten Stühlen die ganze Einrichtung der Stube bildete.

Sie kommt nicht, kommt nicht, und mich hat man eingesperrt und vergessen – das sagte er sich, anfangs mit zorniger Empörung über etwas Abscheuliches und Unerhörtes, zuletzt mit stumpfer Ergebung in das Unabänderliche. Sein Kopf wurde immer schwerer, seine Augen fielen zu, er schlief ein. So fest, so tief schlief er, daß ihn das Geräusch der plötzlich aufgerissenen Tür nicht weckte, daß er erst zum Bewußtsein kam, als ein Paar kleine Arme ihn umklammerten, eine liebe, geliebte Stimme jauchzte: "Pavel, Pavel, bist du endlich da?"

Er riß die Augen auf, sprang empor – schaute, wurde feuerrot, hätte auch gern etwas gesagt und konnte nicht brannte danach, sie an sein Herz zu ziehen, und wagte es nicht. – Ach, schön, schön hatte er sich seine Schwester vorgestellt, aber so schön, wie sie ihm in Wirklichkeit erschien, doch nie und nimmermehr!

- Sie trug ein dunkelblaues Kleid, das im Schnitt ein wenig an einen priesterlichen Talar mahnte, und auf der Brust ein silbernes Kreuz. Ihre blonden Haare waren in einen Zopf geflochten, der ihr über den Rücken hing bis zum Gürtel; an der Stirn, den Schläfen, im Nacken aber kräuselten sich, der glättenden Hand eigensinnig entschlüpft, kleine, feine goldige Löckchen und umgaben den Kopf wie ein Heiligenschein.

Immer scheuer wurde die Bewunderung, mit der Pavel das Kind betrachtete, plötzlich trübten sich seine Augen, er hob den Arm empor und preßte ihn an sein Gesicht. Diesem seltsamen Empfang gegenüber blieb die Kleine eine Weile ratlos, umfing ihren Bruder aber bald von neuem, und unter ihren Liebkosungen wich der entfremdende Bann, der ihn bei ihrem Anblick ergriffen hatte. Er setzte sich, nahm sie auf seinen Schoß, küßte und herzte sie und ließ sich von ihr erzählen, wollte auf das genaueste wissen, wie sie lebte, was sie tat, was sie lernte, vor allem jedoch was sie zu essen bekam. Er staunte, wie geringen Wert sie auf diese so wichtige Sache legte, wie ihr um nichts so sehr zu tun war als darum, das bravste Kind im ganzen Kloster zu sein, und um die Anerkennung dieser Tatsache.

"Es ist schwer, die Bravste zu sein, weil so viele gute Kinder da sind; aber ich bin's doch!" sagte sie, richtete sich freudig auf und rief mehr im Ton der Überzeugung als der Frage: "Du bist es auch?"

"Ich?" entgegnete er, voll ehrlicher Verwunderung – "wie soll denn ich brav sein?"

Ohne die verschränkten Finger von seinem Nacken zu lösen, streckte sie die Arme aus, bog sich zurück, sah ihm in die Augen und sprach: "Wie du brav sein sollst? – So halt – wie man halt brav ist; man tut nichts Unrechtes... Du wirst doch nichts Unrechtes tun?"

Er schüttelte den Kopf, suchte sich von ihr loszumachen, besonders aber ihren Blick zu vermeiden: "Warum soll ich nichts Unrechtes tun?" murmelte er – "es geht nicht anders."

"Und welches Unrecht tust du zum Beispiel?"

"Zum Beispiel?... Ich nehme den Leuten Sachen weg..."

"Was für Sachen?"

"Wie du fragst? – Was soll ich denn nehmen? was ich immer genommen habe, Obst – oder Rüben oder Holz..."

Mit steigender Angst, aber noch zweifelnd, schrie die Kleine auf: "Dann bist du ja ein Dieb!"

"Ich bin auch einer."

"Das ist nicht wahr! sag, daß es nicht wahr ist, daß du nicht schlecht bist! um Gottes willen, sag es..."

Sie drohte, schmeichelte und geriet in Bestürzung, als er die Entschuldigung vorbrachte: "Wie soll ich nicht schlecht sein? Die Eltern sind ja auch schlecht gewesen."

"Just deswegen!" rief sie, "begreifst du's nicht? – just deswegen bin ich die Bravste im ganzen Kloster und mußt du der Bravste sein im ganzen Dorf...

damit der liebe Gott den Eltern verzeiht, damit ihre Seelen erlöst werden... Denk an die Seele des Vaters, wo die jetzt ist..."

Eine fliegende Blässe überzog wie ein Hauch ihre rosigen Wangen. "Wir müssen immer beten", fuhr sie fort, "beten, beten und gute Werke tun und uns bei jedem guten Werke sagen: Für die arme Seele, die im Fegefeuer brennt."

Mit tiefster Durchdrungenheit stimmte Pavel bei: "Ja, die brennt gewiß."

"O Gott im Himmel!... und weißt du, was ich glaube?" flüsterte die Kleine – "wenn wir schlimm sind, da brennt sie noch ärger, weil der liebe Gott sich denkt, das kommt von dem bösen Beispiel, welches die Kinder bekommen haben von..." Sie hielt inne, schluckte einigemal nacheinander, ihre Augen öffneten sich weit und starrten den Bruder voll leidenschaftlichen Schmerzes an. Plötzlich faßte sie seinen Kopf mit beiden Händen, drückte ihr Gesicht an das seine und fragte: "Warum stiehlst du?"

"Ach was", erwiderte er, "laß mich."

Sie umklammerte ihn fester und rief wieder ihr beschwörendes: "Sag! sag!" und da er durchaus nicht Rede stehen wollte, begann sie zu raten: "Stiehlst du vielleicht aus Hunger... Bist du vielleicht manchmal hungrig?"

Er lächelte gelassen: "Ich bin immer hungrig."

"Immer!"

"Ich denk aber nicht immer dran", suchte er sie zu beruhigen, als sie in Jammer ausbrach über diese Antwort; doch hörte die Kleine ihn nicht an, sondern rannte, unter heftigen Vorwürfen gegen sich selbst, aus dem Zimmer.

Bald erschien sie wieder, gefolgt von einer Laienschwester, die einen reichlich mit Brot und Fleisch besetzten Teller trug. Der wurde auf den Tisch gestellt und Pavel eingeladen, sich's schmecken zu lassen.

Er machte der Aufforderung Ehre, aß hastig, war aber erstaunlich bald satt.

"Ist das dein ganzer Appetit?" fragte die Klosterdienerin und sah ihn mit jungen hellen Augen freundlich an. "Bist nicht gewohnt ans Essen, hast gleich genug, ich kenn das schon. Woher kommt er denn, wer ist er?" wandte sie sich an Milada.

"Von zu Hause", antwortete diese, "er ist mein Bruder."

"Nun ja, in Christus, jeder Arme ist unser Bruder in Christus."

"So mein ich's nicht, er ist mein wirklicher Bruder!" beteuerte Milada und wurde böse, als die Schwester sie ermahnte, sich erstens nicht zu ärgern und zweitens nicht einmal im Scherz eine Unwahrheit zu sagen.

"Aber ich sag ja keine Unwahrheit, Schwester Philippine! Fragen Sie die ehrwürdige Mutter, fragen Sie das Fräulein Pförtnerin!..." eiferte das Kind. Die Klosterdienerin aber erwiderte gutmütig verweisend: "Seien Sie ruhig, Fräulein Maria, seien Sie nicht schlimm, Sie waren schon so lange nicht mehr schlimm. Nur nicht wieder in den alten Fehler verfallen, sonst müßt ich's melden; Sie wissen recht gut, daß ich's melden müßt."

Damit nahm sie rasch den Teller vom Tisch, nickte den Kindern einen munteren Abschiedsgruß zu und ging.

"Sie will nicht glauben, daß ich dein Bruder bin", sprach Pavel nach einer Weile.

Milada legte wieder ihre Wange an die seine und flüsterte ihm ins Ohr: "Vielleicht glaubt sie's doch."

"Glaubt's doch?... Warum tut sie dann so?... Und warum hast du ihr's nicht besser gesagt? Warum warst du gleich still?... Ich bin still, wenn ich recht hab, weil's mich freut, wenn die Leut so dumm sind, und ich mir dann so gut denken kann: Ihr Esel! – Aber du brauchst das nicht."

"Ja ich! ich bin auch still, nicht aus Trotz und Hochmut wie du – aus Demut und Selbstüberwindung." Sie warf sich in die Brust, und ihr Gesichtchen leuchtete vor Stolz: "Damit die Engel im Himmel ihre Freude an mir haben."

Nachdem sie sich an der Bewunderung geweidet, mit der er sie ansah, fuhr sie fort: "Pavel, ich darf unserer Mutter nicht schreiben, aber du schreibe ihr; schreibe ihr, daß ich immerfort für sie bete und nichts anderes werden will als eine Heilige... Ja!... und daß ich auch für sie sorge, schreibe ihr, und mir alle Tage etwas abbreche für sie und alle Tage wenigstens ein gutes Werk tue für sie... Und du, Pavel", unterbrach sie sich, faßte ihn an beiden Schultern und fragte: "Was tust du für unsere Mutter?"

"Ich?" lautete die Antwort, "- ich tu halt nichts."

"Ach geh! du wirst schon etwas tun..."

"Was soll ich tun? – ich weiß nicht was."

"So sag ich dir's! – Du sollst dran denken, was die Mutter anfangen wird, wenn sie heimkehrt: Wohin soll sie gehen, wo soll sie wohnen, die arme Mutter?" -

Und nun kam Milada mit einem ganz fertigen Plan, der darin bestand, daß Pavel einen Grund kaufen und für die Mutter ein Haus bauen müsse.

Er ärgerte sich: "Wie soll denn ich ein Haus bauen? Ich hab ja kein Geld."

"Aber ich habe!" rief das Kind. "Wart, ich bring dir's... bleib ruhig sitzen und wart."

Eilends flog sie davon; lange jedoch dauerte es, eh sie wiederkam. Die Pförtnerin folgte ihr und hielt einen Gegenstand, den Milada in der Hand trug, scharf im Auge. "Halt", sprach die Klosterfrau, "was wollen Sie damit tun?"

"Ich schenk es meinem Bruder, ich hab Erlaubnis von der ehrwürdigen Mutter."

Die Pförtnerin betrachtete das Kind mißbilligend, fragte gedehnt: "Wirklich?" und zog sich langsam mit leise gleitenden Schritten zurück.

Milada schwang triumphierend einen gestrickten Beutel, durch dessen weite Maschen es hell und silbern blinkte. Er enthielt ihre Ersparnisse, das von der Frau Baronin erhaltene und gewissenhaft zurückgelegte Wochengeld, im ganzen vierunddreißig Gulden. Daß man damit noch keinen Grund kauft und noch kein Haus baut, leuchtete sogar dem geschäftsunkundigen Pavel ein; aber es war doch ein Anfang, es war doch ein Eigentum, an das sich die Hoffnung, es zu vergrößern, knüpfen ließ. Die Kinder berieten, wie das geschehen solle, und Milada kam bald darauf, daß ihr Bruder fleißig arbeiten und etwas verdienen müsse.

Pavel aber meinte: "Wie soll denn ich etwas verdienen? Solang ich beim Hirten bin, kann ich nichts verdienen... Ja!" rief er – "ja wenn..." Ein Gedanke war in ihm aufgetaucht, und dieses ungewöhnliche Ereignis versetzte ihn in fieberhafte Erregung – "wenn ich hierbleiben dürft, sie haben ja eine Wirtschaft, die Klosterfrauen... wenn sie mir etwas zu tun geben möchten in der Wirtschaft..."

"In der Wirtschaft?" fragte Milada und machte große Augen.

"Wenn sie mir einen Dienst geben möchten", fuhr er fort, "bei den Ochsen, bei den Pferden, bei den Kühen oder so etwas, daß ich hierbleiben könnt, daß ich nur nicht ins Dorf zurück müßt."

Er faßte ihre Hände und beschwor sie, seine Fürsprecherin bei den Klosterfrauen zu sein. Nachdem seine träge Phantasie einmal begonnen hatte, ihre Schwingen zu entfalten, flog sie beharrlich fort und trug ihn immer höher empor. Ein so ausgezeichneter Knecht wollte er werden, daß die Beförderung zum Aufseher und dann zum Meier nicht lange auf sich warten lassen könnte. Von dem Geld, das er verdiente, wollte er daheim im Dorf ein Haus für die Mutter bauen. Die sollte nur dort wohnen, er blieb in der Nähe seiner Schwester, und wie er sie heute sah und sprach, so würde er sie dann sehr oft sehen und sprechen, und wenn das sein könnte, dann wäre er glücklich, wäre brav, aus wäre es mit der Schlechtigkeit, mit der Dieberei, aus mit der – Pavel ballte die Faust gegen ein unsichtbares Wesen: mit der Vinska, wollte er sagen, doch überkam es ihn, als dürfe er den Namen in Gegenwart seiner Schwester nicht aussprechen. Das Kind schmiegte sich an ihn, machte keine Einwendung, hörte seiner Erzählung wie der des schönsten Märchens zu und setzte manchmal noch ein Licht auf in dem freundlichen Bilde, das er entwarf.

"Ja, du wirst der Meier sein und ich die Heilige!" hatte die Kleine eben freudig ausgerufen... da ertönte laut und lange fortgesetzt, aus der Ferne erst, dann näher und näher der Schall einer Glocke. Milada seufzte tief auf.

"Das Zeichen", sagte sie.

"Was für ein Zeichen?"

"Daß du fortgehen mußt."

"Ich geh aber nicht! Du hast ja selbst gesagt, daß ich hierbleiben kann", rief Pavel, und die Kleine erwiderte bestürzt: "Was fällt dir ein? Ich darf so etwas nicht sagen."

Nun begann es dicht vor der Tür zu schellen, sie wurde geöffnet, die Pförtnerin ließ sich blicken, sprach nicht, setzte aber die Glocke, die sie in der Hand hielt, immer heftiger in Bewegung. Zugleich erschien eiligen Schrittes Schwester Philippine und rief Pavel zu: "Die Sprechstunde ist aus, höchste Zeit, empfiehl dich, vorwärts, vorwärts!"

Er gab keine Antwort und gehorchte auch nicht. Die Klosterdienerin wiederholte ihre Mahnung; Pavel aber, den Kopf gesenkt, mit den Fingern einer Hand die der anderen pressend und zerrend, blieb auf seinem Sessel sitzen. Die Pförtnerin rief eine zweite Laienschwester herbei, gab auch ihr Befehl, den zudringlichen Burschen fortzuschaffen, und winkte Milada, das Zimmer zu verlassen. Die Kleine zögerte. Da kam die Nonne auf sie zu und ergriff sie beim Arme: "Sie gehen hinauf in die Klasse", sprach sie, mit äußerstem Bemühen, das Beben ihrer Stimme zu verbergen und den schüchternen Widerstand des Kindes mit Sanftmut zu besiegen. Doch funkelte Unwillen aus ihren dunklen Augen, und die leisen Worte, die sie dem Klosterzögling zuflüsterte, schienen, nach dem Eindruck, den sie hervorbrachten, zu schließen, nicht eben gütige zu sein. Die Kleine lauschte ihnen mit gespannter, angstvoller Aufmerksamkeit, rief plötzlich: "Leb wohl, Pavel! leb wohl!" und eilte hinweg.

Da sprang er auf, stieß die Laienschwestern, die ihn festhalten wollten, zur Seite und stürmte Milada in die Halle nach. "Bleib!" schrie er – "hast du vergessen, was wir tun wollen, was geschehen muß? Bleib da und sag's den Klosterfrauen!"

Er wurde immer ungebärdiger und bedrohte die Dienerinnen, die sich anschickten, ihn mit Gewalt fortzuschaffen. Die friedliche Klosterhalle stand in Gefahr, der Schauplatz eines kleinen Handgemenges zu werden, als die aus dem Garten hereinführende Tür geöffnet wurde und einem langen Zuge von Nonnen Einlaß gewährte, an dessen Spitze die Oberin zwischen den zwei nächsten Würdenträgerinnen schritt. Ein mildes Lächeln auf dem schönen Gesichte, die großen klaren Augen mit dem Ausdruck leisen Staunens auf die erregte Pförtnerin gerichtet, kam sie bis zum Eingange des Sprechzimmers und blieb vor demselben stehen. Die Pförtnerin war plötzlich wie versteinert, die Laienschwestern knixten bis zur Hälfte ihrer natürlichen Größe zusammen, Milada neigte sich in tiefer Verbeugung, lehnte das Köpfchen auf die Schulter, errötete und erbleichte.

"Was gibt es denn? was geschieht hier?" fragte die Oberin, und so wohl dem Auge der Anblick ihrer edlen Züge, so wohl tat dem Ohr der reine Metallklang ihrer Stimme: "Warum ist unsere kleine Maria noch nicht in die Klasse zurückgekehrt?"

Die Pförtnerin gab eine etwas verworrene Erklärung dessen, was sich eben zugetragen; sie schonte dabei Pavels nicht, und die hohe Vorgesetzte hörte ihr zu, mit nicht mehr Ungeduld, als ein Engel hätte verraten dürfen, und ließ mit der Teilnahme eines solchen ihren Blick auf dem verklagten Übeltäter ruhen.

"Mit den Klosterfrauen willst du sprechen?" sagte sie zu ihm; "so sprich, mein Kind, da sind die Klosterfrauen."

Pavel erbebte vor Entzücken und Hoffnungsfreudigkeit bei diesen gütigen Worten; aber zu tun, wie sie ihn geheißen, vermochte er nicht. Zagend blinzelte er zu der Ehrwürdigen empor, die vor ihm stand, so licht und hehr in ihren dunklen Gewändern. Ihm war, als hätte er in das Antlitz der Heiligen Jungfrau geschaut... und als sein Blick im Niedergleiten ihre Hände streifte, da meinte er zwischen den schlanken, über dem Gürtel gefalteten Fingern den Schlüssel zum Himmel blinken zu sehen... Wie gepackt und niedergeworfen von einer gewaltigen Faust lag er mit einemmal auf seinen Knien, und seine Lippen murmelten leise und inbrünstig: "Erlösen! Erlösen!"

Im nächsten Augenblick kniete seine Schwester neben ihm und begann auch zu rufen, nur lauter, nur kühner als er: "Erlösen!... Erlösen!... Ehrwürdige Mutter, erlösen Sie ihn!"

Die Angeflehte machte eine Bewegung der Abwehr. Sie reichte Milada beide Hände, zog sie in die Höhe und sprach: "Ich weiß nicht, was ihr wollt, und so bittet man nicht. Auch du, Bursche, steh auf und sage vernünftig, was du zu sagen hast."

Pavel erhob sich sogleich; seine Wangen glühten braunrot, Schweißtropfen perlten an den Wurzeln seiner Haare; er wollte sprechen, brachte aber nur ein heiseres und undeutliches Gemurmel hervor.

"Sprich du für ihn, was will er?" wandte die Oberin sich an Milada.

"Er möchte so gern hierbleiben" erwiderte das Kind bewegt und kleinlaut; "er möchte ein Knecht sein bei den Kühen oder bei den Pferden."

Die Ehrwürdige lächelte, und ihr Gefolge, die großen und die kleinen Nonnen, die breiten und die schmalen, die freundlichen und die strengen lächelten gleichfalls.

"Wie kommt er auf den Gedanken? hat ihn jemand hergewiesen?... Fräulein Ökonomin, ist eine Stelle frei in der Wirtschaft?"

"Keine", antwortete die Angeredete.

Pavel bildete sich ein, zwischen den beiden Frauen sei es hin- und hergeflogen wie ein Blick stillen Einverständnisses, als die Oberin von neuem gefragt: "Vielleicht denkt aber der Meier daran, einen der Knechte zu entlassen? Der Bursche kann früher davon gehört haben als wir; wäre das nicht möglich?"

"Nein. Ich weiß ganz bestimmt, daß der Meier nicht daran denkt, einen Knecht zu entlassen."

"So – so", versetzte die Oberin; "nun denn, mein Kind, da ist nichts zu tun, da waren diejenigen, die dich zu uns geschickt haben, falsch berichtet. Geh denn heim, mein Kind, geh mit Gott, und du, kleine Maria, in die Klasse! -in die Klasse!"

Sie wollte sich abwenden und ihren Weg weiterverfolgen. Pavel warf sich ihr entgegen; ehrfurchtsvolle Scheu hatte bisher seine Zunge gebunden, die Angst der Verzweiflung löste sie.

"Um Gottes willen, gütige, gebenedeite Klosterfrau", rief er und faßte die Oberin am Kleide, "um Gottes willen, behalten Sie mich! Schicken Sie mich nicht ins Dorf zurück... Meine Milada sagt, daß ich brav werden soll, im Dorf kann ich nicht brav werden... Hier will ich's sein, behalten Sie mich hier... Im Dorfe bin ich ein Dieb und muß ein Dieb sein..."

"Kind, Kind, was sprichst du?" entgegnete die Ehrwürdige; "niemand muß ein Dieb sein, jeder Mensch kann sich sein Brot redlich verdienen."

"Ich nicht!" schrie Pavel und wehrte sich mit allen Kräften gegen zwei Nonnen, die vorgetreten waren und das Gewand der Oberin aus seinen Händen zu lösen suchten, "ich nicht!... Was ich verdiene, nimmt der Virgil und versauft's, und ich muß auch seine ganze Arbeit tun und bekomme nichts... Die Gemeinde sollte mir Kleider geben und gibt mir nichts... Und wenn die Virgilova hingeht und sagt: Der Bub hat kein Hemd, der Bub hat keine Jacke, sagen sie: Und wir haben kein Geld... aber wenn sie auf die Jagd gehen wollen und ins Wirtshaus, dann haben sie immer Geld genug..."

Ungläubig schüttelte die Oberin den Kopf und machte Einwände, die Pavel widerlegte. Der wortkarge Junge sprach sich in eine wahre, derb zutreffende Beredsamkeit hinein. Was er vorbrachte, war nicht die Frucht langen Nachdenkens; die Erkenntnis seines ganzen Elends kam ihm zugleich mit derjenigen, daß es eine Rettung geben könne aus diesem Elend, und jede neue Anklage gegen seine schlechte Adoptivmutter, die Gemeinde, und jeden neuen Ausbruch der Entrüstung und des Jammers schloß er mit dem leidenschaftlichen Beschwören: "Behalten Sie mich! Schicken Sie mich nicht ins Dorf zurück!" Allein – ob seine Augen sich angst- oder hoffnungsvoll auf die hohe Frau richteten, welcher er die Macht zuschrieb, sein trostloses Schicksal in ein glückliches zu verwandeln, immer begegneten sie demselben Ausdruck sanfter Unerbittlichkeit. Und wie sie vor sich hinblickte, unendlich fromm, unendlich teilnahmslos, so tat ihr ganzes Gefolge, und der schwer begreifende Pavel begriff endlich, daß er umsonst gebeten hatte.

"Geh, mein Kind", sprach die Oberin, "geh mit Gott und bedenke, wo immer du wandelst, wandelst du unter seinen Augen und unter seinem Schutz. Und wenn er mit uns ist, was vermögen die Menschen wider uns?

Was vermag ihr böses Beispiel und was die Versuchung, in welche ihr böses Beispiel uns führt? Geh getrost, mein Kind, und der Herr geleite dich."

Sie gab der Pförtnerin einen Wink; diese eilte, die Tür der Halle zu öffnen. Stumm, ohne Gruß schritt Pavel dem Ausgang entgegen. Da ertönte plötzlich ein durchdringender Schrei. Milada, die bisher regungslos dagestanden, ohne den Blick, ohne das ein wenig heuchlerisch zur Seite geneigte Köpfchen auch nur einmal zu erheben, rannte ihrem Bruder nach: "Warte, ich geh mit dir!" rief sie, hing sich an seinen Hals, küßte ihn und schluchzte: "Armer Pavel! Armer Pavel!" Ganz außer sich schlug sie mit den kleinen Fäusten nach den Nonnen, die an sie herantraten und sie in sanft beschwichtigender Weise zur Ruhe ermahnten. Sie keuchte, sie wimmerte: "Lassen Sie mich! Ich will mit ihm gehen, weil er arm ist, weil er ein Dieb ist... Sehen Sie! sehen Sie! er hat Lumpen, er hat nichts zu essen, ich will auch Lumpen haben, ich will auch nichts zu essen haben, ich will nicht eine Heilige sein und in den Himmel kommen, wenn er in die Hölle kommt!"

Sie schrie, als ob sie sich mit Gewalt die Brust zersprengen wollte, und er, kämpfend zwischen seiner Bestürzung über die Heftigkeit und seiner Freude über diese unerwartete Äußerung ihrer Liebe, starrte sie an, beschämt, beglückt – und völlig ratlos und rührte sich nicht, als die Klosterfrauen einen dichten Kreis um ihn und Milada schlossen, die Arme der Kleinen von seinem Nacken lösten und sie, festgehalten an Händen und Füßen, emporhoben. Es geschah mit größter Schonung, ohne das geringste Zeichen von Ungeduld; ein tiefes Leid, ein inniges Bedauern war alles, was sich in den Mienen der frommen Frauen aussprach, als ihr Zögling auch jetzt noch seinen Widerstand fortsetzte.

"Pavel!" kreischte das Kind, "Pavel, reiß mich los!... Gehen wir fort, weit weg... gehen wir zusammen in die Arbeit, in den Ziegelschlag wie früher, wie damals, wo wir klein waren... ich will achtgeben auf dich, daß du kein Dieb mehr bist... Reiß mich los!... Nimm mich mit... Geh nicht allein... ich seh dich nie mehr, wenn du allein weggehst... Sie lassen dich nie mehr zu mir... Nie mehr!" Ihr Schreien endete in nicht unterscheidbaren Lauten, in einem heiseren Husten. Pavel stöhnte; der Hilferuf der Kleinen schnitt ihm ins Herz, und doch blieb er unbefangen genug, um zu denken: Was sie verlangt, ist unmöglich, was sie sich zutraut, geht weit über ihre Kräfte. Sie schwieg endlich – gewiß vor Erschöpfung. Pavel konnte sie nicht sehen – drei- und vierfach waren allmählich die Reihen geworden, welche die Klosterfrauen zwischen ihr und ihm bildeten. Statt der überangestrengten Stimme seiner Schwester vernahm der Bursche eine reine, glockenhelle, die ermahnte, zusprach, gleichmäßig, eindringlich und immer leiser... Pavel hielt den Atem an und horchte – die Kleine blieb ruhig. – Nur aufseufzen hörte er sie manchmal aus tiefster, schmerzzerrissener Brust, und scheinen wollte ihm, als nenne sie dabei seinen Namen. Und er hielt sich nicht länger, er stürzte vor, den Kreis zu durchbrechen, der ihm den Anblick seiner Schwester entzog. Er hatte Widerstand erwartet und fand keinen; wie auf ein gegebenes Zeichen wichen die Klosterfrauen zu beiden Seiten aus, und er sah Milada vor sich stehen, an der Hand der Oberin, bleich, zitternd, das Köpfchen wieder schief geneigt, die rotgeweinten Augen gesenkt – die um ihn rotgeweinten Augen!... Eine fast unüberwindliche Lust ergriff ihn, sie in seine Arme zu nehmen und mit ihr zu entfliehen. Die Tür war offen, ein paar Sätze, und er hätte das Freie erreicht, und einmal draußen, sollten sie ihm nur nachlaufen, die Klosterfrauen!... Aber dann? Wohin führst du das Kind? fuhr es ihm durch den Kopf, und die Antwort lautete: Ins Elend! und er überwand die rasch und heiß auflodernde Versuchung.

"Tritt näher", sprach die Oberin, "sage deiner Schwester Lebewohl."

Er folgte dem Geheiß und setzte aus eigener Machtvollkommenheit hinzu: "Am nächsten Sonntag komm ich wieder." Die Kleine brach von neuem in Tränen aus und flüsterte, ohne aufzublicken: "Darf er?"

"Das kann ich nicht im voraus sagen", erwiderte die Ehrwürdige: "es hängt ja nicht von mir ab, sondern von dir, von deiner Aufführung. Dein Bruder darf immer kommen, wenn du gut, gehorsam und" – sie legte besonderes Gewicht auf diese Worte – "nicht ungeduldig bist."

"So schau!" rief Pavel fröhlich aus. Die Bedingnis, an welche sein Wiedersehen mit der Schwester geknüpft worden, enthielt für ihn die trostreiche Verheißung. Er begriff nicht, warum Milada traurig und ungläubig den Kopf schüttelte, als er, sie küssend und umarmend, versprach, sich in acht

Tagen gewiß wiedereinzufinden. Und als die Kleine hinweggeführt worden, und als er, dem Befehl der Pförtnerin gehorchend, die Halle verlassen hatte und nun draußen stand auf dem Platz vor dem Kloster, lachte er vor sich hin. Er lachte über das törichte Kind, das die Trennung von ihm jahrelang guten Mutes ertragen und das sich nun, da es einen Abschied für eine Woche galt, so bitter grämte. Die arme Kleine, wie liebte sie ihn! Wann hätte er sich's träumen lassen, daß sie ihn so sehr liebe! –Alles wäre sie bereit gewesen um ihn aufzugeben, das schöne Haus, in dem sie wohnte, ihre guten Kleider, das gute Essen... Ja sogar die sichere Aussicht auf das Himmelreich...

Das will er ihr lohnen, er weiß schon wie; er wird sich ihrer Liebe würdig machen. Wonniger Stolz, die herrlichste Zuversicht erfüllten ihn; etwas Köstliches, Unbegreifliches schwellte sein Herz. Er gab sich keine Rechenschaft davon, er hätte es nicht zu nennen gewußt, es war ihm ja so neu, so fremd, es war ja – Glück. Unter dem Einfluß des Wunders, das sich in ihm vollzog, meinte er auch von außen kommende Wunder erwarten zu müssen. Und wie er so langsam dahinschritt, gestaltete sich aus seinen webenden Träumen immer deutlicher die Überzeugung, daß er einer großen Veränderung seines Schicksals entgegengehe, dem geheimnisvollen Anfang zu einem schöneren, besseren Leben.

Eine Stunde wanderte er bereits und hatte kaum den vierten Teil des Weges zurückgelegt, da überholte ihn ein Bote, der gleichfalls aus der Stadt kam und nach dem Dorfe ging; ein alter Bekannter, der Nachtwächter Wendelin Much. Der Mann wurde jeden Sonntag am frühen Morgen von der Baronin nach dem Kloster geschickt. Er überbrachte das Taschengeld für Milada, einen Brief für die Oberin und Geschenke für ihre Armen und hatte den Wochenbericht über den Schützling der gnädigen Frau in Empfang zu nehmen. Demjenigen, den die Ehrwürdige heute sandte, waren in Eile folgende Zeilen hinzugefügt worden:

"- Die Zusammenkunft der beiden Kinder hat den erwarteten Erfolg nicht gehabt. Dieselbe gab vielmehr dem Tropfen Vagabundenblut, der leider in den Adern unseres Lieblings rollt, Gelegenheit, sich wieder zu regen. Wir fürchten, es werde lange Zeit bedürfen, bevor es uns gelingt, den üblen Eindruck, den dieses erste und, wenn Frau Baronin unseren Rat befolgen, auch letzte Wiedersehen der Geschwister auf Maria hervorgebracht hat, zu verwischen."

8

Als Pavel am späten Nachmittag heimkehrte, sah er schon am Beginn der Dorfstraße die Virgilova wie auf der Lauer stehen. Sie rief ihn von weitem an und begrüßte ihn voll Freundlichkeit und fragte teilnehmend nach seinen Erlebnissen. Er gab einsilbige Antwort, schielte mißtrauisch nach der Alten und dachte: Was will sie mir antun, die Hexe?

Seine Ungewißheit über ihre Absichten dauerte nicht lange, die Hartnäckigkeit, mit der sie sich an seine Fersen heftete, ihre eifrig und ängstlich wiederholten Ermahnungen: "Wart doch!... Renn nicht so!" führten ihn auf die rechte Spur: Von der Hütte wollte die Alte ihn fernhalten, in der Hütte ging etwas vor, dessen Zeuge er nicht sein sollte... Den Verdacht kaum gefaßt, und sofort versetzte er sich in Trab, war bald an Ort und Stelle, stieß heftig die Tür auf und sprang in den Flur. Sein erster Blick richtete sich nach der Stube. Dort saß Vinska auf dem Bette, schön und nett angetan, hielt die Hände vor dem Gesicht und schluchzte. Vor ihr stand der Peter mit einer wahren Armensündermiene, war feuerrot und hatte sein Hütlein, das drei Pfauenfedern schmückten, weit zurück ins Genick geschoben.

Als Pavel auf der Schwelle erschien, erhob Vinska sich rasch: "Bist wieder da? was willst? was suchst?" rief sie. Er blickte finster und grimmig die Federn auf Peters Hütlein an und fragte: "Hast ihm die geschenkt?"

Eines Atemzugs Dauer war Vinska verwirrt, der Bürgermeisterssohn aber warf sich in die Brust. "Was untersteht sich der Hund? – Geht's dich an?" sprach er. "Troll dich!"

Pavel spreizte die Beine aus und stemmte sie auf den Boden, als ob er an ihn anwachsen wolle. "Für dich hab ich die Federn nicht gestohlen. Sie gehören der Vinska. Gib sie der Vinska zurück!"

Peter wandte den Kopf, ohne ihn zu erheben, brüllte ein langgedehntes drohendes "Du!" und holte mit der Faust gegen Pavel aus. Im selben Augenblick glitt Vinska ihm in den Arm und lehnte sich an ihn mit der ganzen Wucht ihrer kräftig zierlichen Gestalt. Sie trocknete an seiner Schulter eine Träne ab, die ihr noch auf der Wange stand. "Tu ihm nichts, er weiß ja nichts", sprach sie, "er ist so dumm!"

"Wer?" stieß Pavel hervor, und kalter Schweiß trat ihm auf die Stirn.

"Der fragt!" antwortete das Mädchen, "und jetzt hör an und merk dir: Was mir gehört, gehört auch dem" – sie tippte mit dem Finger auf Peters Brust -, "ich brauch es ihm nicht erst zu schenken, weil ich selbst ihm gehöre mit Haut und Haar. Und solange er mich behalten will, ist's recht, und wenn er mich einmal nicht mehr will, geh ich in den Brunnen."

Der Bürgermeisterssohn wiederholte sein früheres "Du!", aber diesmal richtete es sich an die Geliebte. Seine Drohung schloß einen zärtlichen Vorwurf ein, und so stämmig und selbstbewußt er dastand, und so hilflos und voll Hingebung sie an ihm lehnte, die Stärkere – schien sie.

"Greine nur, ich weiß doch, daß ich in den Brunnen muß", sprach sie seufzend; "heiraten kann ja mein Liebster mich armes Mädel nicht."

"Heiraten, der – dich?" Pavel brach in ein plumpes Gelächter aus. "Heiraten?... Das hast dir gedacht?"

"Nie –" entgegnete Vinska schwermütig. "Ich hab mir nie etwas anderes gedacht als: Er ist halt mein erster Schatz, ich werd schon loskommen von ihm, kommen ja so viele los von ihrem ersten Schatz... Jetzt aber merk ich – ich kann's nicht, und wenn's heute heißt: der Peter gehorcht dem Vater und heiratet die reiche Miloslava, sag ich kein Wort und geh nur in den Brunnen."

"Mädel! Mädel!" schrie Peter, stampfte mit dem Fuße, faßte ihr rundes Köpfchen mit seinen beiden Händen und drückte einen leidenschaftlichen Kuß auf ihren Mund.

Pavel stürzte aus der Hütte.

Draußen schüttelte er sich, als ob er in einen Bremsenschwarm geraten wäre und das giftige Getier, das ihn von allen Seiten anfiel, loszuwerden suche. Dann begann er, so müde er war, ein rastloses Wandern durch das Dorf. Daß die Vinska, trotz des Versprechens, das er ihr abgerungen, die Geliebte Peters geblieben war, daran – suchte er sich einzureden – lag ihm nichts mehr. Aber daß sie, die Tochter des Trunkenbolds Virgil und seines verachteten Weibes, es darauf abgesehen hatte, die Frau des Bürgermeistersohnes zu werden, das erschien ihm unverzeihlich und frevelhaft; dafür konnte die Strafe nicht ausbleiben und dafür mußte die Vinska am Ende wirklich in den Brunnen.

Bei dem Gedanken ergriff ihn ein schneidendes, unerträgliches Weh und zugleich eine wütende Lust, den anderen etwas mitzuteilen von seiner Pein. Die Dunkelheit war hereingebrochen, tiefe Ruhe herrschte, und ihr Frieden empörte den Friedlosen, der umherirrte, grollend, mit kochendem Blut. Er hatte das Bereich der Häuslerhütten verlassen, er schritt am hoch eingeplankten Wirtsgarten dahin, dem gegenüber das Haus des Bürgermeisters sich erhob. Die Tür desselben wurde eben geöffnet, zwei Männer traten heraus, Pavel erkannte sie an ihren Stimmen, als sie jetzt über die Straße herüberkamen: es waren die zwei ältesten Geschworenen.

"Steht schlecht mit ihm, wird's nicht mehr lang machen – was meinst?" sagte der eine.

"Kaum mehr lang", erwiderte der andere.

Wer? – Um Gottes willen, wer wird's nicht mehr lang machen?... Der Bürgermeister... Pavel besann sich plötzlich, daß er dem Manne jüngst begegnet war und ihn erst nicht erkannt hatte, weil er so verändert ausgesehen... Der Bürgermeister ist krank und wird sterben, und dann ist Peter sein eigener Herr und kann die Vinska heimführen... wenn er will...

Die Bauern schritten dem Wirtshaus zu, Pavel folgte ihnen, ihren Reden lauschend, aber nicht fähig, eine Silbe zu unterscheiden. Ein heftiges Hämmern und Brausen in seinem Kopf übertönte den von außen kommenden Schall. Der Gedanke, der ihn einen Augenblick rasend gemacht, hatte seine Schrecken verloren vor einem anderen, nicht minder peinlichen, aber viel ungeheuerlicheren, weil er das Unmögliche als möglich erscheinen ließ und ihm die Gehaßte, die Geliebte zeigte vor dem Altar, im Brautkranz, der ihr nicht mehr gebührte. Ein unleidlicher Schmerz ergriff ihn, und dem tobenden Kampf in seiner Seele entstieg der zornige Wunsch: Wenn sie doch lieber in den Brunnen müßte!

Den vor ihm langsam herschreitenden Männern schlossen sich andere an, die Gruppe blieb eine Weile im schleppenden, wortkargen Gespräch vor der offenen Wirtshaustür stehen und trat dann in die Gaststube. Pavel schlich nach bis in den Flur, weiter wagte er sich nicht. Das Zimmer war überfüllt, doch gab es heute weder Tanz noch Musik; man spielte Karten, man rauchte, man trank, man zankte. Einige Bursche traktierten ihre Mädchen mit Braten und Wein. An einem Tisch saß Arnost zwischen der Magd und dem Knecht des Herrn Postmeisters bei einem Glase Bier, aus dem die drei abwechselnd tranken. Der schmächtige Häuslerssohn hatte sich in der letzten Zeit tüchtig herausgemacht, sah wohlgenährt aus, war ordentlich gekleidet, befand sich sogar im Besitz einer Tabakspfeife. Vor einem Jahr hatte er das Glück gehabt, seinen liederlichen Vater zu verlieren, seitdem ging es ihm gut; er erhielt sich und die Mutter von seiner Hände Arbeit und erlaubte der Alten nicht mehr, das Diebshandwerk zu treiben. Als sie es unlängst wieder versuchte und er sie dabei betraf, prügelte er sie erbarmungslos durch und schwor, er werde die alte Katze schon lehren, das Mausen aufzugeben. Mit den Genossen seiner Jugendstreiche ließ er sich nicht mehr ein und hätte den Pavel nicht einmal mit einem Hölzchen anrühren mögen; doch erwies er ihm hie und da kleine Wohltaten in Erinnerung der vielen Schläge, die jener einst an seiner Stelle einkassiert hatte.

Als er den Hirtenjungen hereingucken sah, machte er die anderen auf ihn aufmerksam und meinte, dem Buben sähe doch immer der Hunger aus den Augen. Die kleine Gesellschaft erhob sich, Arnost bezahlte, behielt aber von den Kreuzern, die er auf seine Silbermünze herausbekam, einen in der Hand und schleuderte ihn prahlerisch, noch aus der Mitte des Zimmers, dem Pavel zu. Der fing ihn auf, hielt ihn ein Weilchen in der erhobenen, geschlossenen Hand, öffnete sie aber plötzlich und ließ das Geldstück zu Boden gleiten.

Arnost fuhr auf: "Dummer Kerl! such ihn jetzt, such den Kreuzer." Pavel aber streckte die Hände in die Taschen: "Such selbst, ich brauch dein Geld nicht, ich hab Geld!" antwortete er, zog seinen Beutel hervor und schwenkte ihn triumphierend, daß die Silbergulden klapperten.

- Geld! Der Lump, der Bettler hatte Geld! Da gab's nur einen Aufschrei, da wurde die Aufmerksamkeit allgemein, viele Leute verließen ihre Sitze, in der Tür entstand ein Gedränge. Der Knecht packte Pavel am Kragen, schüttelte ihn und wetterte: "Woher hast du's? woher? Dieb!" und nun konnte der Junge sich freuen, daß seine Jacke so morsch war und nachgab, als er den Fuß gegen die Beine des Knechtes stemmte und sich mit einem kräftigen Ruck losriß. Einen Fetzen des alten Kleidungsstücks in den Händen seines Bedrängers zurücklassend, schnellte er davon, sprang zur Tür und über die Stufen hinaus in das bergende Dunkel.

Kaum entronnen, aber die Verfolger auf den Fersen, rief er noch zurück: "Woher ich's hab? – Gestohlen hab ich's!" und stob davon mit höhnendem Gelächter und, durch ihn selbst auf die richtige Fährte geleitet, eine Schar junger Bursche, Arnost an der Spitze, fluchend und drohend ihm nach.

Er rannte die Dorfstraße wieder hinauf bis zu dem Gäßchen, das, von zwei Häusern gebildet, auf den Platz führte, auf dem die Schule stand. In das Gäßchen warf er sich, prallte an den friedlich dahinschreitenden Nachtwächter an, fegte den Alten so glatt nieder, daß dieser hinfiel wie ein Armvoll Getreide unter einer scharfen Sense, stolperte selbst, schnellte wieder empor und lief weiter, indes der Nachtwächter durch sein Geschrei die hinter Pavel Herjagenden, die seine Spur schon verloren hatten, wieder auf dieselbe lenkte. Dem Gehetzten blieb eben noch Zeit genug, die Schule zu erreichen. Er fand die Tür unverschlossen, trat ein, schlug sie zu, schob den Riegel vor und polterte die Treppe zur Stube des Lehrers hinauf, indes Arnost und seine Gefährten schon an der Haustür pochten und lärmten.

Habrecht saß am Tische mitten im Zimmer, beim Schein einer kleinen hell brennenden Lampe, und las. Er hatte die Ellbogen auf den Tisch und die Wangen auf die geballten Fäuste gestützt, und diese sonst so fahlen Wangen waren gerötet, und die sonst immer so matt und müde blickenden

Augen glühten in seltsam schmerzlicher Begeisterung. Wie aus einer höheren, traurig schönen Welt ins irdische Elend zurückgezerrt, sah er, halb zürnend, halb erschrocken, zu dem ungestümen Eindringling hinüber und verbarg dabei mit einer unwillkürlichen Bewegung beider Hände die Blätter des aufgeschlagen vor ihm liegenden Buches.

"Herr Lehrer!" keuchte Pavel atemlos, "Herr Lehrer, heben Sie mir mein Geld auf!" Er hielt ihm sein Beutelchen hin und berichtete in hastigen, abgebrochenen Sätzen, wie er zu dem Reichtum gekommen war und in welchen Verdacht er sich bei den Leuten gesetzt hatte, die nun da unten Spektakel machten.

"Hat dich wieder der Teufel geritten?" fuhr Habrecht ihn an, lief zum Fenster, öffnete es, schrie hinab, so laut er konnte, und befahl der brüllenden Meute, sich zurückzuziehen. Er nehme den Buben in Gewahrsam, er stehe gut für ihn, er werde ihn morgen schon selbst dem Bürgermeister vorführen. Half alles nichts, er mußte seine Warte verlassen und sich hinunter zu den Stürmern begeben, um sie wenigstens daran zu hindern, ihm die Tür einzurennen. Und derweil der Alte auf der Straße parlamentierte, stand Pavel in der Stube, mit brennendem Kopf, die Hände, die seinen durch ihn selbst gefährdeten Schatz festhielten, an die Brust gepreßt. Ich will's nicht wieder tun, ich will so etwas nicht mehr sagen, dachte er.

Eine ihm endlos dünkende Zeit verstrich, der Lärm nahm allmählich ab, es ward still. Arnost und seine Begleiter traten den Rückzug an, doch hörte man noch lange ihre erregten Stimmen. Der Lehrer betrat die Stube, er war sehr erhitzt, und eine unerhörte Verwirrung herrschte in seinen dünnen, nach allen Richtungen flatternden Haaren. "Jetzt sind sie fort", sagte Pavel, und Habrecht brummte: "Wenn sie nur nicht wiederkommen."

"Sie sollen sich unterstehen!" rief der Junge mit einem bedeutsamen Blick auf den Krug, der im Winkel neben dem Bette stand. "Wenn sie wiederkommen, schütte ich ihnen Wasser auf den Kopf."

"Das wirst du bleiben lassen, denk erst daran, dein Geld zu verstecken. Schau her!" Der Lehrer rückte den Tisch gegen die Wand und hob ein Stück der Diele, auf welcher derselbe gestanden, in die Höhe. Es zeigte sich ein kleiner hohler Raum, in den der Lehrer das Buch, mit dem Pavel ihn beschäftigt gefunden, und das Geld legte und den er sorgsam verdeckte. Der Junge hatte ihm mit der größten Aufmerksamkeit zugesehen, und nachdem alles in Ordnung gebracht war und der Tisch wieder auf dem alten Fleck stand, fragte er: "Was ist's denn mit dem Buch? Ist's ein Hexenbuch?"

Habrecht geriet in Zorn: "Wie töricht redest du und wie frech; weiß nicht, was mich am meisten verdrießt, willst auch mich zum Feinde haben, hast noch nicht Feinde genug? Manchmal", fuhr er, immer mehr in Hitze geratend, fort, "habe ich mich gewundert, daß sie alle gegen dich sind, ich hätte mich nicht wundern sollen, es kann nicht anders sein, es ist deine eigene Schuld. Wen magst denn du? Vor wem hast denn du Achtung?... Nicht einmal vor mir!... Ein Hexenbuch!"

Er wiederholte das Wort mit einem neuen Ausbruch der Entrüstung und rang die anklagend erhobenen Hände.

Pavels Gesicht hatte sich gerötet und sah förmlich angeschwollen aus, um seinen Mund zitterte es, als ob er in Tränen ausbrechen wollte. Mit vieler Mühe würgte er das Geständnis hervor, daß er entschlossen sei, von heute an ein neues Leben anzufangen, wie er es am Morgen seiner Schwester Milada habe versprechen müssen. Nun entsetzte sich der Lehrer noch mehr und lachte grimmig. Das war das Rechte, das hatte der Junge gut gemacht – vernünftig gewollt, unsinnig gehandelt, weiß beschlossen, schwarz getan. Plötzlich griff er sich an den Kopf und stöhnte im tiefsten Schmerze auf. "Dummer Kerl, armer Teufel, ich kenn das! ich könnt etwas davon erzählen, ich – aber dir noch nicht", unterbrach er sich und fuhr mit dem Zeigefinger dicht vor Pavels Nase hin und her, als er sah, wie dieser in hoher Spannung aufhorchte. "Das ist keine Geschichte für dich, jetzt noch nicht, später vielleicht einmal, wenn du gescheiter geworden bist – und wunder. Jetzt kriegst du die Wunden erst, aber du spürst sie noch nicht oder oberflächlich, vorübergehend; warte, bis sie sich werden eingefressen haben – dann wirst du an mich denken, dann – im Alter.

Dann wirst du wissen: Das ist das Ärgste, im Alter leiden um einer Jugendtorheit willen. Nicht einmal groß, Tausende haben Schlimmeres getan und leben in Frieden mit sich und mit der Welt. Ein Übermut – eine närrische Prahlerei – kaum eine Lüge, und doch just genug, um eine Hölle da drinnen anzufachen." Er klopfte sich mit der Faust auf die eingedrückte Brust, sank auf den Sessel zurück, warf sich über den Tisch und vergrub den Kopf in die verschränkten Arme. So lag er lange, wie von Fieberfrösten durchrieselt, und Pavel betrachtete ihn mitleidig und wagte nicht, sich zu rühren. Was tat denn der Herr Lehrer?... Schluchzte er? War es der Krampf eines unaufhaltsamen Weinens, was diesen gebrechlichen Körper so erschütterte? Du lieber Gott, worüber kränkte sich der Mann? Worin bestand das Unrecht, was er in seiner Jugend begangen hatte und das ihn im Alter nicht mehr froh werden ließ?... Neugier war sonst Pavels Sache nicht, das Geheimnis des Lehrers aber hätte er gern ergründet. Und geholfen hätte er ihm auch gern, ihm und sich selber mit. In welcher Weise, war ihm bereits eingefallen; es gab ja heute einen solchen Sturm und Sturz von Gedanken in seinem Kopf, daß er sie ordentlich sausen und krachen hörte.

"Herr Lehrer", begann er, näherte sich ihm und tippte leise mit dem Finger auf seine Schulter. "Herr Lehrer, hören Sie, ich will Ihnen etwas sagen."

Habrecht richtete sich auf, lächelte trübsinnig und sprach: "Bist noch da, dummer Junge, geh nach Hause. – Geh!" wiederholte er streng, als seine erste Aufforderung ohne Wirkung blieb.

Pavel jedoch stand fest wie ein verkörperter Entschluß, blickte dem Lehrer ruhig in die Augen und beteuerte, nach Hause gehe er nicht, heute müsse er etwas anfangen. Er habe schon im Kloster anfangen wollen, dort sei es aber nichts gewesen, und so bäte er, beim Herrn Lehrer anfangen zu dürfen.

"Was", fragte der, "was denn anfangen?"

"Das neue Leben", erwiderte Pavel und wußte erstaunlich gut Bescheid darüber zu geben, wie er sich dasselbe vorstelle. Im Kloster hatte er demütig gebeten, man möge ihn behalten; dem Lehrer versprach er in beinahe tröstlicher Weise, er werde von nun an immer bei ihm bleiben und dafür sorgen, daß ihm ein rechter Nutzen aus dieser Hausgenossenschaft erwachse. Wie oft habe sich der Lehrer über die Nachlässigkeit ärgern müssen, mit welcher die Gemeinde ihrer Pflicht nachkam, das zur Schule gehörende Feld zu bestellen. Jetzt wolle er dieses Feld in seine Obhut nehmen und den Garten ebenfalls; bald werde man sehen, ob das Feld noch schlecht bestellt, ob der Garten noch eine Wildnis seit. Nicht eben breit, aber sehr langsam setzte Pavel auseinander, wie fleißig er sein und zum Entgelt nichts ansprechen wolle als ein Obdach und die Kost. Geld verdienen könnte er im Spätherbst und im Winter in der Fabrik, wo sie bis zu einem Gulden Taglohn zahlen. Habe er deren hundert beisammen, dann ließe sich an den Ankauf von soviel Grund und Boden denken, als man brauche, um ein Haus darauf zu bauen. Seine Schwester werde ihrerseits weitersparen, und sooft als nur möglich wolle er sie besuchen – er wisse, wie gar sehr böse es für ihn gewesen sei, daß er sie so lange nicht habe sehen dürfen. Am Ende verfiel er wieder in seinen tröstlichen Ton und versprach, sich am Abend regelmäßig beim Lehrer einzufinden: "Damit Sie nicht so allein sind, da können Sie lesen in Ihrem –" schon wollte er sagen: Hexenbuch, verschluckte aber glücklich die zwei ersten Silben und sprach nur die letzte aus -, "und ich zähl indessen mein Geld."

Habrecht hatte ihn reden lassen und dabei einige Male vor sich hingeseufzt: "Dummer Bub", aber Pavel konnte dennoch bemerken, daß der Lehrer nicht so abgeneigt war, wie er sich stellte, die Ausführbarkeit des vorgebrachten Planes zuzugeben. "Alles gut", sagte er endlich, "oder wenigstens nicht so unvernünftig, wie man's von dir gewohnt ist; aber doch alles nichts, kann alles nicht sein ohne Erlaubnis der Gemeinde."

Die werde zu haben sein, der Herr Lehrer solle sich nur recht ansetzen! meinte Pavel und verfocht seine Meinung mit solcher Unerschütterlichkeit, wiederholte, wenn eine neue Antwort auf neue Einwände ihm nicht einfiel, mit so störrischem Gleichmut immer wieder die alte, bis der Lehrer sich überwunden gab und ausrief: "So bleib denn in Gottes Namen, wenn du schon nicht wegzubringen bist, Klette!" Da machte Pavel einen Freudensprung, unter dessen Wucht der Boden zitterte, und jauchzte: "Ich hab's ja gewußt, der Herr Lehrer wird mir helfen."

Der Lehrer verwies ihm seine Plumpheit, seine Wildheit, und immerfort zankend, aber mit einem ungewohnten Ausdruck tiefinnerster Zufriedenheit in seinem armen, grauen Gesicht, traf er Anstalt zur Bewirtung und

Aufnahme des Gastes. Pavel erhielt ein Butterbrot, das ihm so ausgezeichnet schmeckte wie noch nie zuvor und wie auch später niemals wieder ein Butterbrot, und wurde in die ans Zimmer stoßende Kammer gewiesen. Der Lehrer breitete einen Kotzen auf dem Boden aus: "Da streck dich aus und schlaf gleich ein", befahl er, deckte den Jungen mit einem fadenscheinigen Radmantel zu und ging, die Tür hinter sich schließend. Pavel blieb im Dunkeln zurück und hatte den besten Willen, der letzten Weisung des Lehrers nachzukommen, doch gelang es ihm nicht, denn seine Seele war des Jubels zu voll. So hatte es denn angefangen, das neue Leben! so lag er nicht mehr frierend, zusammengekauert im Flur der Hirtenhütte, in dem der Wind eiskalt und messerscharf durch die klaffenden Türspalten drang; er lag unter einem Mantel aus wirklichem Tuch in einer Kammer, wo die Luft fest eingesperrt war und wo es vortrefflich roch, nach allerhand guten Sachen, nach altehrwürdigen Gewändern, nach Schabenkräutern, nach Stiefeln, nach saurer Milch. Wie wohl befand er sich und wie genoß er im vorhinein die Freude, die Milada haben würde an seinem Glück! Im Gedanken an seine Schwester schloß er die Augen, und als er sie wieder öffnete, schimmerte die schlanke Sichel des jungen Mondes durchs Fenster herein. Er grüßte ihn und sagte zu ihm: "Auch du fängst an, wir fangen beide an." Dabei überkam ihn trotz all des Neuen, das ihn umgab, trotz all des Neuen, das in ihm gärte und keimte, zum erstenmal nach langer, langer Zeit ein Heimatsgefühl. Plötzlich stieg die Erinnerung an die Nächte vor ihm auf, die er einst mit seinen Eltern unter den Dächern der Ziegelschuppen zugebracht, in der Fremde und doch zu Hause, weil ja das ganze häusliche Elend mitgezogen war. Und nun gab es für ihn wieder ein Zuhause und ein besseres als das frühere; er brauchte den Vater nicht mehr zu fürchten, und die Mutter war fern... Die Mutter freilich wird wiederkommen und dann... Es durchrieselte ihn, er hüllte sich dichter in den Mantel und sprach sein kurzes, kräftiges Gebet, dessen Hauptinhalt lautete: "- Lieber Herrgott, du siehst, daß ich den rechten Weg eingeschlagen habe; jetzt, lieber Herrgott, paß auf, daß ich ihn nicht wieder verlassen muß."

9

Als der Lehrer am folgenden Tage zum Bürgermeister kam, lag dieser von Schmerz gequält auf dem Bette. Er hatte in seinem jämmerlichen Zustand nicht das geringste Interesse für Wohl oder Weh der Mitmenschen. Sooft Habrecht auch begann, von Pavel zu sprechen, der Kranke kam immer auf sich, auf seine Leiden, auf seine Klagen über den Arzt zurück, der alle Fingerlang daherlaufe, ihm das Geld aus der Tasche stehle und nicht helfe. Um wieviel besser dran als er war seine Magd! Ja, die! Vor ein paar Wochen so krank und so matt, daß sie sich kaum hatte auf den Beinen halten können, jetzt frisch und gesund. Und warum? Weil sie von allem Anfang an vom Arzt nichts hatte wissen wollen, weil sie, ohne erst lange zu fragen, zum Weib des Hirten geschickt um ein Mittel. Das hatte geholfen, gleich nach einer Stunde war sie hergestellt.

Der Lehrer sagte: "Hm, hm!" und brachte von neuem die Angelegenheit Pavels vor, worauf ihm der Patient nochmals die Geschichte der wunderbaren Heilung seiner Magd erzählte.

"Und was beschließt Ihr über den Pavel?" fragte der Schulmeister und erhielt endlich den Bescheid, er solle sich an die Räte wenden.

So machte er denn die Runde bei den Räten. Einer nach dem andern hörte ihn ernsthaft und geduldig an, und jeder sagte: "Da müssen Sie zuerst zum Bürgermeister."

"Der Bürgermeister schickt mich zu Euch."

"Ja, dann müssen Sie zu den zwei andern Räten."

Selbständig einen Entschluß zu fassen oder nur eine Meinung auszusprechen, dahin war durch ruhiges Zureden keiner zu bringen; und in Eifer zu geraten hütete sich Habrecht, um nicht bei den mißtrauischen Dorfvätern in den Verdacht irgendeiner eigennützigen Absicht bei der Sache zu kommen. Zuletzt ging er ins Schloß, um dort für seinen Schützling zu wirken, kam jedoch übel an. Der Brief aus dem Kloster hatte seine Wirkung nicht verfehlt. Die Frau Baronin machte sich bittere Vorwürfe, die Zusammenkunft der Geschwister befürwortet zu haben, war sehr aufgebracht gegen Pavel, wollte nicht mehr von ihm sprechen hören und riet dem Schulmeister, den Schlingel ein für allemal seinem Schicksal zu überlassen.

Die Woche verfloß; Virgil begab sich täglich nach der Schule, um den Pavel abzuholen, aber der Junge ließ sich entweder nicht finden oder leistete offenen Widerstand. Da wanderten endlich der Hirt und sein Weib zum Bürgermeister und ersuchten ihn, seine Autorität geltend zu machen und den Buben zur Rückkehr zu ihnen zu zwingen. Der kranke Mann versprach alles, was sie verlangten, blickte zwischen jedem mühsam herausgestoßenen Satz die Wunderdoktorin fragend, fast flehend an und ächzte, nach seiner schmerzenden rechten Seite deutend: "Da sitzt's! Da sitzt der Teufel!"

"Mein Gott, mein Gott!" sprach das Weib. "Rechts, ja rechts, da tut's weh, das ist die Leber."

"Die Leber? Nun ja – sie sagt also wenigstens etwas, sie!... sie sagt, die Leber ist's? Aber der Doktor, der sagt nicht Leber und gar nichts."

"Sagt nichts und weiß nichts", sprach das Weib mit überlegener, wegwerfender Miene.

"Weiß nicht einmal eine Linderung, weiß gar nichts." Die Virgilova erhob die gefalteten Hände zur Höhe ihrer Lippen und hauchte über die Fingerspitzen: "Ach Gott, ach Gott! und wenn man denkt, wie leicht dem Herrn Bürgermeister zu helfen wäre." Der Kranke bäumte sich auf seinem Lager: "Meinst du?... So hilf mir!"

"Wenn ich nur dürft", entgegnete sie mit einem raschen, lauernden Blick. "Wenn ich nur etwas schicken dürft!... In vierzehn Tagen wären Sie gesund."

"So schick mir etwas, schick!... Aber – das Maul gehalten... verstehst du?..." Er unterbrach sich, um ängstlich auf Schritte und Stimmen, die sich näherten, zu horchen, und fuhr dann leise fort: "Wenn's dunkel wird, kommt die Magd und holt's."

"Ich schick den Buben, das wird besser sein, da setzen Sie dem auch gleich den Kopf zurecht und sagen ihm: Wo du hing'hörst, da gehst wieder hin. Die Magd soll nur aufpassen bei der Stalltür."

Der Bürgermeister winkte heftig: "Um neun. Geht fort – geht!"

Virgil und sein Weib gehorchten schleunig, trafen aber schon am Ausgang der Stube mit Peter und dem Arzte zusammen. Dieser ließ die unbefugte Kollegin hart an mit der Frage, was sie hier zu suchen habe. Nicht minder mißtrauisch und viel derber wies Peter die beiden Alten hinweg.

Das Ehepaar legte den Heimweg schweigend zurück.

In der Hütte angelangt, begab die Frau sich sogleich zu der Truhe, kramte eine schmutzige, in Lumpen gehüllte Schachtel hervor und entnahm ihr zwei Fläschchen. Das eine trug die Etikette der städtischen Apotheke mit der Aufschrift: "Kamillengeist". Der Inhalt der zweiten war von gelbgrauer Farbe und hatte einen dicken weißlichen Bodensatz. Aufmerksam prüfend hielt die Frau das Fläschchen gegen das Licht und begann es langsam in ihren Fingern zu drehen.

Virgil hatte sich auf die Bank gesetzt. "Was tust?" fragte er plötzlich. "Was willst ihm helfen? Laß ihn."

"Dem kann niemand helfen", antwortete das Weib. "Der muß sterben."

"Muß sterben? – Was willst also?... Misch dich nicht hinein."

Sie zuckte die Achseln: "Dreiviertel Jahr oder ein ganzes kann er's schon noch machen."

"Oder ein ganzes?" wiederholte Virgil bestürzt, dachte nach und rief auf einmal voll Grimm: "Hast gesehen, wie sein Bursch mit uns war?"

"Aus lauter Angst vorm Vater", versetzte das Weib. "Er möcht uns prügeln aus lauter Angst... und sie kriegt auch noch Prügel von ihm – dann!" Sie legte ungemeines Gewicht auf dieses Wort und zwinkerte mit ihren blassen Katzenaugen.

"Dann – wenn die Verliebtheit verraucht sein wird, und die verraucht bald, wie die Bursche schon sind, die schlechten Kerls. Pack dich, wird's dann heißen, ich hab nichts mehr mit dir zu tun! Und das Mädel weiß, daß es so kommen kann, und wenn's so kommt, dann geht das Mädel in den Brunnen."

Virgil stieß einen heiseren Laut hervor und bekreuzte sich dreimal nacheinander: "Gered! Albernes Mädelgered!"

"Von unserem ist's kein Gered", erwiderte das Weib mit innigster Überzeugung, "die tut's."

"Tut's nicht."

"Laß nur drauf ankommen."

"Ich schon. Meinetwegen braucht sich der Racker nicht zu schinieren."

"So soll sie gehen. 's wird halt auf der Welt um ein armes Mädel weniger geben. Mich hätt's nur g'freut, wenn der Alte früher gestorben wär, jetzt! solang noch der Peter, wenn er dürft, wie er wollt, sie nehmen tät... Und wenn sie ihn nur hätt! wenn nur!" das Weib brach in ein Gelächter aus, "dann wär er's, der Prügel bekäm."

Virgil nahm zuerst teil an ihrer lauten Heiterkeit, doch hielt er bald inne, verzog heuchlerisch den Mund und sprach tief aufseufzend: "Gott geb's, daß der liebe Gott den armen Herrn Bürgermeister bald erlöst."

"Vielleicht gibt er's", versetzte rauheren Tones die Frau; "und jetzt mach fort und hol den Buben."

"Er geht nicht."

"Sag, daß der Bürgermeister es befiehlt."

"Er geht doch nicht."

"So sag, daß die Vinska um ihn schickt."

Der Hirt stand auf und schlich dem Ausgang zu. Dort blieb er stehen, wandte sich und sprach: "Du, hörst – helfen sollst ihm just nicht, was Unrechtes geben aber auch nicht."

Höhnisch blinzelte sie ihn an: "Werden schon sehen." Um ihre dünnen, über das vorstehende, noch gut erhaltene Gebiß fest gespannten Lippen flog ein grünlicher Schatten.

Den Mann überlief's, er humpelte sachte davon.

Zwei volle Stunden ließ Pavel auf sich warten. Es war beinahe Nacht, als er endlich kam, an die Tür klopfte und nach Vinska fragte. In die Hütte einzutreten, war er nicht zu bewegen.

Der Hirt, der ihn begleitet hatte, lehnte an der Wand und rührte sich nicht. Bei den Nachbarn herrschte Stille, nur unterbrochen durch das kräftige Schnarchen Arnosts, dessen Lagerstätte in der Nähe des Fensters stand.

Virgilova erschien auf der Schwelle: "Die Vinska schlaft schon", sagte sie, "jetzt kannst sie nicht mehr sehen, warum kommst so spät. Mußt auch gleich zum Bürgermeister."

"Ich?"

"Sollst ihn selbst bitten, daß er dich beim Lehrer laßt, und –" sie senkte die Stimme zu kaum hörbarem Geflüster, "und mußt ihm auch ein Mittel bringen."

"Aha!" Pavel begriff sogleich, um was es sich eigentlich handele. Er war oft genug seiner Prinzipalin verschwiegener Bote bei Kranken gewesen und teilte mit dem ganzen Dorfe den Glauben an ihre Kunst und an die Hellkraft ihrer Medikamente. So streckte er die Hand aus und sprach: "Gebt her."

Sie reichte ihm das Fläschchen mit dem harmlosen Inhalt und schärfte ihm umständlich die Vorsichtsmaßregeln ein, unter denen es "auf dreimal" zu leeren sei. "Geh durch den Garten", schloß sie, als der Junge ungeduldig zu werden begann und ihr nur noch mit halbem Ohr zuhörte: "Halt dich weit von der Straße, daß dich der Nachtwächter nicht sieht. Die Magd weiß, daß du kommst, und wird dir aufmachen."

Mit ein paar Sätzen war Pavel auf dem Feldrain, einen Augenblick hob sein dunkler Schatten sich vom bleigrauen Horizont ab, dann war er verschwunden.

Virgilova trat auf ihren Mann zu, faßte ihn am Arm und zog ihn einige Schritte mit sich fort. "Jetzt laufst dem Buben nach und sagst ihm: Bald hätt die Frau vergessen; das da muß er zuerst austrinken und das Flascherl gleich wieder zurückschicken, damit die Frau es im Mörser zerstoßen und das Pulver auf sieben Maulwurfshügel streuen kann, sonst hilft alles nichts. So sagst ihm und das gibst ihm."

Sie drückte ihm ein kleines kaltes Ding in die Hand, bei dessen Berührung ihn schauderte.

"Um Gottes willen, ist da was Unrechtes drin?"

"'s is was gegen die Schmerzen; die werden gut davon."

"Wie den Ratzen ihre", sagte er und fügte, plötzlich in Zorn geratend, hinzu: "Warum hast du's nicht gleich dem Buben mitgegeben, warum soll ich's hintragen?"

Sie kicherte: "Daß du nicht sagen kannst, wenn's aufkommt: Ich weiß nichts davon; daß du mich nicht sitzenlassen kannst, wie du gern möchtest, wenn's schief geht; darum, du Feigling. Und jetzt lauf."

Er trat von ihr weg: "Ich geh nicht", sagte er.

"So laß ihn leiden!... Niemand weiß, was der noch leiden muß. Sein eigener Sohn könnt ihm nichts Besseres tun, als ihn erlösen. Er wird zu seinem Sohn noch sagen: Bring mich um, oder ich fluch dir!... Lauf, lauf!... Willst noch nicht?... So laß ihn leiden wie einen gebissenen Hund, damit er Zeit hat, die Vinska in den Brunnen zu jagen und den Sohn um sein Glück zu fluchen und sich selber ums ewige Leben."

Sie sprach leise mit heftiger und furchtbarer Beredsamkeit, und Virgil zuckte unter dem Schwall ihrer Worte wie von tausend Nadeln gestochen. "Ein Liebeswerk", schloß sie, "ein Werk der Barmherzigkeit, den zu erlösen. Was ein rechter Mann wär, tät's um Gottes willen."

Er keuchte, es war ihm gräßlich, zu sehen, daß die Augen seines Weibes in der Dunkelheit glimmten von eigenem fahlen, weißlichen Licht.

"Um Gottes willen?... Um Gottes willen also", wiederholte er, wandte sich und trat seine Wanderung an.

Das Gäßchen, dem er zueilte, wurde von der Rückwand einiger Scheuern und vom Zaun des Bürgermeistergartens gebildet. An der Ecke des letzteren angelangt, blieb Virgil stehen. Hinter dem Zaun regte sich's... Ein Geflüster drang an des Alten Ohr, ein zärtliches Liebesgeflüster, ein Seufzen, Kosen, Küssen, ein Abschiednehmen für eine Nacht, als wär's für die Ewigkeit... Es sind die zwei, dachte Virgil, es ist der Racker, der da küßt und herzt – der Racker, für den ich hingehen und töten muß... Muß ich?... War gestern bei der Beicht, und geh aufs Monat wieder... Und das könnt ich nicht beichten, und dafür gibt's keine Absolution, dafür gibt's nur die Hölle. – Am vorigen Sonntag hat der Pfarrer von ihr gesprochen und ihre Qualen ausführlich geschildert.

Der Hirt eilt immer noch vorwärts, seine Zähne schlagen zusammen, es pfeift laut in seiner Brust. Heulen und Zähneklappern, das ist schon die Hölle, er trägt sie schon in sich... Außer ihm ist sie aber auch, die Dunkelheit ist Hölle... Und was wandert da vor ihm her, was für ein breiter, schwarzer Strich, noch schwärzer als die Finsternis? – Ei, der Pavel! blitzt es durch das chaotische Durcheinander seiner Vorstellungen. Ruf ihn – so ruf ihn doch, ermahnt er sich selbst... Wozu? Nun, um ihm das Gift... er dachte es nicht mehr aus. Ihm war, als ob sein Kopf wüchse und groß würde wie ein Zehneimerfaß und als ob seine Füße so schwach und dünn würden wie Weidenruten; und diese schwachen Füße sollen den ungeheuren Kopf tragen und die Hölle, die er in der Brust hat? Das geht nicht, das nimmermehr... Was aber geschieht jetzt? Heiliges Erbarmen!... Der schwarze Strich verändert die Form, und es ist nicht Pavel, es ist der leibhaftige Teufel, hinter dem Virgil einhergeht, der Teufel, der sich nicht einmal nach ihm umsieht, so sicher ist er: Der folgt mir gewiß. Dem Hirten schwindelt, und er bricht zusammen. "Nein!" würgt er hervor, "nein, ich tu's nicht! Herrgott im Himmel, gebenedeite Dreifaltigkeit, verzeih mir meine Sünden!" Und vor dem Namen des Höchsten und Heiligsten verrinnt der Spuk, und es ist Pavel, der sich jetzt über den Alten beugt und fragt: "Was wollt denn Ihr da?"

"Ich, ich?" schluchzt Virgil und klammert sich mit beiden Händen an ihm fest. "Ich – nichts. Gift hab ich bringen sollen, aber ich tu's nicht..."

Er erhob sich, den Arm Pavels immer festhaltend, zertrat das Fläschchen und stampfte die Scherben in die Erde.

"Schau mir zu", rief er, "bleib da und schau mir zu."

"Laßt mich auch, Ihr seid einmal wieder betrunken", sprach der Junge, machte sich los von Virgils krampfhaftem Umklammern und stieg über den Zaun in den Garten.

Am nächsten Morgen erwachte Pavel aus tiefem Schlafe. Die Tür der kleinen Kammer, die ihm der Lehrer als Wohnstube angewiesen hatte, war aufgerissen worden; im Dämmerschein des grauenden Herbsttages stand der Schulmeister da und rief: "Steh auf! beeil dich – du mußt die Sterbeglocke läuten."

"Für wen denn?" fragte Pavel und regte die schlummerschweren Glieder.

"Für den Bürgermeister."

Der Junge sprang empor wie angeschossen.

"Er ist tot, ich gehe hin, besorg du das Läuten", sprach Habrecht und eilte hinweg.

Pavels erste Empfindung war Schrecken und Staunen. Der Bürgermeister, dem er gestern das Mittel gebracht hat, das ihn gesund machen sollte, nicht genesen? gestorben – nicht genesen?... Das Mittel hat nicht geholfen! Gott hat's nicht gewollt, darum vielleicht nicht, weil er's wohlmeint mit Pavel, dieser gute Gott. Er hat vielleicht den Bürgermeister sterben lassen, damit der Pavel nicht zwingen könne, noch länger bei Virgil zu bleiben. Der Junge flog aus dem Hause und über den Hof, die Treppe zum Glockenturm hinauf und läutete, läutete mit Andacht, mit Inbrunst, mit feierlicher Langsamkeit. Und dabei betete er still und heiß für das Seelenheil des Verstorbenen. Als er vom Turme herunterkam, traf er den Herrn Pfarrer, der, auf dem Heimweg aus dem Sterbehaus, den verdeckten Kelch in den Händen, eben im Begriff war, in die Kirche zu treten. Pavel sank auf die Knie vor dem heiligen Viatikum, und der Priester ließ im Vorübergehen einen Blick so voll Verdammnis und Verwerfung über ihn hingleiten, daß er erschrocken zusammenfuhr, an die Brust schlug und sich fragte: Ist er bös auf mich, weil er sich vielleicht auch denkt, daß der Bürgermeister meinetwegen hat sterben müssen? Er ging in die Schule zurück und nach seiner Stube und hatte dieselbe kaum erreicht, als auch schon Vinska hereinstürzte, verstört, ganz außer sich.

Sie hatte die Kleider nur hastig übergeworfen, das Tüchlein fiel ihr vom zerrauften Haar in den Nacken, ihr Gesicht war totenbleich, und mit den Gebärden wilder Verzweiflung warf sie sich vor Pavel hin.

"Erbarm dich!" rief sie, "du bist besser als wir alle. Guter Pavel, weil du so gut bist, erbarm dich unser... Wir waren immer schlecht gegen dich, aber erbarm dich doch, erbarm dich meines alten Vaters, meiner alten Mutter, erbarm dich meiner!"

Sie preßte das Gesicht an seine Knie, die sie umschlungen hatte, und sah flehend zu ihm empor. Er war noch bleicher geworden als sie, eine unheimliche Wonne durchschauerte ihn: "Was willst du?" fragte er.

"Pavel", antwortete sie und drückte sich fester an ihn, "das Fläschchen, das du gestern gebracht hast, hat der Tote, wie sie ihn gefunden haben, in der Hand gehalten, und die Leute sagen – und der Peter sagt auch, es ist Gift."

"Gift?" Die nächtliche Szene mit Virgil fiel ihm plötzlich ein; "ja, von Gift hat dein Alter geredet... Otterngezücht! Ihr habt den Bürgermeister vergiften wollen..."

"So wahr Gott lebt", beteuerte Vinska, "ich hab von nichts gewußt... Und auch so wahr Gott lebt: Es ist nichts Böses geschehen... Glaub mir – der Bürgermeister ist an seiner Krankheit gestorben, nur früher, als der Doktor gemeint hat, und das Mittel, das du gebracht hast, war ein gutes Mittel... Man wird es schon sehen bei Gericht, denn es kommt vors Gericht, der Peter will's!"

Keuchend, in namenloser Aufregung, brachte sie diese Worte hervor, und ihr starrer Blick hielt den seinen fest.

"Wenn's so ist", entgegnete Pavel, "vor was fürcht'st dich?"

"Vor was? Weißt nicht, wie die Leute sind?... Wenn die Mutter vors Gericht kommt und wird zehnmal losgesprochen, deswegen heißt's doch, losgesprochen ist nicht unschuldig... Die Mutter darf nicht vors Gericht kommen, Pavel – Pavel!"

Sie wiederholte seinen Namen in allen Tonarten des Jammers, ihr zarter Körper schmiegte sich schlangenmäßig an ihm empor, und er, mit widerstrebender Seele, voll Argwohn und Groll, verschlang sie mit den Augen.

"Ich kann nicht helfen", murmelte er.

"Du kannst! Du brauchst nur zu wollen, du brauchst nur zu sagen... sag es, Pavel, guter, guter Pavel!"

"Was denn? was soll ich sagen?"

"Daß dich niemand geschickt hat", stammelte sie zagend, "daß du von selbst zu ihm gegangen bist."

"Von selbst?" brach er aus; "was werde denn ich von selbst zu ihm gehen? was werd denn ich ihm bringen von mir selbst? Ich weiß ja nichts."

"O Lieber, Allerliebster! ein Hirt weiß immer was. Du hast oft Kräuter gekocht für die kranken Ziegen und Schafe und hast halt gemeint, was für die so gut ist, kann auch für einen kranken Menschen gut sein... Das sag, Pavlicek, wenn sie dich fragen." Sie küßte ihn, der ihr nicht mehr wehrte, auf seine brennenden Lippen. "Das sag, und dann nur alles, wie es war, wie du dich eingeschlichen hast in seine Stube, und was er gesagt hat, wie er dich gesehen hat."

"Da hat er ja nichts gesagt."

"Nichts gesagt?"

"Nichts, aber fürchterlich geglotzt."

"Und du?"

"Und ich hab ihn gebeten, daß er mich beim Herrn Lehrer lassen soll."

"Und dann? Weiter, Pavlicek, weiter."

"Dann hat er mit dem Kopf gemacht: Nein, nein, und noch fürchterlicher nach dem Mittel geglotzt und gewinkt, daß ich ihm davon geben soll."

"Und du hast ihm davon gegeben?"

"Ja."

"Und niemand war dabei?"

"Niemand."

"Und die Magd? Ist die draußen an der Tür gewesen?"

"Die ist draußen an der Tür gewesen."

"Und was hat sie gesagt?"

"Sie hat gesagt: Gott geb's, daß das Mittel hilft."

"Und du?"

"Ich hab auch gesagt: Gott geb's."

"Und wie du in den Garten hinausgekommen bist, war niemand dort?"

"Der Peter", sprach Pavel mit Bestimmtheit, "er hat mich gehört und mir nachgeschrien."

"Das ist gut, alles gut, das mußt du alles aussagen", flüsterte Vinska und umarmte ihn, als ob sie ihn ersticken wollte; "und es wird dir nichts geschehen, sie sind ja gescheit bei Gericht und wissen gleich, ob ein Mittel giftig ist oder nicht. Dir wird nichts geschehen, und uns wird geholfen sein... ich bitte dich also, erbarm, erbarm dich!"

Sie sah ihn an wie ein in Todesangst Ringender den Retter, von dem er sein ganzes Heil erwartet, und ein wonniges Gefühl der Macht schwellte die Brust des verachteten Jungen.

"Was krieg ich, wenn ich's tu?" rief er übermütig und packte sie an beiden Armen. "Wirst du dann den Peter stehen lassen und mich nehmen?"

Wilde Verzweiflung flog über ihre Züge; von Zorn übermannt, vergaß sie alle Klugheit. "Dummer Bub – so war's nicht gemeint!"

Sie schrie es fast und suchte sich von ihm loszumachen.

Er spottete: "Nicht? Warum also gibst mir Küsse und nennst mich Allerliebster?... Soll ich statt euer vor Gericht, damit der Peter dich nehmen kann? Das willst?"

"Das will ich!" sprach sie finster; "das muß ich. Dummer Bub!..." Sie trat einen Schritt zurück und erhob die gerungenen Hände. "Ich muß als Weib ins Bürgermeisterhaus oder in den Brunnen."

"Du mußt? – mußt? – mußt?..." Er hatte begriffen und stöhnte auf in qualvollem Entsetzen... "Nichtsnutzige!"

Ihre Augen schlossen sich, ein Tränenstrom rann über ihre Wangen. "Ich hab geglaubt, daß du mich liebhast und mir helfen wirst", sprach sie mit weicher Stimme, "aber du willst nicht."

Sie schwieg, ihm raubten Grimm und Schmerz den Atem. Eine Weile standen sie wortlos voreinander: er im Begriff, auf sie loszustürzen, um sie zu erwürgen, sie auf das Schlimmste gefaßt und sich darein ergebend.

"Vinska", begann er endlich, und sie, bei diesem Ton, so trotzig er auch klang, sie faßte wieder Hoffnung.

"Was – guter, guter Pavel?"

"Nichtsnutzige!" wiederholte er mit zusammengebissenen Zähnen.

Sie wollte sich von neuem vor ihm niederwerfen, da hob er sie in seinen Armen auf, trug sie zur Tür und stieß sie hinaus. Noch einmal wandte sie sich vernichtet, zerknirscht: "Was wirst du sagen vor Gericht?"

"Ich werd schon sehen, was ich sagen werd", antwortete er. "Geh."

Sie gehorchte.

10

Im Bürgermeisterhause herrschten Verwirrung und Schrecken. Zum zehnten Male erzählte Peter den Neugierigen, die in die Sterbestube hereindrangen, wie er noch vor Mitternacht mit seinem Vater gesprochen und dann in die Kammer nebenan schlafen gegangen sei und wie ein paar Stunden später ein Röcheln ihn geweckt habe... Wie er aufgesprungen, zum Vater gestürzt, ihn schon in den letzten Zügen gefunden und den Knecht nach dem Priester und die Magd nach dem Doktor geschickt... Und wie beide zu spät gekommen... Und wie der Doktor, da er nach der Hand des Toten griff, die zur Faust geballte fast gewaltsam hatte öffnen müssen, um ihr ein halb geleertes Fläschchen entnehmen zu können, welches die Finger, im Todeskampf erstarrt, noch festhielten.

Die Zuhörer drückten ihre Teilnahme durch Seufzen und Klagen aus; Peter fuhr fort: "Der Pfarrer schaut. "Was ist das?" fragt er, und der Doktor schaut auch, und wie er schon ist, sagt nichts – "Herrgott im Himmel", ruft der Pfarrer: "Ist ihm sein Leiden zuviel geworden? Ist er in Todsünde gestorben?" – "Er ist an einer Verblutung gestorben", sagt der Doktor, und das Fläschchen führt er an die Nase: "Und das ist Kamillengeist!" sagt er."

"Wer's glaubt", fiel ein altes Weib dem Peter in die Rede, und er schluchzte auf.

"Wer's glaubt, das hab ich auch gesagt! Gift hat mein Vater bekommen, ich hab am Abend einen Kerl aus dem Garten schleichen sehen, und ich glaub, ich kenn ihn, sag ich, reiß die Magd her und geb ihr eine und sag: "Wer war gestern am Abend im Zimmer bei meinem Vater?" – "Der Pavel", platscht sie heraus und fällt auf die Knie, "Euer Vater hat befohlen, daß man ihn hereinlassen soll... Schlagt mich tot, aber so wahr Gott lebt, Euer Vater hat befohlen, daß man ihn hereinlassen soll, ich sag, wie's ist, und weiter weiß ich nichts.""

Bei dieser Stelle seiner Erzählung brach Peter regelmäßig in ein rasendes Weinen aus. Er warf sich über die Leiche seines Vaters, und der rohe, harte Bursche wimmerte wie ein Kind. "Schon lange ist mir meine Mutter gestorben, und jetzt hab ich auch keinen Vater mehr. Eine Waise bin ich und ganz verlassen!"

Im Publikum, das mit Spannung den Ausbrüchen seines aufrichtigen Schmerzes lauschte, erhoben sich anklagende Stimmen gegen Pavel. Der schlechte Bub hat die Hand im Spiel bei dem Unglück mit dem Bürgermeister. Dem schlechten Buben, der vermutlich lieber auf der faulen Haut liegt als arbeitet, ist der Dienst beim Hirten zu schwer gewesen, er hat fort gewollt, aber nicht dürfen ohne Erlaubnis des Bürgermeisters, und weil der unerbittlich geblieben ist und die Erlaubnis nicht gegeben hat, sooft der Bub sie auch von ihm verlangt, so hat der schlechte Bub sich jetzt gerächt und den Bürgermeister aus der Welt geschafft.

Die Legende war bald fertig, verbreitete sich rasch im Dorfe, fand Glauben und stachelte die Leute auf zur Entfaltung einer ungewohnten Energie. Die ihres Oberhauptes beraubte Ortsbehörde entsandte einen Boten nach dem Bezirksamt, um für alle Fällen den Gendarm zu holen, während einige Heißsporne nach der Schule liefen, um – auch für alle Fälle – den Giftmischer durchzuprügeln. Indessen fanden sie das Haus versperrt. Der Lehrer hatte, gleich nachdem das für Pavel so bedrohliche Gerücht zu ihm gedrungen, ein Verhör mit dem Burschen angestellt, ihn dann in die Schulstube eingeschlossen und sich zum Doktor begeben. Bei demselben waren bereits der Herr Pfarrer, der Peter, Anton der Schmied und einige Bauern versammelt.

Der Pfarrer saß in dem großen schwarzen Lehnstuhl in einer Ecke des Fensters; in der andern, die Hände auf dem Rücken, hielt sich der Doktor. Den beiden Honoratioren gegenüber standen, einen regelmäßigen Halbkreis bildend, die Bauern.

"Ach, da kommt ja der Herr Lehrer", sprach der Pfarrer mit seiner leisen, etwas heiseren Stimme.

"Sie werden wohl bereits wissen, um was es sich handelt", bemerkte der Doktor, um dessen bläuliche Lippen ein kaum wahrnehmbares Lächeln spielte.

Peter rief: "Der Pavel hat meinen Vater vergiftet!"

"Weiß man noch nicht", murmelte Anton.

"Und muß ins Kriminal", fuhr Peter fort, und Anton wiederholte: "Weiß man noch nicht", worauf Peter den Trumpf setzte: "Ich steh nicht ab, er muß ins Kriminal."

"Vorläufig", sagte Habrecht, "habe ich ihn in die Schulstube eingesperrt."

Der Pfarrer stutzte. "So glauben auch Sie?..." Er hielt fast erschrocken inne, wie jemand, der sich verschnappt hat und dem das sehr unangenehm ist.

Habrecht bemerkte es und hielt sich schadenfroh an das bedeutungsvollste Wort in dem übereilt ausgesprochenen Satze.

"Auch?" wiederholte er nachdrücklich, "nämlich wie Euer Hochwürden?"

Eine leichte Röte erschien auf den eingefallenen Wangen des Priesters.

"Ich dachte an die *vox populi*", sagte er.

"Ja so! die entstellte *vox Dei.*"

Nun öffnete sich die Tür, ein großer, vom Alter schon gebeugter Mann mit graugelbem Haar und ziegelrotem Gesicht, der Viertelbauer Barosch, trat ein. Er ging auf den Pfarrer zu, küßte ihm die Hand und meldete, der Gendarm komme schon.

"Was soll der Gendarm?" fuhr Habrecht ihn an, und Barosch richtete seine starren, immer erstaunten, immer um Verzeihung bittenden Branntweintrinkeraugen demütig auf den Lehrer und antwortete: "Den Buben aufs Bezirksgericht führen."

"Was soll der Bub auf dem Bezirksgericht?"

"Gestehen."

"Was denn?"

"Daß er dem Bürgermeister etwas gebracht hat."

"Das gesteht er ja ohnehin."

"So?" sprach der Pfarrer, "das hat er Ihnen gestanden?"

"Er würde es auch Ihnen gestehen."

"Da wäre ich doch begierig, Herr Lehrer. Da möchte ich Sie doch bitten, lassen Sie ihn rufen, haben Sie die Güte."

"Ich geh um ihn!" schrie Peter und wollte schon davoneilen; Anton hielt ihn fest: "Nicht du, du bist wie ein Narr. Ich geh, Herr Lehrer."

Aber Habrecht dankte auch ihm für das Anerbieten, verließ die Stube und kehrte nach einer Weile, von seinem Schützling begleitet, zurück.

Peter konnte nur mit größter Mühe verhindert werden, über den letzteren herzufallen, drohte ihm und rief, so laut die atemraubende Wut, die ihn beim Anblick Pavels ergriffen hatte, es erlaubte: "Schaut ihn an, den Hund! Sieht man ihm nicht an, was für ein Hund der Hund ist?"

Und wirklich konnte der Zustand, in dem der Junge vor die höchsten Instanzen seines Dorfes trat, ein günstiges Vorurteil für ihn nicht erwecken. Der Kopf schien ihm zu brennen, eine scheue und finstere Qual sprach aus dem glühenden Antlitz und entsetzlicher, unstillbarer Haß aus den Blicken, die er hinter halbgeschlossenen Lidern hervor auf seinen Hauptankläger, auf Peter, warf.

Habrecht legte die Hand auf seine Schulter und schob ihn vor sich hin in die Fensterecke, zwischen den Pfarrer und den Doktor hinein.

Der Pfarrer betrachtete den Jungen schweigend, räusperte sich und fragte ruhig und geschäftsmäßig: "Ist es wahr, daß du dich gestern abend in das Haus des Bürgermeisters geschlichen und ihm etwas gebracht hast?"

Pavel nickte, und durch den Kreis der Bauern lief ein Geflüster triumphierender Entrüstung.

"Was war das, was du ihm gebracht hast?"

"Es war eine gute Medizin."

"Wie bist du zu der guten Medizin gekommen?" fiel nun Habrecht ein.

Pavel schwieg, und der Lehrer fuhr fort: "Hat dich nicht vielleicht jemand zum Bürgermeister geschickt mit dieser guten Medizin?"

Der Junge erschrak und versetzte rasch: "Nein, ich habe sie von mir selbst gebracht."

"Woher weißt du denn auf einmal etwas von guten Medizinen?" mischte der Doktor sich ins Verhör, und Pavel erwiderte: "Ein Hirt weiß immer was."

"Er lügt", erklärte der Lehrer; "er will oder darf die Wahrheit nicht sagen."

"Und das halten Sie für die Wahrheit?" fragte der Pfarrer, dessen Gelassenheit vorteilhaft abstach von der nervösen Unruhe Habrechts. Dieser sprach: "Für die Wahrheit halte ich, daß der Junge zum kranken Bürgermeister geschickt worden ist, und zwar durch die Kurpfuscherin, die Frau des Hirten."

Pavel schrie auf: "Sie hat mich nicht geschickt! Ich bin von selbst gegangen", und Peter wiederholte zornig: "Von selbst, er gibt's zu, aber der Herr Lehrer nicht. Der Herr Lehrer will unschuldige Leut hineinbringen... das verzeih Gott dem Herrn Lehrer. Der Bub hat mit den Leuten, die der Herr Lehrer hineinbringen will, schon lang nichts mehr zu tun, der Bub ist schon lang beständig beim Herrn Schullehrer in der Schul."

"Mich wundert nur", entgegnete ihm der Doktor, "daß dein Vater das Mittel, das der Bub ihm von sich aus gebracht hat, so ohne weiteres genommen haben soll; außer – er hätt's extra beim Buben bestellt, was mir auch nicht recht einleuchten will."

"Sag ganz genau, wie es zugegangen ist", wandte der Pfarrer sich an Pavel. "Du hast dich also gestern in die Stube des Bürgermeisters geschlichen?"

"Ja."

"Und was hast du gesagt?"

"Guten Abend, Herr Bürgermeister."

"Und was hat er gesagt?"

"Nichts."

"Und was hat er getan?"

"Mir gewinkt, ich soll ihm das Mittel geben."

"So hat er also gewußt, daß du ein Mittel bringen wirst?"

Pavel antwortete nicht; er hatte den Kopf vorgestreckt und lauschte einem Geräusch von Schritten und Stimmen, die sich der Tür näherten. Abermals wurde sie geöffnet, der Gendarm Kohautek, auch der heiße Gendarm genannt, erschien, gefolgt von den Räten.

Die Schwüle, die bereits im Zimmer herrschte, nahm plötzlich so sehr zu, als hätte man einen geheizten Ofen hereingestellt; und alle diese Hitze schien von dem vor Berufseifer glühenden Kohautek auszugehen. Aber nur aus den Augen loderten die inneren Flammen, und wie warm ihm immer war, verrieten allein die kleinen Schweißtropfen, die auf seiner Nase perlten. Sein Gesicht war von schöner klarer Olivenfarbe und rötete sich nie.

Er begann sogleich seines Amtes zu walten und die Vorerhebungen einzuleiten. Der ganze Mann war nur eine Drohung, wenn er das Wort an den Angeklagten richtete, und doch fühlte sich dieser seit der Anwesenheit des Gendarmen ruhiger und sicherer; er glaubte, einen Stein im Brett bei Kohautek zu haben, seitdem er einmal wegen eines Geflügeldiebstahls von ihm verdächtigt und später unschuldig befunden worden. Der Gendarm stellte an Pavel ungefähr dieselben Fragen, die man schon an ihn gestellt hatte, er erhielt dieselben Antworten und gelangte endlich zu dem dunklen Punkt in der Sache, zu der Provenienz des *corpus delicti*, des Flascherls. Über die Provenienz dieses *corpus*, dieses Flascherls, mußte der Bub eine Aussage machen. Er mußte! Kohautek vermaß sich, ihn gleich dazu zu bringen, fragte, ermunterte, warnte vor der Gefahr, in welche sich Pavel durch sein eigensinniges Schweigen versetzte. Alles umsonst. Der Bub blinzelte ihm fast vertraulich zu und blieb taub für seine Ermahnungen wie für die des Geistlichen und für das flehende Beschwören Habrechts, blieb unempfindlich für die Beschimpfungen Peters und seiner Gesinnungsgenossen.

Zuletzt verstummte er völlig, und die Bauern sahen darin den deutlichsten Beweis seines Schuldbewußtseins. Peter spie vor ihm aus: "Er geht ins Kriminal! Er hat meinen Vater vergiftet."

"Mit Kamillengeist", sagte der Doktor, nahm das Fläschchen aus seiner Tasche und hielt es dem Besonnensten aus der Gesellschaft, dem Schmied Anton, unter die Nase.

Der roch dran, zog die Achseln in die Höhe und sprach: "Ja, ja – nach Kamillen riecht's – aber..."

"Nun? – Aber?"

"Aber was es ist, weiß man nicht."

Der Lehrer, an dem alles bebte und der fortwährend vor sich hinmurmelte: "Vernünftig, vernünftig, haltet Ruhe, meine Nerven", versetzte nun: "Was meint ihr, ihr Leute, wenn das Gift wäre, würde ich davon trinken? Seht her! Ich trinke!" Er erbat sich das Fläschchen vom Doktor und tat einen Schluck daraus: "Nun seht, ich habe getrunken und befinde mich wohl und werde mich morgen auch noch wohlbefinden."

Ein wenig stutzten die Bauern, sahen den Schulmeister scheel an, traten näher zusammen und wisperten miteinander.

"Was meint ihr? Was sagt ihr?" fragte Habrecht.

Barosch seufzte, schüttelte den Kopf, verzog den breiten schmunzelnden Mund. "Ja", brachte er endlich hervor, "ja, das ist keine Kunst – jetzt ist freilich nichts Giftiges mehr drin."

"Wieso? Es ist dasselbe Fläschchen, und was früher drin war, ist noch drin, das heißt ein bißchen weniger."

"Ja, das Giftige, das war schon weggetrunken, das hat der Bürgermeister beim ersten Zug bekommen... Das Giftige ist das Leichtere und schwimmt oben."

"Schwimmt oben!" wetterte Peter, und der Schulmeister sprang mehrmals empor vor Zorn und Entrüstung.

"Sie hören, Sie hören!" rief er dem Pfarrer zu. Der Geistliche behielt immer seine leidende Miene und seinen Gleichmut und erwiderte die Anrufung Habrechts nur mit einer bedauernden Gebärde. Der Gendarm stand unbeweglich und strahlte knirschend Hitze aus; der Doktor hingegen verlor die Geduld. Er, dem man nachsagte, daß er mit seinen Worten so sparsam sei, als ob ihn jedes einen Guldenzettel koste, brach in eine Rede aus: "Oh, du nie überwundene, ewig triumphierende Dummheit!... Das Giftige ist das Leichtere und schwimmt oben. – Da haben wir's, da wissen wir's, bleiben wir nur gleich dabei, eines Besseren überzeugen kann uns ohnehin keine Macht der Welt. Und wenn der Allweise selbst vom Himmel herunterstiege und sich aufs Beweisen und Widerlegen einlassen wollte, er hätte den Weg umsonst gemacht."

Die Bauern hörten diese Anklage an, ohne recht zu wissen, was sie daraus machen sollten; aber mit steigendem Entzücken hatte Pavel ihr gelauscht. Der Doktor staunte über das Verständnis, das ihm sieghaft und wonnevoll aus den fest auf ihn gerichteten Augen des Jungen entgegenleuchtete. Dieser hatte zum erstenmal in seinem Leben den Kopf stolz und gerade emporgehoben, sog jedes Wort des Doktors wie eine köstliche Labe förmlich in sich hinein und schlug, als das letzte gesprochen war, ein wildes, herausforderndes Gelächter auf.

Da brach die Empörung über ihn los. Kohautek vermochte im ersten Augenblick nichts zu seinem Schutze; trotz verzweifelter Gegenwehr wurde Pavel niedergeworfen, mißhandelt, mit Füßen getreten. Der Gendarm mußte seine ganze Autorität und Anton, der sich ihm zur Seite stellte, die ganze Kraft seiner Fäuste aufbieten, um den Jungen den Ausbrüchen der sinnlosen Wut seiner unbefugten Richter zu entreißen. Eine rasche, kurze Beratung mit dem Geistlichen, dem Lehrer und dem Doktor, und Kohautek beschloß, Pavel mitzunehmen aufs Gericht.

"Ich tu's nicht", rief er, "weil ich ihn für schuldig halte; ich tu's, weil ihr Bestien seid, vor denen ich ihn in Sicherheit bringen will. Spann einer ein."

"Ich", schrie Peter, "ich führ ihn", und war mit einem Sprung aus dem Zimmer.

Der Geistliche warf einen Blick durch das Fenster. Vor dem Hause hatten sich Gruppen gebildet, welche dem auf die Straße herunterdringenden Lärm horchten und einzelne Worte, die zu unterscheiden ihnen möglich gewesen, in großer Aufregung nachsprechen.

Die Bewegung stieg aufs höchste, als Peter mit seinem Wägelchen gefahren kam und der Gendarm mit Pavel und dem Lehrer, der den Jungen auf seinem schweren Gange nicht verlassen wollte, in der Tür des Doktorhauses sichtbar wurden. Habrecht stieg zu Peter auf den vorderen Sitz, auf dem rückwärtigen nahm der Gendarm neben dem Delinquenten Platz. Flüche, drohende Mienen und Gebärden begleiteten das davonrollende Gefährt. Peter lenkte es so langsam durchs Dorf, daß die sämtliche Straßenjugend Zeit hatte, sich ihm anzuschließen und ihm das Geleite zu geben. Sie tat es unter Jubeln und Jauchzen. "Da fahrt er!" schrie eine Stimme aus der Rotte; "da fahrt er!" schallte es im Chor.

"Wohin fahrst?" rief ein kleiner, verwachsener Fratz, und ein bildhübsches Häuslerkind, ein blauäugiges Mädchen, eines der lustigsten in der verwegenen Bande, an deren Spitze Pavel einst auf Holzdiebstahl in den Wald gezogen war, lachte zu ihm hinauf: "Fahrst zum Vater oder zur Mutter?"

Die ausgegebene Parole pfiff in unzähligen Wiederholungen durch die Luft, immer ärger wurde das Treiben, und endlich hieb Peter auf Befehl des Gendarmen mit der Peitsche in die vor Schadenfreude und Lust am Quälen berauschte Schar. Sie schien sich zu verlaufen, schlug aber nur einen kürzeren Weg ein und faßte Posto hinter einer Johannisstatue, die zwischen Bäumen am Ende des Dorfes stand. Als das Wäglein dort ankam, wurde es mit lautem Hallo und einem Hagel von Erdklumpen und Steinen empfangen. Kohautek fluchte, Peter trieb die Pferde an, Habrecht zog den Rock über die Ohren, Pavel saß regungslos. Erst als das Gefährt auch seinen ausdauerndsten Verfolgern entronnen war, bückte er sich und warf die Steine, die in den Wagen gefallen waren, ruhig hinaus, alle bis auf den letzten, den kleinsten, den betrachtete er aufmerksam und nachdenklich und steckte ihn dann in die Tasche.

"Was willst du mit dem Steine?" fragte der Gendarm.

"Wenn ich mir einmal ein Haus baue – und ich bau mir eins", lautete die Antwort, "leg ich den Stein unter den Riegel der Tür, damit ich mich erinnern muß bei jedem Ein- und Ausgehen, wie die Leute mit mir gewesen sind."

Eine Stunde später war man am Bestimmungsorte angelangt. Der Bezirksrichter ließ Pavel vor sich führen und schien eher geneigt, an seine Schuld als an seine Unschuld zu glauben; "denn", pflegte er zu sagen, "was mich betrifft, ich denke von dem Menschen nicht das Schlechte, sondern das Allerniederträchtigste."

Die Gerechtigkeit nahm ihren Lauf, die Obduktion der Leiche des Bürgermeisters wurde angeordnet. In Abwesenheit des Gerichtschemikers nahm ein Stellvertreter, ein sehr zuversichtlicher junger Mann, die Analysen in höchst eleganter Weise vor und konstatierte schlankweg die Anwesenheit von Gift im Magen und den Eingeweiden des Toten. Da gab es für Pavel eine Reihe böser Tage, doch blieb er standhaft und benahm sich vor dem offiziellen Richter genauso, wie er sich beim Verhör daheim im Dorfe benommen hatte. Seine Leiden nahmen ein Ende bei der Rückkehr des Gerichtschemikers, der die Arbeiten seines grünen Rivalen einer Prüfung unterzog, ihre Mangelhaftigkeit dartat und im Einverständnis mit dem Amtschirurgen dem Kreisphysikus unwiderleglich bewies, der Bürgermeister sei nicht an Gift, sondern an seiner Krankheit gestorben.

Fast unmittelbar darauf erfolgte Pavels Freisprechung und seine Entlassung aus der Haft. Peter, sein Hauptankläger, wurde in die Kosten verurteilt.

Am letzten Sonntag, den Pavel in der Untersuchungshaft zubrachte, hatte Habrecht die Erlaubnis erhalten, ihn zu besuchen. Der Lehrer war tief bewegt beim Wiedersehen.

"Zwei Monate im Arrest!" rief er aus, "so weit hast du's gebracht, du Feind deiner selbst. Pavel, Pavel! viel Böses haben die Menschen dir schon getan, aber keiner von ihnen soviel wie du dir selbst." Er fragte ihn, was er denke in den langen einsamen Tagen und Nächten.

"Nicht viel; in der Nacht schlaf ich, und bei Tag arbeit ich, sie haben mir Werkzeug geliehen", erwiderte Pavel und holte unter seinem Bett das Modell eines Hauses hervor. Sein zukünftiges Wohnhaus, das er im kleinen äußerst genau hergestellt, mit Fenstern und Tür und strohbedecktem Dache. Ein merkwürdiger Kontrast, der Bursche mit den groben Händen und diese zierliche Arbeit. Er hatte das für seine Schwester Milada gemacht und bat Habrecht, es mitzunehmen und ihr zu schicken, bat den Lehrer auch, ihr zu schreiben, seine Schwester solle wissen, daß er unschuldig sei. Habrecht versprach es zu tun, verschwieg aber, daß bereits zwei umfängliche Briefe von ihm an die Frau Oberin gerichtet worden, in denen die Sachlage gewissenhaft und mit ehrlicher Breite dargelegt war und Pavel so rein erschien wie ein Osterlämmchen aus Zucker. Beide Sendschreiben waren in Form und Inhalt Muster von jener Höflichkeit, die sich nie genugtut, weil sie einem unstillbaren Herzensbedürfnisse entspringt. Leider jedoch hatte sie zur Nachahmung nicht angespornt; Habrechts Briefe waren unbeantwortet geblieben.

Es war gegen Ende Januar, der Tag mild, der Schnee begann zu schmelzen, schmale braune Bäche flossen die Abhänge herab. Trübselig schielte die Sonne durchs weißliche Gewölk, die entlaubten Bäume an der Straße warfen bleiche Schatten auf den sumpfartig schimmernden Feldweg, an dessen Rand Pavel dem Dorfe zuschnitt.

In seiner Haft hatte er oft gemeint, wenn er nur wieder ins Freie kommt, an die Luft, wenn er sich nur wieder regen darf, dann wird alles gut. Nun war er frei, wanderte heim, aber gut wollte es nicht werden. So öd, so kahl, so freudlos wie die Landschaft in ihrer winterlichen Armut lag die Zukunft vor ihm.

Sein erster Gang im Orte war der zur Hütte des Hirten. Den Herd im Flur hatte man abgeräumt. Vinska kniete davor und schürte das Feuer, das hell und lustig brannte. Schweigend, ohne sie anzusehen, schritt Pavel an ihr vorbei, geradenweges in die Stube. Virgil und sein Weib schrien auf, als er vor ihnen erschien; die Alte bedeckte ihr Gesicht mit der Schürze, der Greis hielt dem Eintretenden wie ein Beschwörer dem Satan den Rosenkranz entgegen und zitterte dabei am ganzen Leibe. Pavel aber kreuzte die Arme und sprach: "Spitzbub, Spitzbübin, ich bin wieder da, und eine Schrift darüber, daß mir das Gericht nichts tun darf, hab ich in der Tasche. Daß ihr mich jetzt in Ruh beim Lehrer laßt, das rat ich euch, sonst geht's euch schlecht. Angewachsen ist mir die Zunge nicht. – Das hab ich euch sagen wollen", schloß er, wandte sich und ging.

Sie blickten ihm betroffen nach. Der hatte sich verändert in den zwei Monaten!... Als ein Bub war er fortgegangen, als ein Bursche kam er heim; gewachsen war er, und dabei nicht schmäler geworden.

Außerhalb des Dorfes, zu Füßen eines Abhangs, den vor Jahren der längst ausgerodete Bauernwald bedeckt hatte, befand sich eine verlassene Sandgrube. Seitdem sie ihres Inhalts bis auf die letzte Ader entledigt worden, gehörte sie zu den toten Kapitalien des Gemeindevermögens, und keiner dachte daran, das öde Fleckchen Erde nutzbar zu machen; denn keiner, der da begonnen hätte zu pflügen und zu säen, würde die Ernte erlebt haben. Einmal nur bot der Verwalter der Frau Baronin, deren schlechteste Felder an die Sandgrube grenzten, dreißig Gulden für den von Unkraut überwucherten Winkel, trat jedoch, als der Kauf richtiggemacht werden sollte, von demselben wieder zurück. Von der Zeit an hatte kein Käufer sich mehr gemeldet. Das Erstaunen war nicht gering, als ein solcher endlich wieder auftrat, und zwar in der Person – Pavel Holubs.

Ein Jahr war vergangen, seitdem er aus der Untersuchungshaft entlassen worden, und Tag für Tag hatte er sich, im Winter wie im Sommer, am frühen Morgen auf die Beine gemacht und war erst mit der sinkenden Nacht heimgekehrt. Nichts vermochte die Gleichförmigkeit seiner Lebensweise zu unterbrechen, nichts ihm eine Teilnahmsäußerung für die Vorgänge in der Außenwelt zu entlocken. Über die Heirat Peters und Vinskas, die ganz in der Stille begangen worden war und im Dorfe sogar den hartnäckigsten Schweigern soviel zu reden gegeben hatte, verlor er kein Wort. An dem Tag, wie an jedem andern, ging er nach Zbaro, wo er immer Arbeit fand, in der Sägemühle, in der Zuckerfabrik oder im Wald. Er verdiente viel und konnte am Ende der Woche seinen Lohn ungeschmälert in die Sparkasse unter der Diele im Zimmer Habrechts legen, da ihn dieser mit Kostgeld und Kleidung versorgte. Mit Wonne sah er das Wachsen seines Reichtums und hätte sich überhaupt ganz zufrieden gefühlt – unter zwei Bedingungen. Ein Wiedersehen mit seiner Schwester wäre die erste, Ruhe vor den Neckereien der Dorfjugend die zweite gewesen. Aber keine von beiden wurde erfüllt. Sooft er sich an der Klosterpforte einstellte, wurde er unerbittlich fortgewiesen, und so zeitig er auch nach Zbaro ging, immer fanden sich Buben und Mädel, die noch zeitiger aufgestanden waren, um ihm aufzulauern und ihm unter dem Türspalt hervor oder über die Hecke hinweg nachzurufen: "Giftmischer!... Bist doch ein Giftmischer!"

Pavel schwieg lange, klagte aber zuletzt voll Bitterkeit dem Lehrer seinen Verdruß.

"Schau, schau", erwiderte der, "jetzt ärgerst dich?... Wie lang ist's her, daß dir um nichts soviel zu tun war als um die schlechte Meinung der Leute?"

Der Bursche wurde rot: "Man kann am Ende genug davon kriegen", meinte er, und Habrecht versetzte: "Das denk ich. Wenn sich einer Prügel geholt hat und im Anfang auch trotzt und sagt: Nur zu! – endlich wird's ihm doch genug, und dann sagt er: Hört auf! Aber just da packt diejenigen, die zuschlagen, erst die rechte Passion. Wie geht's denn mir und wie lange ist's denn bei mir her, daß ich gelacht habe, wenn die Leut gekommen sind und mich gebeten haben, ich soll machen, daß der Hagel ihr Feld oder der Blitz ihre Scheuer verschont? Es hat mir geschmeichelt... Oh, lieber Mensch... und heute möchte ich jedem Esel um den Hals fallen, der nichts anderes von mir glaubt, als daß ich so dumm bin wie er selbst."

Im Wirtshaus berieten derweil die Bauern über den Verkauf der Sandgrube an Pavel. Anton der Schmied, um seine Meinung befragt, befürwortete die Sache.

Auf ihn hatte die Schuldlosigkeitserklärung, die Pavel von Amts wegen ausgestellt worden, Eindruck gemacht und das Gutachten der Sachverständigen ihn in dem Zweifel befestigt, den er von Anfang her an der Leichtigkeit der Gifte gehegt. Sein Rat war: Man verkaufe dem Buben die Grube; er hat Geld, er soll zahlen. Der Vorschlag ging durch.

Pavel wurde mündig gesprochen und erwarb die Sandgrube zu hohem Preis, nachdem ihm begreiflich gemacht worden, daß die Gemeinde, welcher er ohnehin seit sieben Jahren im Beutel lag, am wenigsten ihm etwas schenken könne. Was ihn betraf, er fand seinen Besitz nicht zu teuer bezahlt. Ihm erschien eine Summe immer noch gering, die ein Wunder getan und ihm, dem Bettler, dem Gemeindekind, zu einem Eigentum verholfen hatte. Sein Gönner und er beschlossen den Tag, an dem der Kaufkontrakt unterschrieben worden war, auf das feierlichste.

Habrecht zündete außer dem Lämpchen auch eine Kerze an, Pavel breitete seine Schätze vor sich aus, das Zeugnis vom Amte, den Kaufvertrag, den Rest seiner Ersparnisse und Miladas Beutelchen mit seinem noch unangetasteten Inhalt. Das Geld wurde gezählt und ein Überschlag der Kosten des Hausbaues gemacht. Um die Ziegel war keine Sorge, die sollte Pavel mit Erlaubnis des Lehrers auf dem Felde desselben schlagen, nach Ton brauchte man in der Gegend nicht weit zu suchen. Schwer hingegen ist das Holzwerk beizuschaffen, dazu reichen die vorhandenen Mittel nicht aus und können im günstigsten Fall vor dem nächsten Herbste kaum zusammengebracht werden. Zum Glück kommt der Dachstuhl zuletzt; die nächsten Sorgen Pavels galten der Planierung seines Grundes und dem Aufbau seiner vier Mauern. Genug für den Anfang, genug für einen, der zur Bestellung seiner Angelegenheiten nur die Zeit hat, die ihm der Dienst bei fremden Bauten übrigläßt.

Dies alles ausgemacht, und der Bursche holte Schreibmaterial herbei und verfaßte, schwer seufzend und unter größeren Anstrengungen, als das Fällen eines Baumes ihn gekostet hätte, folgenden Brief:

"Milada,

meine allerliebste Schwester ich bin dreimal bei dir gewesen aber die Klosterfrauen haben mir es nicht erlaubt der Herr Lehrer hat ihnen schon geschrieben. Milada ich hab die Sandgruben gekauft wo ich für mich und die Mutter das Haus bauen soll, bitte die Frau Baronin daß sie mich zu dir gehen laßt weil ich unschuldig bin und vom Gericht den Schein bekommen habe daß mir das Gericht nichts tun darf ich habe auch neue Kleider und möcht nicht mehr im Kloster Knecht sein weil ich die Sandgruben hab. So sollten mich die Klosterfrauen zu dir erlauben."

Auch an seine Mutter schrieb Pavel noch an demselben Abend und teilte ihr mit, daß sie, wenn ihre Strafzeit verflossen sein werde, eine Unterkunft bei ihm finden könne.

Von der Mutter kam auch bald ein Brief voll Liebe, Dank und Sehnsucht; die Antwort Miladas ließ lange auf sich warten und brachte, als sie eintraf, eine herbe Enttäuschung.

"Lieber Pavel, ich habe immer gewußt, daß du unschuldig bist" – hieß es in dem Schreiben -, *"und mich gefreut und Gott gedankt, daß er dich würdigt,*

unschuldig zu leiden nach dem Vorbild unseres süßen Heilands. Und jetzt muß ich dir etwas sagen, lieber Pavel. Ich habe dich lange nicht gesehen, aber das war nur Gehorsam und kein freiwillig Opfer, das hat mein Erlöser mir nicht angerechnet. Jetzt hat die ehrwürdige Frau Oberin erlaubt, daß du mich besuchst, und jetzt erst kann ich ein freiwilliges Opfer bringen. Ich tu's, Pavel, und bitte dich, lieber Pavel, komm nicht zu mir, warte noch ein Jahr, warte ohne Murren, denn nur das Opfer, das wir freudig zu Füßen des Kreuzes niederlegen, ist ein Gott wohlgefälliges und wird von Ihm denen angerechnet, für welche wir es darbringen. Laß uns freudig entsagen, du weißt, daß wir es für die Seelen unserer Eltern tun, die keine andern Fürsprecher als uns bei ihrem ewigen Richter haben. Komm also nicht. Wenn du aber dennoch kämst, lieber, lieber Pavel, es wäre umsonst – mich würdest du nicht sehen, ich würde die guten Klosterfrauen bitten, mich vor dir zu verstecken, du würdest wieder fortgehen, hättest mich nicht gesehen und mir das Herz nur unendlich schwer gemacht, denn ich habe dich lieb, mein lieber Pavel, gewiß lieber, als du dich selber hast."

"Was schreibt denn deine Schwester?" fragte Habrecht, der den Burschen mit betroffener Miene auf das Blatt niederstarren sah, dessen schöne regelmäßige Schriftzüge er langsam entziffert hatte. Pavel beugte sich plötzlich vor, große Tränen stürzten aus seinen Augen.

"Was schreibt sie?" wiederholte der Lehrer, erhielt keine Antwort und fragte nicht mehr; er wußte ja bereits aus Erfahrung, wenn der Mensch etwas verschweigen will, dann gibt es keine Macht auf Erden, die ihm sein Geheimnis entreißt.

Als das Frühjahr kam, schlug Pavel in einer Reihe von mondhellen Nächten die Ziegel zu seinem Bau. Mehr als einmal fand er, am Abend aus der Fabrik heimkehrend, seine Arbeit zerstört. Kleine Füße waren über die noch weichen Ziegel gelaufen und hatten sie unbrauchbar gemacht. Pavel lauerte den Übeltätern auf, erwischte sie und führte sie dem Pfarrer vor. Es wurde ihnen eine Ermahnung zuteil, die jedoch ohne Wirkung blieb, der Unfug wiederholte sich. Da beschloß Pavel, selbst Gerechtigkeit zu üben. Mit einem Knüttel bewaffnet, wollte er hinter einem alten breitstämmigen Nußbaum Posten fassen und die vom Dorfe heranrückenden Feinde dort erwarten, zerbleuen und verjagen. Zu seinem größten Erstaunen fand er jedoch das Hüteramt, das er antreten wollte, bereits versehen, und zwar – durch Virgil. Dieser hatte gleichfalls einen Stock in der Hand.

"Bin schon da", sagte er, "hab ihrer schon einige weggetrieben."

"Was willst du, Spitzbub?" fuhr Pavel ihn an. "Fort, schlechter Kerl, mit dir bin ich fertig!" Er erhob den Knüttel.

Virgil hatte den seinen auf den Boden gestemmt, beide Hände darauf gelegt und sich zusammengekrümmt. Zitternd und demütig sprach er: "Pavlicek, schlag mich nicht, laß mich hier stehen, ich stehe hier und geb acht auf deine Ziegel."

"Du, ja just du wirst achtgeben, du?... Dich kenn ich. Geh zum Teufel."

"Sprich nicht von ihm!" wimmerte der Alte beschwörend, und seine Knie schlotterten, "sprich um Gottes willen von dem nicht. Ich bin alt. Pavlicek, ich werde bald sterben, du sollst zu mir nicht sagen: Geh zum Teufel."

"Alles eins, ob ich's sag oder nicht, alles eins, ob du gehst oder nicht, wenn du nicht von selber gehst, holt er dich."

Virgil fing an zu weinen: "Meine Alte wird auch bald sterben und fürcht't sich. Sie möcht dich noch sehen, bevor sie stirbt. Sie war's auch, die mir gesagt hat: Geh hin und gib acht auf seine Ziegel."

Pavel betrachtete ihn still und aufmerksam. Wie er aussah, wie merkwürdig! ganz eingeschrumpft und mager, vor Kälte zitternd in seinen dünnen Kleidern und dabei das Gesicht feuerfarbig wie ein Lämpchen aus rotem Glas, in dem ein brennender Docht schwimmt. Das Öl, von dem dieses jämmerliche Dasein sich näherte, war der Branntwein; der einzige Trost, der es erquickte, ein gedankenloses Lippengebet.

Armer Spitzbub, dachte Pavel, die Zeiten sind vorbei, in denen du mich mißhandelt hast, jetzt kriechst du vor mir. "So bleib", sprach er zögernd und immer noch voll Mißtrauen, "ich werd ja sehen, was für einen Wächter ich an dir hab."

Als er wiederkam, fand er alles in Ordnung: Virgil hielt wirklich treue Wacht, verlangte dafür nicht Lob noch Lohn und fragte nur immer: "Wirst nicht zur Alten kommen?" Pavel ließ ihr sagen, von ihm aus könne sie in

Frieden sterben, aber besuchen wollte er sie nicht mehr. Der Hauptgrund seiner Weigerung war die Furcht, Vinska bei ihrer Mutter zu treffen und ihr dort nicht ausweichen zu können, was er sorgsam tat, seitdem sie die Frau Peters geworden. Und wie er die Augen von ihr wandte, wenn er ihr begegnete, wie er jeder Kunde von ihr soviel als möglich sein Ohr verschloß, so verjagte er sogar jeden Gedanken an sie, der sich ihm unwillkürlich aufdrängen wollte.

Sie hatte das Ziel ihrer Wünsche erreicht, und er hatte ihr geholfen, es zu erreichen; jetzt sollte es aus sein. Was peinigte ihn denn noch, seinem Willen entgegen, stärker als seine eigene Stärke, was quälte ihn bei ihrem Anblick? Er kreuzte die Arme über dem Herzen und murmelte mit einem Fluche: "Klopf nicht!" Aber sein Herz klopfte doch, wenn die schöne Bäuerin vorüberschritt oder vorüberfuhr, in demselben Wägelchen, in dem ihr Mann, vor nun anderthalb Jahren, Pavel zu Gericht geführt hatte. Sie bemühte sich, glücklich auszusehen; es wirklich sein konnte sie kaum. Peter war ein tyrannischer und geiziger Eheherr, der alle Voraussetzungen der Virgilova zunichte gemacht hatte. Seine Schwiegereltern durften ihm nicht ins Haus; das wenige, was Vinska zur Verbesserung ihrer Lage tun konnte, geschah im geheimen unter Furcht und Zagen. Sie selbst lebte im Wohlstand, hatte mit Gepränge die Taufe ihres zweiten Kindleins gefeiert, aber wie das erste, bald nach der Hochzeit geborene, war auch dieses, wenige Wochen alt, gestorben, und bereits hieß es im Dorfe: "Die bringt kein Kind auf."

Pavel war gerade dazugekommen, als man den kleinen Sarg ganz still und wie in Beschämung aus dem Tor hinausschaffte. Und ein Schluchzen hatte er aus der Stube dringen gehört, ein Schluchzen, das ihm durch die Seele ging und ihn an die Stunde mahnte, in welcher diejenige, die es ausstieß, an seiner Brust gelegen und ihn bestürmt hatte mit ihren Bitten und berauscht mit ihren Liebkosungen. Den Tod des zweiten Enkels erlebte die Virgilova noch, kurze Zeit darauf schlug ihr letztes Stündlein nach schwerem, fürchterlichem Kampf. Der Geistliche hatte von ihrem Pfühl nicht weichen dürfen; noch im Verröcheln verlangte sie nach Segen und Gebet, in ihren brechenden Augen war noch die Frage zu lesen: Ist mir verziehen?

Mit Gleichgültigkeit nahm Pavel die Nachricht ihres Todes auf und blieb ungerührt von den Wehklagen, die Virgil über den Verlust seines Weibes anstimmte. Der Trost, den er dem Witwer angedeihen ließ, lautete: "Kein Schad um die Alte", und Virgil unterbrach die Ergüsse seines Schmerzes, richtete die Augen zwinkernd auf Pavel und fragte halb überzeugt: "Meinst?"

Dies begab sich zu Ende des Sommers, und am ersten Sonntag, der dem Ereignis folgte, ließ der Pfarrer Pavel zu sich bescheiden.

Es war nach dem Segen; der Geistliche saß in seinem Garten auf der Bank unter dem schönen Birnbaum, dessen Früchte sich bereits goldig zu färben begannen, ganz vertieft in das Lesen eines Zeitungsblattes. Pavel stand schon ein Weilchen da, ohne daß er es wagte, den Pfarrer anzusprechen, bevor dieser das kleine, blasse, von einem breitkrempigen Strohhute beschattete Gesicht erhob und nach einigem Zögern sagte: "Dir ist Unrecht geschehen." Sein Blick glitt an Pavel vorbei und richtete sich in die Ferne: "Du hast am Tod des Bürgermeisters keine Schuld."

"Freilich nicht", entgegnete Pavel, "die Kinder laufen mir aber doch nach und schreien: Giftmischer!... Ich möchte den Herrn Pfarrer bitten, daß er ihnen verbietet, mir nachzurufen: Giftmischer."

"Meinst du, daß sie es mit meiner Erlaubnis tun?" fragte der Priester gereizten Tones.

"Und die Alten", fuhr Pavel fort, "sind auch so. Dreimal hab ich kleine Fichten gepflanzt auf meinem Grunde, etwas anderes wächst ja dort nicht. Dreimal haben sie mir alles ausgerissen. Sie sagen: Dein Haus muß frei stehen, man muß in dein Haus von allen Seiten hineinschauen können, man muß wissen, was du treibst in deinem Haus."

Der Pfarrer räusperte sich: "Hm, hm... Das kommt daher, daß du einen so schlechten Ruf hast. Du mußt trachten, deinen Ruf zu verbessern."

Pavel murmelte: "Ich hab mein Zeugnis vom Amt."

"Nutzt alles nichts, wenn die Leute nicht dran glauben", sprach der Geistliche. "Auf den Glauben kommt es an, im großen wie im kleinen. Zu deiner ewigen Seligkeit brauchst du den Glauben an Gott, zu deiner Wohlfahrt hier auf Erden brauchst du den Glauben der Menschen an dich."

"Wär freilich gut."

"Du willst sagen, es wäre gut, wenn du ihn erwerben könntest. Willst du so sagen?"

"Ja."

"So bemühe dich. Du hast einen besseren Weg schon eingeschlagen und mußt nur trachten, auf ihm vorwärtszukommen. Ohne Stütze jedoch wird das kaum gehen, die wirst du noch lange brauchen. Bis jetzt war der Herr Lehrer deine Stütze... wird es aber nicht mehr lang sein können."

"Wie? warum? – warum nicht mehr lang?"

"Weil er versetzt werden wird, an eine andere Schule."

"Versetzt?" rief Pavel in Bestürzung.

"Wahrscheinlich."

Einen Augenblick sah der Pfarrer ihm fest ins Gesicht, dann sprach er: "Mehr als wahrscheinlich – gewiß. Mache dich darauf gefaßt und überlege, an wen du dich wenden kannst, wenn der Lehrer fortgeht, zu wem du in diesem Falle sagen kannst: Ich bitte, nehmen Sie sich jetzt meiner an."

Nach einer Pause, in welcher Pavel wie vernichtet vor ihm stand, fuhr der Pfarrer fort, aufrichtig bemüht, sich für den ungeschlachten Burschen, dem sein ganzer Mensch widerstrebte, wenigstens die Teilnahme des Seelsorgers abzuringen: "Überleg's; ist niemand da, zu dem du ein Vertrauen fassen und so sprechen könntest?"

Er mußte die Frage wiederholen, ehe sie beantwortet wurde, und dann geschah es mit einem so entschiedenen: "Niemand", daß der Priester es vorläufig nicht unternahm, diese feste Überzeugung zu erschüttern. Er räusperte sich abermals: "So, so", sagte er, "niemand? Das ist ja schlimm. Denke aber doch ein wenig nach, vielleicht fällt dir doch noch jemand ein." Er lehnte sich wieder an den Baum zurück, sah wieder ins Weite und schloß: "Du kannst nach Hause gehen, kannst auch dem Lehrer sagen, daß ich ihn vermutlich gegen Abend besuchen werde."

Pavel entfernte sich verwirrt, in halber Betäubung, als ob er einen Schlag auf den Kopf bekommen hätte.

Daheim fand er den Lehrer in der Stube am Tische sitzend vor seinem Buche, mit der von süßem Schmerz verklärten Miene, die er immer annahm, wenn er sich in diese geliebten Blätter versenkte. Pavel nahm Platz ihm gegenüber und betrachtete ihn mit unendlich gespannter Aufmerksamkeit. Lange wagte er nicht ihn zu stören; endlich aber brach er – ohne seinen Willen, gegen seinen Willen – in die Worte aus: "Herr Lehrer, was muß ich von Ihnen hören?"

Kaum hatte er diese vorwurfsvolle Frage ausgesprochen, als ein Schrecken über die Wirkung, die sie hervorgebracht hatte, ihn erfaßte. Habrecht war aschfahl geworden, seine Augen verschleierten sich, sein Unterkiefer hing herab und zitterte, vergeblich bemühte er sich zu sprechen, er brachte nur ein unzusammenhängendes Gestotter hervor. Nach Atem ringend, focht er mit den Händen in der Luft und sank unter Ächzen und Stöhnen auf seinen Sessel zurück. Pavel aber, der noch nie einen Menschen sterben gesehen hatte und meinte, das ginge viel leichter, als es in Wahrheit geht, sprang auf, warf sich auf die Knie und beschwor ihn händeringend: "Sterben Sie nicht, Herr Lehrer, sterben Sie nicht!"

Ein mattes Lächeln stahl sich über Habrechts Gesicht: "Unsinn", sagte er, "nicht von Sterben ist die Rede, sondern von dem, was du von mir gehört hast. Beichte!" befahl er, richtete sich auf und rollte fürchterlich die Augen. "Was war's, wie lautet der Unsinn? O vermaledeiter Unsinn!... Kein Vernünftiger glaubt ihn, und doch lebt er vom Glauben, kugelt so weiter im Dunkel, in der Tiefe. Sie zählen sich ihn an den Fingern her, diejenigen, die selbst nicht mitzählen... Was hast du gehört? Sprich!" Er zog Pavel in die Höhe und rüttelte ihn; als der verblüffte Bursche jedoch anfangen wollte zu reden, preßte er die Hand auf seinen Mund und gebot ihm Schweigen.

"Was käme heraus?... Was ich weiß im vorhinein, zum Ekel, was mich nicht schlafen läßt. Schweig", rief er, "ich will einmal reden, ich elender

Lügner, ich will die Wahrheit sagen, ich armer Zöllner will sie dir, dem armen Zöllner, sagen. Setz dich, hör mir zu, beug dein Haupt. Wenn es auch nur eine klägliche Geschichte ist und die Geschichte einer jämmerlichen Torheit, sie ist doch heilig, denn sie ist wahr."

Er ging zum Wasserkrug, trank in langen Zügen und begann dann leise und hastig von den Tagen zu sprechen, in denen er jung gewesen, ein Lehrerssohn und Gehilfe seines kränklichen Vaters, durch Begabung und Verhältnisse, durch alles, was natürlich und vernünftig ist, bestimmt, einst zu werden, was jener war. In seinem Herzen aber kochte der Ehrgeiz, prickelte die Eitelkeit, diese üblen Berater lenkten seine Sehnsucht weit ab vom leicht Erreichbaren, spiegelten ihm ein hohes Ziel als das einzig Erstrebenswerte vor. Die Zukunft eines großen Professors in der großen Stadt, die träumte er für sich und sein schwacher Vater für ihn, und dieses Schattengebilde der Zukunft, es lebte und nährte sich vom Fleisch und Blut der Wirklichkeit, von der Kraft, der Gesundheit, dem Schlaf der Jugend... Wie lange kann eine an beiden Enden angezündete Fackel brennen? Kein Mensch vermag ungestraft zwei Menschen zugleich – bei Tag ein Lehrer und bei Nacht ein Student – zu sein. Als der erste noch jung, als der zweite doch schon recht alt; denn mit entsetzlicher Geschwindigkeit verrann die Zeit, die er für seine Zwecke nur zur Hälfte ausnutzen durfte. Eines Morgens brach er an der Tür der Schulstube zusammen. Wie aus der Ferne hörte er noch einen zitternden Klageruf, sah wie durch dichten Nebel ein vielgeliebtes Greisenantlitz sich zu ihm neigen, dann war alles Stille und Dunkelheit, und wohltuend überkam ihn das Gefühl einer tiefen, bleiernen Ruhe.

Lange Zeit verging: Habrecht lag dahin, anfangs in wirren Fieberträumen, später in dumpfer Bewußtlosigkeit. Man hielt ihn für tot, legte ihn in den Sarg und trug ihn in die Leichenkammer. Dort erwachte er. – Seine Rückkehr ins Leben erregte nur Entsetzen, sich ihrer zu freuen war niemand mehr da. Seinen Vater hatten Schrecken und Gram getötet, der schlief schon seit ein paar Tagen unter dem Friedhofsrasen, und lieber hätte der Wiedererstandene sich neben ihn gebettet, als daß er, ein gebrochener Mann, den Kampf mit dem Leben von neuem aufnehmen sollte. An eine Fortsetzung seiner Studien war nicht zu denken – Habrecht bewarb sich um die Stelle, die sein Vater bekleidet hatte. Sie wurde ihm zuteil – zur Unzufriedenheit der Dorfbewohnerschaft.

"Daß einer, der drei Tage tot war, wieder lebendig wird, das ist, man mag es nehmen, wie man will, eine unheimliche Sache. Wo hat sich seine Seele aufgehalten während dieser drei Tage? Aus welchem grauenhaften Bereich kommt sie zurück?..." sagten sie. Die seltsamsten Gerüchte begannen sich zu verbreiten, das Märchen vom Aufenthalt des Schulmeisters in der Vorhölle entstand. Und er ließ es gelten. Er war ein armer, zugrunde gerichteter Mensch, der gefürchtet hatte, sich kaum bei den Schulkindern in Respekt setzen zu können, und dem es schmeichelte, als er nun bemerkte, daß er sogar den Erwachsenen Scheu einflößte und daß nicht leicht jemand ihm zuwider zu sprechen oder zu handeln wagte. Seinen edlen Ehrgeiz zu befriedigen war ihm die Möglichkeit genommen, ein falscher Ehrgeiz bemächtigte sich seiner, und er ergriff zu dessen Sättigung unlautere Mittel. Er nährte den Wahn, den zu bekämpfen seine Pflicht gewesen wäre, er, ein Lehrer, ein Verbreiter der Wahrheit auf Erden, ein Streiter wider den Irrtum, er unterstützte die Lüge, die Dummheit – den Feind. Er war ein stiller Verräter an der eigenen Sache, er hielt das Vorurteil aufrecht, weil seine Eitelkeit dabei ihre Rechnung fand.

Der Pfarrer, der ihn durchschaute, rügte sein Tun; sein eigenes Gewissen warf ihm das Unrecht vor... Er beschloß, es nicht mehr zu begehen, er faßte den Vorsatz und dachte ihn leicht auszuführen.

Indessen – siehe da! was mußte er erkennen? Der Wahn, den er früher unterstützt hatte und nun austilgen wollte, war nicht mehr auszutilgen. Nicht in kurzer, nicht in langer Zeit, nicht mit kleiner und nicht mit großer Mühe...

"Ich habe dem Unverstand das Hölzchen geworfen", rief er aus, "und er hat eine Keule daraus gemacht, mit der er mich drischt... Ich habe mit Schlangen gespielt, und wie ich einsehe, daß ich Frevel treibe, und aufhören will, ist's zu spät, und ich bin unrettbar umzingelt."

Von peinlicher Unruhe gejagt, begann er seine gewohnten Wanderungen durch das Zimmer.

"Wär ich doch ein aufrechter Verbrecher, ein Mörder meinetwegen – ein ehrlicher Mörder und nicht die verlogene Kreatur, die ich bin... bin! denn man wird's nicht los. Die Falschheit hat sich hineingefressen in den Menschen und regiert ihn gegen seinen Willen. Das ist fürchterlich, wahr sein wollen und nicht mehr können."

Er blieb vor Pavel stehen, packte ihn an beiden Armen und rüttelte ihn: "Du wirst es auch erfahren, wenn du dich nicht änderst... Ändere dich, du kannst es noch."

"Was soll ich tun?" fragte Pavel.

"Nicht lügen, nichts von dir aussagen, was du nicht für wahr hältst, im Guten nicht, denn das ist niederträchtig, im Bösen nicht, denn das ist dumm. Du machst dich zum Knecht eines jeden, den du belügst, und wäre er zehnmal schlechter und geringer als du. Ich weiß, was du willst, dich trotzig zeigen, Scheu einflößen... Warte nur, bis der Tag der Umkehr kommt – er kommt bei dir, er bricht schon an – warte nur, wenn du einmal Grauen empfinden wirst vor dir selbst."

"Herr Lehrer", unterbrach ihn Pavel, "seien Sie ruhig, es klopft jemand."

Habrecht fuhr zusammen. "Klopft? – was? – wer?... Ah – - Hochwürden!..."

Der Geistliche war eingetreten. "Ich habe dreimal geklopft", sagte er, "aber Sie haben nicht gehört, Sie haben so laut gesprochen." Seine klugen, scharfen Augen richteten sich prüfend auf den durch sein unerwartetes Erscheinen in Bestürzung versetzten Lehrer.

"Oh Hochwürden, wie schön... ist's gefällig? – einen Sessel... Pavel, einen Sessel", stammelte Habrecht und eilte zum Tisch, an den er die zitternden Beine lehnte und über den er wie beschützend die gerundeten Arme erhob. Mit einer selbstverräterischen Ungeschicklichkeit, die ihresgleichen suchte, lenkte er die Aufmerksamkeit des Priesters auf das, was er ihr um jeden Preis hätte entziehen mögen, auf das offen daliegende Buch.

Der Pfarrer trat ihm gegenüber, schlug, bevor Habrecht es hindern konnte, das Titelblatt auf, und von seinem Platze aus, ohne das Buch zu wenden, las er mit Schrecken, mit Abscheu, mit Gram: Titi Lucretii Cari: De rerum natura.

Er zog die Hand zurück, rieb sie heftig am Rock ab und rief: "Lukrez... O Herr Lehrer – Oh!..."

Und Habrecht, ringend in Seelenqual, sammelte sich mühsam, langsam – zu einer Lüge. "Zufall", stotterte er, "zufällig übriggeblieben das Büchlein, aus der Zeit der philologischen Studien... zufällig jetzt zum Vorschein gekommen..."

"Wünsche es, hoffe es, müßte Sie sonst bedauern", entgegnete der Geistliche, der ihn nicht losließ aus dem Bann seines Blickes.

"Und Sie hätten recht, der Sie einen Himmel haben und ihn jedem verheißen können, der da kommt, sich bei Ihnen Trost zu holen", brach Habrecht aus.

Als der Priester ihn verlassen hatte, nahm er den zerlesenen Band, liebkoste ihn wie etwas Lebendiges und barg ihn an seiner Brust, seinen mit stets erneuter Wonne genossenen, stets verleugneten Freund.

12

Pavel baute rüstig an seinem Haus fort, und es wurde fertig, allen Hemmnissen zum Trotz, welche der Mutwille und die Bosheit ersannen, um seinem Erbauer die Beendigung des anspruchslosen Werkes zu erschweren. Da stand es nun, mit Moos und Stroh bedeckt, sehr niedrig und sehr schief. Aus den drei kleinen Fenster guckte die Armut heraus, doch wer unsichtbare Inschriften zu lesen verstand, der las über der schmalen Tür: Durch mich geht der Fleiß ein, der diese Armut besiegen wird. Vorläufig war die Schaluppe der Gegenstand des Spottes eines jeden, den sein Weg vorbeiführte. Pavel ließ sich aber die Freude an seinem Häuschen nicht verderben, sondern ging wohlgemut an dessen innere Einrichtung. Er hatte einen Herd gebaut und einen bescheidenen Brettervorrat gekauft. Um diesen mit ihm zu durchmustern, fand der Schullehrer sich ein. Sie hielten Beratung, drehten jedes Brett wohl zehnmal um und überlegten, wie es am besten zu verwenden wäre. Plötzlich hob Pavel den Kopf und horchte. Das langsame Rollen eines schweren Wagens, die Anhöhe herauf, ließ sich vernehmen.

"Die Frau Baronin kommt", rief Pavel, "Sie hat mein Haus noch nicht gesehen; was wird sie sagen, wenn sie sieht, daß ich ein Haus habe!"

In der Tat kannte die Baronin Pavels Bauwerk noch nicht. Die Spazierfahrten der alten Dame lenkten sich regelmäßig nach einer andern Richtung. Den schlechten, steilen Weg durch das Dorf kam sie nur einmal im Jahre gefahren, meistens zur Herbstzeit, wenn sie ihren alten pensionierten Förster im Jägerhause droben besuchte. Das war heute und wäre wohl öfters der Fall gewesen, ohne die Gründe, die Matthias, der Bediente, immer anzuführen wußte, um von dem Ausflug nach dem Jägerhaus abzuraten. Der Grund, der ihm alle diese Gründe lieferte, war der, daß er an der Gicht in den Beinen litt, ungern zu Fuße ging und recht gut wußte, daß es am Ende des Dorfes, wo die jähere Steigung begann, heißen würde: "Steig ab, Matthias, du bist zu dick, die armen Pferde können dich nicht schleppen."

Als Pavel das Nahen des Wagens bemerkte, war Matthias soeben vom Bock herabbefohlen worden, er schritt verdrießlich hinter der großen Kalesche einher, und die Baronin saß in derselben ebenfalls verdrießlich. Sie ärgerte sich über den Buckel, den ihr Kutscher machte, und schloß daraus auf einen Mangel an Respekt, indes derselbe nur die Folge der lastenden Jahre war. Die Gebieterin sagte leise vor sich hin: "Daß die Leute heutzutage nicht mehr geradesitzen können!... Was das für eine Manier ist!... Eine rechte Schand, wenn sich einer gar nicht zusammennehmen kann!..." Sie selbst saß aufrecht wie eine Kerze und streckte sich, soviel sie konnte, um mit gutem Beispiel voranzugehen, was freilich unter den gegebenen Umständen wenig nützte. Dabei blickte sie lebhaft und neugierig umher durch die große Brille, die sie bei ihren Ausfahrten aufzusetzen pflegte. Bei der Sandgrube angelangt, wurde sie die neue Hütte gewahr, welche sich dort erhob, und rief: "Matthias, wer hat denn da einen Stall gebaut? Was ist denn das für ein Stall?"

Matthias beschleunigte seine Schritte, nahm den Hut ab und antwortete: "Das ist eine Schaluppen."

"Was der Tausend! wer hat sich denn die gebaut?"

Matthias lächelte verächtlich: "Die hat sich ja der Pavel gebaut, der Holub."

"Gott bewahr einen! der baut Häuser?"

"Ja", fuhr Matthias fort und legte vertraulich die Hand auf den Wagenschlag, "für die Mutter, heißt's, daß die wo unterschlupfen kann, wenn sie herauskommt aus dem Zuchthaus. Wird ein Raubnest werden; ist noch gut, daß es so frei steht und so weit draußen aus dem Dorf."

Während dieses Gesprächs war die Equipage vor dem Hüttchen angelangt, von dem sie nur noch der Wegrain und der Raum trennte, auf dem Pavel seine Bretter ausgelegt hatte.

Die Baronin befahl dem Kutscher, ordentlich zu hemmen und anzuhalten. Sie beugte sich aus dem Wagen und fragte: "Was sind denn das für Bretter?"

Habrecht trat heran und begrüßte die gnädige Frau.

"Sieh da", sprach diese, "der Lehrer, das ist schön, da können Sie mir gleich sagen, was das für Bretter sind?"

"Aus der herrschaftlichen Brettmühle, Euer Gnaden."

"Und wie kommen sie denn hierher?"

"Als Eigentum des Pavel Holub, der sie gekauft hat."

"Gekauft?" entgegnete die Baronin; "das ist schwer zu glauben, daß der etwas gekauft haben soll."

Pavel hatte sich bisher regungslos hinter dem Schulmeister gehalten; bei den letzten Worten der gnädigen Frau fuhr er auf, wandte sich, sprang in die Hütte und kam gleich darauf wieder zurück, einen Bogen Papier in der Hand haltend, den er, ohne ein Wort zu sprechen, der Baronin überreichte. "Was ist das? fragte sie, "was bringt er mir da?"

"Die saldierte Rechnung über die gekauften Bretter", antwortete Habrecht, an den die Frage gerichtet war.

"So – der kauft ein und bezahlt Rechnungen? Woher nimmt er das Geld dazu? Ich habe gehört, daß er einen Beutel voll Geld gestohlen hat."

"Eine alte Geschichte, Euer Gnaden, die nicht einmal wahr gewesen ist, als sie noch neu war."

"Ich weiß schon, Sie nehmen immer seine Partei. Ihrer Meinung nach habe ich immer unrecht gegen den schlechten Menschen."

"Er ist nicht mehr schlecht; die Zeiten sind vorbei, Euer Gnaden können mir glauben."

"Warum spricht er denn nicht selbst? Warum steht er denn da wie das leibhaftige böse Gewissen?... Entschuldige dich", sprach die alte Dame, sich an Pavel richtend, "sag etwas, bitte um etwas. Wenn ich gewußt hätte, daß du ein Haus baust und Bretter brauchst, hätte ich sie dir geschenkt... Kannst du nicht bitten?... Weißt du nichts, um was du mich bitten möchtest?" Jetzt erhob Pavel seine Augen zu der alten Frau. Zagend, zweifelnd blickte er sie an. Ob er etwas zu bitten habe, fragte sie nicht mehr, nachdem diese düsteren Augen sie angeblickt und sie in ihnen eine so kummervolle, so unaussprechlich tiefe Sehnsucht gelesen hatte.

"Was möchtest du also?" sagte sie, "so rede!"

Pavel zögerte einen Augenblick, nahm sich zusammen und antwortete ziemlich deutlich und fest: "Ich möchte die Frau Baronin bitten, daß Sie meiner Schwester Milada schreibt, sie möchte mir erlauben, sie zu besuchen."

Ungeduldig wackelte die Baronin mit dem Kopfe: "Das kann ich nicht tun, da mische ich mich nicht hinein, das ist die Sache der Klosterfrauen. Zur Milada darf man nicht ohne weiteres hinlaufen, sooft es einem einfällt, ich darf's auch nicht. Milada gehört nicht mehr uns, sondern dem Himmel... Der Mensch", richtete sie sich wieder an Habrecht, "spricht auch immer dasselbe; ich begreife nicht, wie man sagen kann, daß er sich geändert hat... Und jetzt fahren wir. – Adieu! Vorwärts, Jakob."

Der Wagen setzte sich in Bewegung, war jedoch kaum ein Stückchen weitergekollert, als die Baronin abermals haltzumachen befahl, Habrecht herbeiwinkte und fragte: "Was ist's denn mit dem neuen Schullehrer? Warum kommt er nicht? Er hat sich ja heute vorstellen sollen."

"Morgen, Euer Gnaden, wenn ich bitten darf."

"Wieso, morgen?... Ist denn heute nicht Mittwoch?"

"Ich bitte um Verzeihung, heute ist Dienstag."

"Dienstag? Das ist etwas anderes. Ich habe schon geglaubt, der Jüngling, der vermutlich ein gelehrter Flegel sein wird, findet es überflüssig, der Gutsbesitzerin seinen Kratzfuß zu machen. Und wann reisen denn Sie, Schullehrer?"

"Nächste Woche, Euer Gnaden."

"Recht schade, recht schad um Sie, es kommt nichts Besseres nach", sprach die Baronin und fuhr, Habrecht huldvoll grüßend, davon.

Als der Lehrer sich nach Pavel umsah, stand dieser unbeweglich und feuerrot im Gesicht. "So ist es doch wahr?" fragt er, so mühsam schluckend, als ob ihm die Kehle zugeschnürt würde. "Sie gehen fort?"

"Das heißt, ich komme fort", erwiderte Habrecht zögern; "ich bin versetzt worden."

"Weit weg?"

"Ziemlich."

"Wissen Sie das schon lang, Herr Lehrer, daß Sie versetzt worden sind?"

"Lang – nicht lang – wie man's nimmt..."

"Warum haben Sie mir's nicht gesagt?"

"Wozu? Hast du's nicht ohnehin erfahren?"

"Aber nicht glauben wollen, dem Herrn Pfarrer nicht und den andern schon gar nicht. Wenn es ist, habe ich mir gedacht, werden Sie es mir schon selbst sagen..." Er vermochte nicht, weiterzusprechen.

Der Anblick von Pavels schmerzvoller Bestürzung schnitt seinem alten Freunde in die Seele; aber er wollte sich nichts davon merken lassen. "Gönn mir mein Glück", rief er nach einigen Augenblicken des Schweigens plötzlich aus; "denk nur, ich komme unter lauter fremde Menschen... Schaut mich einer an, schau ich ihn wieder an, ganz ruhig – fällt mir nicht ein zu fragen: Was hast du von mir gehört, was mutest du mir Unheimliches zu?... Die Achtung, die ich zu verdienen verstehe, werde ich haben und genießen – die höchste Achtung, denn wie ein Engel will ich sein, wie ein Heiliger, und sogar die schlechten Kerle werden zugeben müssen: Das ist einmal ein braver Lehrer!... So wird es dort sein, während hier..." er preßte die Hände an beide Schläfen und stöhnte herzzerreißend. "Ein Beispiel", fuhr er fort, "ich werde dir ein Beispiel geben, wie es hier ist und wie es dort sein wird. Denk dir eine große Tafel, schneeweiß, die hätte ich mit edlen Zeichen beschreiben sollen, aber statt dessen habe ich dereinst die reine Tafel bekritzelt und beschmiert, und wenn ich jetzt tun will, wie ich soll, und schöne Buchstaben zeichnen, kann ich's nicht so ohne weiteres, das tolle Zeug, das schon dasteht, muß erst weggeputzt werden. Oh, wie schwer, nein – unmöglich!... Und wenn ich auch meine, es ist ausgetilgt und keine Spur mehr vorhanden – hinter meinen sorgfältig gemalten Lettern kommt es doch wieder zum Vorschein. Blasser von Jahr zu Jahr, ja vielleicht – was hilft's? – Dafür ist mein Aug empfindlicher geworden, und der Eindruck bleibt sich gleich... Verstehst du mich? Das wird nun alles anders. Drüben in der neuen Heimat ist die Tafel blank, wie sie es von Anfang an gewesen, als sie mir anvertraut wurde. Die Tafel ist der Ruf. Verstehst du oder nicht?... Unglücksmensch, mir scheint, du verstehst kein Wort!"

Pavel wehrte sich nicht gegen diesen Verdacht; ihn beschäftigten andere Gedanken, und plötzlich rief er: "Ich weiß, was ich tu – ich geh mit Ihnen."

"Das lasse dir nicht einfallen", fuhr Habrecht heraus, setzte aber, um die Schonungslosigkeit seiner Abwehr zu vermindern, erklärend hinzu: "Was würde aus deiner Mutter, wenn sie dich nicht fände bei ihrer Rückkehr?"

"Sie kann uns ja nachziehen, wenn sie will", entgegnete Pavel und zupfte an seinen Lippen, wie Kinder in der Verlegenheit tun. Und wie einem Kinde sprach Habrecht ihm zu, sich zu fügen, zu bleiben, wo er war, gab ihm Gründe dafür an und schloß ungeduldig, als Pavel zu allem den Kopf schüttelte: "Endlich!... Woher deine Mutter kommt – von der ich übrigens nichts Schlechtes glaube -, hätten die Leute bald weg und würden fragen: Was für einen Anhang bringt uns der Lehrer ins Dorf?... Das kann nicht sein – du mußt es selbst einsehen... bescheide dich..." Damit wandte er sich, und indem er den Schweiß abtrocknete, der ihm trotz der herbstlichen Kühle auf der Stirn perlte, trat er eilends die Flucht an, um etwaigen neuen Vorschlägen Pavels zu entrinnen.

Er hätte solche nicht zu fürchten gebraucht. Der Bursche brachte das Gespräch nicht mehr auf die immer näher heranrückende Trennung, wurde nur stiller, trauriger, führte aber sein arbeitsvolles Leben fort und suchte die Gesellschaft seines Gönners nicht öfter auf als zu jeder andern Zeit.

Und Habrecht, mit dem Egoismus des Kranken, der keine Sorge aufkommen läßt, als die um seine Genesung, wollte nichts wissen von dem Kampf, der sich hinter Pavels anscheinender Ruhe verbarg; wollte nichts wissen von einem Leid, dem abzuhelfen ihm unmöglich gewesen wäre. Geschieden mußte einmal sein, es geschah am besten klaglos.

Übrigens vergaß Habrecht seinen Schützling beinahe über dem Verdruß, den sein Nachfolger ihm bereitete.

Dieser junge Mann, Herr Georg Mladek, war einige Tage später eingetroffen, als er erwartet worden, hatte sich an der Verwunderung ergötzt, die Habrecht darüber äußerte, und auf die Zumutung ins Schloß zu gehen, um der Frau Baronin seine Aufwartung zu machen, geantwortet: "Recht gern, wenn sie jung und schön ist. Sonst habe ich mit Baroninnen nichts zu tun und auf ihren Schlössern nichts zu suchen."

"Aber", meinte Habrecht, "die Höflichkeit gebietet..."

"Nicht jedem – ich, zum Beispiel, bin ohne Vorurteile."

Er tat sich darauf etwas zugute, fast so arm zu sein wie Hiob und ganz so stolz wie Diogenes, bezog die Schule an der Spitze eines Koffers, eines Feldbettes, eines Tisches, eines Sessels, fand sich für den Anfang genügend versorgt und dankte ablehnend für die Bereitwilligkeit, mit welcher sein Vorfahr im Amte ihm einiges Hausgerät zur Verfügung stellen wollte.

So wanderte denn Habrechts Mobiliar in die Hütte an der Sandgrube, vom Volksmund schlechtweg "die Grubenhütte" getauft, und nahm sich dort ordentlich stattlich aus, erregte auch vielfachen Neid. Die Leute fanden Habrechts Großmut gegen Pavel unbegreiflich und kaum zu verzeihen. Mladek aber machte sich über das Verhältnis zwischen den beiden seine eigenen Gedanken und hatte keinen Grund, dieselben dem "Kollega" zu verheimlichen.

Am Vorabend des für Habrechts Abreise bestimmten Tages suchte er ihn auf und fand ihn in der Schulstube, wo er, am Fenster stehend, in ungeduldiger Erwartung auf die Straße blickte. Als der Eintretende ihn anrief, sah Habrecht sich um und sprach: "Sie sind's – gut, gut, daß Sie's sind; es ist mir lieb, daß es kein anderer ist."

"Welcher andere, denn?"

"Nun, der Pavel, wissen Sie. Aufrichtig gestanden, ich beabsichtige, mich heute schon, und zwar ohne Abschied, davonzumachen... des Burschen wegen. Ich gehe freudig von hier fort, kann's nicht verbergen, und das tut ihm weh. So habe ich mich bei der Frau Baronin und beim Herrn Pfarrer empfohlen und fahre ab, bevor Pavel nach Hause kommt... Habe mir ein Wägelchen bestellt – drüben an die Gittertür... es sollte schon dasein."

Er eilte wieder an das Fenster und bog sich weit über die Brüstung. Der Wind zerzauste ihm die spärlichen Haare, in dünnen Strähnen umflogen sie seinen Scheitel und sein Gesicht, das so alt aussah und so wenig harmonierte mit der noch jugendlich schlanken und beweglichen Gestalt. Er trug den schwarzen Anzug, den ihm sein Vater zur letzten Prüfung hatte machen lassen und der, auf eine körperliche Zunahme des Besitzers berechnet, die nie eintrat, die hageren Glieder in dem Maße schlotternd umhing, als das Tuch fadenscheiniger und dessen Falten weicher geworden waren.

Mladek musterte ihn durch die scharfen Gläser des Zwickers und sprach: "Wie lang sind Sie denn hier Schulmeister gewesen?"

"Einundzwanzig Jahre."

"Und nach einundzwanzig Jahren machen Sie sich aus dem Staub, als ob Sie etwas gestohlen hätten? Verderben den Kindern die Freude einer Abschiedshuldigung und den Erwachsenen die eines Festessens... und das alles, um Ihren Pavlicek nicht weinen zu sehen? Sonderbar!... Es muß ein eigenes Bewandtnis mit Ihnen haben, Kollega... wie?"

Habrecht erbleichte unter dem inquisitorischen Blick, der sich auf ihn richtete. "Was für eine Bewandtnis?" fragte er, und die Zunge klebte ihm am Gaumen.

"Erschrecken Sie doch nicht vor mir – mir ist nichts Menschliches fremd", entgegnete Mladek voll Überlegenheit. "Aufrichtig, Kollega, bekennen Sie! War die Mutter Ihres Pavlicek, die übrigens jetzt im Zuchthaus sitzen soll, ein schönes Weib?"

Habrecht begriff die Bedeutung dieser Frage nicht gleich; als sie ihm jedoch klar wurde, lachte er laut auf, lachte immer munterer, immer heller und rief in fröhlicher Erregung: "Nein – so etwas! Oh, Sie Kreuzköpferl, Sie! Nein, daß ich heute noch einen solchen Spaß erlebe!... Herr Jesus, was Sie doch gescheit sind!" Er brach in ein neues Gelächter aus. Der krankhaft empfindliche Mann, den die leiseste Anspielung auf einen durch ihn selbst erregten Argwohn in allen Seelentiefen verwundete, fühlte sich durch den jeder Veranlassung entbehrenden wie gereinigt. Kein Lob, keine Schmeichelei hätte ihn so herzlich beglücken können, wie seines Nachfolgers falsche und nichtsnutzige Vermutung es tat. Er bemerkte nicht, daß er beleidigte mit seiner Lustigkeit; er wurde förmlich übermütig und rief: "Ich wollte, Sie hätten recht: es wäre besser für den Burschen. Aber Sie haben nicht recht, und sein Vater ist wahrhaftig am Galgen gestorben. Ein Unglück für den Sohn, das diesem als Schuld angerechnet wird. Man muß ihn in Schutz nehmen gegen die Dummheit und Bosheit. Ich hab's getan, tun Sie es auch; versprechen Sie mir das."

Mladek nickte mit sauersüßer Miene, im Innern aber blähte er sich giftig auf und dachte: Zum Lohn dafür, daß du mich seinetwegen verspottet hast? Das wird mir einfallen!

Inzwischen vernahm man durch die Nachmittagsstille das langsame Heranrumpeln eines Leiterwagens. "Meine Gelegenheit!" sprach Habrecht, hob das Felleisen vom Boden und lud es mit Mladeks Hilfe auf seine Schulter. Jede andere Dienstleistung, besonders das Geleite zum Wagen, verbat er sich und eilte davon, ohne einen Blick zum Wagen zurückzuwerfen nach der Stätte seiner langjährigen Tätigkeit. Keine Regung der Wehmut beschlich beim Scheiden seine Brust. "Fahre!" rief er dem ihn begrüßenden Bäuerlein zu, "und wenn dich jemand fragt, wen du führst, so sag – einen Bräutigam, sag's getrost; es ist schon mancher zur Hochzeit gefahren, der nicht so guter Dinge war wie ich." Damit kletterte er in den Wagen, streckte sich der Länge nach in das nicht aufgestreute Stroh und kommandierte jauchzend: "Hüe!"

Die Dorfleute kamen an dem Tag etwas früher als sonst vom Felde zurück; sie hatten Eile, ihre Anstalten zum Abschiedsfest für den Lehrer zu treffen. Der Schlot des Wirtshauses qualmte bereits seit einigen Stunden. Die ein Wort mitzureden hatten, gingen dem Stand der Dinge in der Küche nachsehen; andere hielten sich in der Nähe, um wenigstens den guten Bratengeruch zu schnuppern, der die Luft ringsum zu erfüllen begann. Die Buben sammelten sich schwarmweise, und weil es ihnen bevorstand, beim morgigen Festzug eine gute Weile friedlich in Reih und Glied zu wandeln, entschädigten sie sich dafür und prügelten einander heute noch in aufgelöster Ordnung gehörig durch. In den Häusern und vor den Häusern flochten die Mütter den Mädchen die Haare mit roten Bändchen ein, und in den Ställen taten die Bauernburschen dasselbe an den Mähnen ihrer Rosse. Da entstanden eine Unzahl dünner Zöpflein, so steif wie Draht, die den Köpfen der Mädchen und den Hälsen der Pferde etwas sehr Nettes und Gutgehaltenes gaben. Mit einem Worte, die Vorbereitungen zur Feierlichkeit waren im besten Gange, als sich die Kunde von der stattgefundenen Abreise Habrechts verbreitete. Anfangs wollte niemand an dieselbe glauben; erst als der Bauer, der den Lehrer nach der Eisenbahnstation gebracht, von dort zurückkehrte und dessen herzliche Abschiedsgrüße an die Dorfbewohner bestellte, mußte man wohl oder übel zu zweifeln aufhören. Nur Pavel ließ sich, als er nach vollbrachtem Tagwerk heimkehrte, in seiner Überzeugung, Habrecht sei da, müsse noch da sein, nicht irremachen. Er würdigte diejenigen, die ihn deshalb verhöhnten, keiner Antwort, lief zur Schule und trat ohne weiteres in die Wohnstube, in welcher er Mladek fand. Diesen fragte er kurz und barsch: "Wo ist der Herr Lehrer?"

Mladek, der an einem Briefe schrieb, wandte den Kopf: "Da ist der Herr Lehrer", sprach er, auf sich selbst deutend, "und ohne anzuklopfen, tritt man bei ihm nicht ein, das merk dir, du Lümmel."

Pavel stotterte eine Entschuldigung und bat nun, ihm zu sagen, wo der frühere Herr Lehrer sei.

"Abgepatscht, und auch du patsch ab!" lautete die Antwort.

Pavel schritt langsam die Treppe hinab, trat in das Schul-Zimmer, blieb dort eine Weile stehen und wartete; und als derjenige, den er erwartete, nicht kam, ging er ins Gärtchen, in dem er auf und ab wandelte, auslugend, horchend. Plötzlich schlug er sich vor die Stirn... Dummkopf, der er war, daß ihm das nicht früher eingefallen!... Bei ihm, in seinem Hause befand sich der Lehrer, um ihm – ihm ganz allein Lebewohl zu sagen. Auflebend mit der rasch erblühten Hoffnung, rannte er durchs Dorf nach seiner Hütte und rief, bei derselben angelangt: "Herr Lehrer!"

Keine Antwort. Auch hier alles still, und nun begriff Pavel, daß er seinen alten Gönner vergeblich suchte. In der Mitte der Stube stand der Tisch, an dem er so oft ihm gegenübergesessen hatte, sein dünnbeiniger Lehnsessel davor und an der Wand sein altersbrauner Schrank... Der Anblick dieser Habseligkeiten schnitt Pavel in die Seele und reizte seinen Zorn. Er schleuderte den Sessel in die Ecke und führte einen Fußtritt gegen den Tisch, daß er krachend umstürzte... Was brauchte Pavel das Zeug? Was brauchte er Erinnerungen an den, der ihn so treulos verlassen hatte?...

Fort, fort sein einziger Freund!... Fort – ohne nur gesagt zu haben: Behüt dich Gott! – Was für ein Mensch war er denn, daß er das vermochte?... Besser tausendmal, er wäre gestorben, daß man an seinem Sarge weinen könnte und denken: bis zum letzten Augenblicke hat er dich geliebt. Aber so entgleiten wie ein Schatten – das macht all seine Güte und Freundschaft schattenhaft.

13

Zur Schnittzeit in demselben Jahre fand ein großes Ereignis statt. Die Gemeinde führte ein langgehegtes Vorhaben aus; sie kaufte für ihre bisher von einem Pferdegöpel betriebene Dreschmaschine ein Lokomobil. Auf der Eisenbahnstation wurde es abgeholt und zog sechsspännig, mit Blumen bekränzt, ins Dorf ein. Stolz schritten die Bauern neben ihm; es verdarb keinem die Freude an der wertvollen Erwerbung, daß man nur die erste der zehn Raten, in welchen sie bezahlt werden sollte, erlegt hatte und vorläufig noch nicht wußte, woher das Geld nehmen für die übrigen neun.

Unweit von Pavels Hütte lag frei auf der Anhöhe, das Dorf beherrschend, der Hof des neugewählten Bürgermeisters. Dort eröffnete das Lokomobil seine Tätigkeit. Es dampfte und schnob, und die mit ihm in Verbindung gesetzte Dreschmaschine schluckte die dargereichten Garben und spie mit nie dagewesenen Geschwindigkeit die ausgelösten Körnlein aus und das zerknitterte Stroh. Anfangs drängte sich viel Publikum zu dem hübschen Schauspiel, allmählich jedoch ließ bei den meisten das Interesse an dem ewigen Einerlei nach und erhielt sich nur bei einem armen Jungen unvermindert, der wohl keine Aussicht hatte, die Maschine jemals in seinem Dienste zu beschäftigen, nämlich bei Pavel. Er hatte Arbeit beim Holzschlag im herrschaftlichen Wald erhalten und machte auf den Gang dahin täglich einen kleinen Umweg, um den Anblick des schnaubenden Ungeheuers zu genießen, dem er sich mit stillem Staunen hingab, bis es hieß: "Mach, daß du fortkommst!" – "Wenn der einem die Maschine wegschauen könnte, er tät's", meinte der Bürgermeister. Pavel ging, nahm aber die Erinnerung an die Bewunderte mit sich und hatte ein deutlicheres Bild von ihr im Kopfe als die Bauern, die in ihrer nächsten Nachbarschaft auf der Bank an der Scheune saßen und die Hantierung der Taglöhner überwachten.

Wohlgefällig sahen die Eigentümer des Getreides, das eben gedroschen wurde, zu und freuten sich, wenn die fleißige Maschine die Arbeit in wenig Tagen fertigbrachte, die ihnen monatelang zu tun gegeben hätte. Bald kam die Frage zur Beratung, ob man nicht einen Teil der vielen jetzt übrigbleibenden Zeit dem für den Bauer so außerordentlich lockenden Vergnügen der Jagd widmen solle? Im nächsten Jahre lief der Pachtkontrakt mit der

Herrschaft ab, und dann gedachte man sich's wohl zu überlegen, ehe man ihn erneuern würde. Die Sache wurde oft besprochen und fand in der Gemeinde nur wenige Gegner, unter ihnen jedoch einen sehr einflußreichen und sehr entschiedenen, nämlich Peter. Aus lauter Geiz, behaupteten seine Feinde; ihn reue das Geld für die Jagdkarte, für Pulver und Blei. Er ließ das gelten und erklärte, er brauche sein Geld "zu was Gescheiterem".

Nun höhnten die Spötter regelmäßig: Bei ihm ginge eben alles in Hafer auf für die Kohlfuchsen, daß die doch ein bißchen zu Kräften kämen.

Damit gelang es immer, Peter wild zu machen. Er setzte seinen ganzen Stolz in eine Pferdezucht, die schon sein Vater mit gutem Glück betrieben, und war kürzlich mit zwei Kohlfüchsen zur Prämiierung von Arbeitspferden gefahren, deren Anblick, wie er oft geprahlt hatte, "die Kommission umreißen und alle anwesenden Pferde in den Grund und Boden schlagen müsse". Statt dessen hatte man ihn zurückkommen sehen ohne Preis, zornig und schimpfend über die Kommission, die zusammengesetzt gewesen sei aus lauter Eseln. Im Dorfe verspottete man ihn; jeder wußte, die Kohlfüchse waren für Arbeitspferde zu schwach befunden worden, und nun setzte Peter seinen Kopf darauf, sie zu den stärksten Pferden weit und breit zu machen, und hoffte nur auf die Gelegenheit, einen glänzenden Beweis davon zu geben, daß ihm dies gelungen sei. Der ersehnte Augenblick schien endlich gekommen. Wenn die Maschine am Getreide des Bürgermeisters und an dem der Umgegend ihre Schuldigkeit getan haben würde, sollte sie im Hof Peters am unteren Ende des Dorfes aufgestellt werden, und er hatte die Zeit, sie abzuholen, kaum erwarten können. Am bestimmten Tage, das Lokomobil war noch im Gange, erschien er schon mit einem Gesicht so aufgeblasen wie ein Luftballon, hinter ihm sein Knecht, der die angeschirrten Kohlfüchse am Zügel führte. "Was willst mit den Pferden?" fragte der Bürgermeister; "warum bringst nicht ein paar tüchtige Ochsen? Die Pferde halten dir die Maschine über den Berg nicht zurück." Barosch und Anton, die eben dastanden, einige jüngere Leute und alle Tagelöhner waren derselben Meinung, sogar Pavel, der mit einem Auftrag vom Förster an den Bürgermeister geschickt worden, erlaubte sich, in Gegenwart der Notabilitäten den Mund aufzutun, und sagte: "Und der Maschine kann das größte Unglück geschehen."

Peter schob die kurze Pfeife aus dem linken Mundwinkel in den rechten und den Hut weiter zurück ins Genick. "Spann ein", befahl er kurz und gebieterisch dem Knecht und zog den Gäulen die Stränge vom Rücken.

"Wart", rief der Bürgermeister, "wirst doch so nicht fahren, wirst doch früher das Feuer herausnehmen lassen." Er öffnete die Tür des Kohlenbehälters, und Barosch näherte sich mit dem Schüreisen; aber Peter donnerte ihn an: "Laß bleiben! So wie sie dasteht, so ziehen meine Ross' sie fort", schlug die Tür des Kohlenbehälters wieder zu, half dem Knecht einspannen und ergriff die Leitseile und die Peitsche.

"Hü!" ein mächtiger Schnalzer: die Pferde zogen an, sprangen zur Seite, sprangen in die Höhe, und erst auf einen zweiten und dritten Schnalzer legten sie sich ins Geschirr, daß die Stränge krachten... vom Fleck bewegt war die Maschine. Peter schrie, sein Knecht schrie, die Bauern und die Taglöhner standen staunend, denn wirklich – die Kohlfüchse zogen das Lokomobil bis zum Ausgang des Hofes. Von hier an ging's von selbst; sachte abwärts neigte sich der Weg und mündete breit auslaufend in die Dorfstraße. Auf dieser ward die Senkung jäher, Pavel lief hinzu und wollte die Räder sperren, Peter jedoch, völlig berauscht von Übermut und Prahlsucht, stieß ihn hinweg. "Ich brauch das nicht", rief er, "ich fahr ohne Sperr."

"Narrheit", meinte Anton, weil's ja doch immer steiler abwärts ginge, und Peter lachte: wenn auch, um so schneller würden seine Pferde laufen, und er vermaß sich, die Maschine im Trab in seinen Hof zu führen. Die Verkündigung dieses Wagnisses erregte Hohn und Neugier. Ein Hauptspaß war's doch, dem Kunststück zuzusehen. Nur Anton empfand ungemischten Unwillen, kreuzte die Hände mit einer bedauernden Gebärde und sprach: "Läßt sich nichts sagen, wird schon sehen."

"Ihr werdet sehen, ihr! was meine Fuchsen können", gab Peter zurück, ging, in jeder Hand einen Zügel, mit großen Schritten neben den Pferden her, rief aber nicht mehr "Hü", sondern "Ho-oho". Die Pferde hielten der gewaltigen Last wacker stand, die hinter ihnen rasselte und drängte, sie krochen förmlich mit eingezogenen Kreuzen, die Köpfe gehoben, die Hälse starr, die Kummete hinaufgeschoben bis an die Kinnladen. Peter hing sich an die Leitseile, so fest er konnte.

"Laß nur die Ross' nicht ins Laufen kommen, um Gottes willen nicht!" rief ihm sein Knecht über die Pferde hinüber zu, und er gab keine Antwort; ihm gruselte bereits beim Gedanken an seine Großsprecherei mit dem Trabfahren. Ein paar Schritte noch, dann kam die erste quer über den Weg gezogene Wasserrinne, auf die hoffte er, da wird das schwere Unding einen kurzen Augenblick aufgehalten, da tun die Füchse einen Schnaufer.

"O-ho! – O-ho! –" ein Ruck – die Vorderräder fahren in die Vertiefung, gleich darauf aber wieder heraus, und zu gleicher Zeit springt die von Peter so nachlässig zugeworfene Tür des Kohlenbehälters auf, und dessen Inhalt strömt den Pferden auf die Kruppen, auf die Sprunggelenke... sie werden wie rasend... Kein Wunder.

"Sperren! – Sperren!" brüllte Peter nun – es war viel zu spät; es gab kein Halten mehr. Im Galopp ging's den Berg hinab; die Maschine krachte und polterte, und Peter, in den Leitseilen verhängt, halb laufend, halb geschleift, stürzte nebenher. Ein heulender Schwarm folgte ihm nach; andere standen in Gruppen wie angenagelt auf dem Fleck. Deutlich sah jeder vor Augen, was im nächsten Moment geschehen mußte. Der abschüssige Weg bildete eine zweite tiefere Rinne und führte dann um die Ecke an der Planke des Wirtshausgartens und an der ihr gegenüberliegenden Mauer, die den Hof Peters einfaßte, vorbei, in deren großen Torbogen noch einzulenken die reine Unmöglichkeit war. Wie die Pferde links hinjagen, wie die Maschine sich links überneigt, schon im Sturze begriffen, gibt's nichts anderes als das Zusammenbrechen in dem Graben – und dem Peter, dem gnade Gott, der geht hinüber ohne Absolution, der wird zerquetscht zwischen Planke und Maschine... alle wußten es; alle starrten auf den Fleck hin, auf dem das Ereignis sich vollziehen sollte; einige erhoben ein rasendes Geschrei, diese fluchten, jenen erstickte der Laut in der Kehle. Jeder hatte einen anderen Ausdruck für seine Spannung, seine Angst; vereinzelt erscholl sogar ein sinnlos wieherndes Gelächter. Daß etwas geschehen könne, um das Unglück zu verhindern, fiel keinem ein... Und wie die Leute so durcheinanderliefen oder dastanden und die Hände über dem Kopf zusammenschlugen, sahen sie auf einmal Pavel wie einen geschleuderten

Stein auf die Planke zuspringen, den Eckpfeiler ergreifen und rütteln... Ein Rätsel, ein Wunder, wie ihm der Einfall gekommen war: Zwischen Planke und Maschine muß Peter zerquetscht werden; wenn keine Planke da wäre, würde er nicht zerquetscht, fort also mit der Planke!...

Alles geschah zugleich. – Der Athletenstärke des Burschen wich der Pfeiler, sank, riß ein Stück von der Planke mit, und zugleich tat das Lokomobil seinen schweren Sturz. Rauch dampfte, Staub wirbelte, Pferdefüße feuerten aus in die Luft... Männer und Frauen und kecke Kinder drängten heran. Ein paar alte Weiber, die von Peter nicht das mindeste weder sehen noch hören konnten, stritten darüber, ob ihm beide Arme oder beide Füße abgeschlagen seien. "Wenn nur ihr nichts abgeschlagen ist", seufzte der neue Bürgermeister und meinte die Maschine und sprach damit die Empfindung der meisten anwesenden Männer aus. Eine allgemeine, sehr lebhafte Besorgnis um das gemeinsame Eigentum äußerte sich und mit ihr zugleich der Groll gegen denjenigen, der es leichtsinnig gefährdet hatte.

Peter war blutend und zerschunden unter dem Lokomobil hervorgezerrt und auf die Beine gestellt worden; doch kümmerte sich niemand darum, daß er wieder hinfiel, und als er ganz heiser keuchte: "Die Ross'... helft ihnen!" stieg der Unwille, wenig fehlte, und er hätte Prügel gekriegt. Pavel aber dachte: Wenn ich nicht gewesen wär, wär er jetzt hin! und dabei ergriff ihn eine selbstgefällige Rührung und eine Art Wohlwollen für seinen schlimmsten Feind. Er trat zu ihm, und als er bemerkte, daß ihm Blut aus dem Munde floß, faßte er ihn unter die Schultern und zog ihn ein Stück weiter, um seinen herabgesunkenen Kopf auf eine kleine Erhöhung des Rasens zu betten... Plötzlich aber und sehr unsanft ließ er ihn niederfallen – ein durchdringender Schrei hatte an sein Ohr gegellt: die Vinska! durchzuckte es ihn... der Teufel führt die jetzt her – die Vinska!

Sie war's; sie hatte Peters Abwesenheit zu einem Besuch bei ihrem Vater benützt und, kaum aus der Hütte getreten, den Lärm auf der Straße gehört und die Leute von allen Seiten in der Richtung nach ihrem Hause zustürzen gesehen. Von Angst erfaßt, war sie quer durchs Dorf, war durch den Wirtshausgarten gelaufen, und das erste, was sie dort erblickte, das war ihr Mann, mit Blut überströmt im Grase liegend, und Pavel über ihn gebeugt – unverletzt.

Ein wilder Verdacht loderte, besinnungsraubend, tollmachend, in ihr auf. "Schurk, das hast du getan!" rief sie, ballte die Faust und schlug Pavel, der stumm und erschreckt zu ihr emporschaute, ins Gesicht.

Da mäßigte Anton den Eifer, mit dem er geholfen hatte, die Füchse aus den Strängen zu wickeln, wandte sich und sprach gelassen: "Nicht schimpfen, lieber bedanken; wenn der nicht zugegriffen hätt, hättest du jetzt einen Mann, so dünn wie ein lebzeltener Reiter."

Die Äußerung erweckte Heiterkeit: nur Vinska achtete ihrer nicht, wußte überhaupt nichts von dem, was um sie her vorging. Sie hatte sich neben Peter auf den Boden geworfen und war in Schluchzen ausgebrochen. Pavel stand langsam auf von seinen Knien, starren Blickes schaute er zu, wie sie den Verwundeten herzte und küßte, mit Fieberschauern hörte er ihr zu, wie sie ihn beschwor, nicht zu sterben, und den rohen Gesellen ihr teures Seelchen nannte, ihr Glück, ihr Leben, ihr eines und alles. Leidenschaftlich glühten Pavels Augen sie an; ein weißer Rand bildete sich um seine fest aufeinandergepreßten Lippen, und zwischen den dichten Brauen und auf der Stirn ballte sich's zusammen, ein Gewitter von finsteren, qualvollen Gedanken.

Endlich, mit einem heftigen Rucke, kehrte er sich ab von dem Schauspiel, das ihn festhielt und ihn folterte, und ging und half mit beim Aufrichten des Lokomobils. Als das mit schwerer Mühe vollbracht war und Anton die Ansicht äußerte, "die Maschin" sei gottlob! ohne Schaden davongekommen und könne gleich wieder in Gang gebracht werden, schüttelte Pavel den Kopf, und auf die das Schieberventil führende Stange deutend, sprach er: "Wird schwerlich gehen. Seht ihr nicht, daß das Stangel verbogen ist?"

Der Schmied schüttelte auch den Kopf, zog den von einem spärlichen, staubfarbigen Bartgestrüpp umwachsenen Mund verächtlich in die Breite und antwortete, wenn was verbogen sei, werde er's "schon sehen", und wenn was fehle, werde er's "schon machen".

Nun entrichtete Pavel seine bisher noch unbestellte Botschaft des Försters an den Bürgermeister und ging dann zurück in den Wald, wo er über seine Arbeit herfiel wie der Löwe über seine Beute. Sooft er die Hacke hob und niedersausen ließ, war es, als ob er seine ganze Kraft sammeln und in einem Hiebe ausgeben wollte. Die Holzhauer vom Fache stellten wiederholt die eigene Tätigkeit ein, um der dieses Dilettanten mit spöttischer Mißgunst zuzusehen. Der Führer der "Partie", in welche Pavel eingereiht worden, der rohe Hanusch, machte ihm die Bemerkung: "Zerreiß dich, wenn's dich freut, deswegen kriegst um keinen Kreuzer mehr bezahlt als ein anderer."

Indessen war es doch nicht lauter Unzufriedenheit, die er erweckte. Am Ende der Woche, da er mit seinen Genossen zur Auszahlung zum Förster kam, hatte dieser ein paar freundliche Worte für ihn, trug auch dem Heger auf, den arbeitswütigen Kerl im Auge zu behalten und ihm bei nächster Gelegenheit den Vorzug vor allen übrigen Taglöhnern zu geben. Bald darauf, am ersten September, dem Tage des heiligen Ägidius, feierte die Kirche in Soleschau ihr Fest.

Alles war, wie es immer gewesen. Die Marktbuden standen auf den gewohnten Plätzen; die ganze Einwohnerschaft des Dorfes versammelte sich auf der Wiese zwischen der großen Rüster und dem Garten des Herrn Pfarrers. Die Frau Baronin, die sonst in jedem Wetter fein demütig zu Fuß zur Kirche huschte und wackelte, kam heute die fünfhundert Schritte vom Schlosse her gefahren, in höchster Stattlichkeit und Parade. Jakob und Matthias auf dem Bocke, an Riesenexemplare der Livreeraupe gemahnend, in blauen Fräcken mit gelben Längslinien über dem Rücken, mit gelben Westen und Aufschlägen, die gurkenförmigen Schimmel in schweren, mit Silber beschlagenen Geschirren. Und im weitläufigen "Schwimmer" die kleine, alte, halbblinde Frau, die nach links und rechts grüßte auf gut Glück und manchem ihr unverschämt ins Gesicht starrenden Grobian mit freundlichem Kopfnicken dankte und manchen ehrerbietigen Gruß unerwidert ließ, vor der Kirche angelangt jedoch ausstieg und in ein großes Gedränge geriet, und sich in demselben ungemein tapfer hielt, wie immer. – Alles wie immer.

Sie hörte jeden Klagenden, jeden Heischenden an, sie schrak vor keinem noch so bedenklichen Handkuß zurück, kein Bittender ging leer aus, im schlimmsten Falle gab's eine schlagfertige Antwort und für diejenigen, die nichts wollten, als ihren Respekt bezeugen, einen Scherz, eine teilnehmende Erkundigung, die allerdings nicht immer an die rechte Adresse kam.

Eine Unverheiratete wurde nach ihrem Kinde gefragt, ein junger Ehemann nach seinem Schatz, aber das schadete nicht, erhöhte nur die fröhliche Stimmung, die sich unverhohlen äußern durfte. Die Gutsfrau liebte den Spaß und verzieh ihn, sogar wenn er auf ihre Kosten ging, weil sie sich im Grunde von den Leuten hochgeschätzt wußte – und das war ihre Stärke. Die Gutsfrau zweifelte nicht, daß die Leute sie betrogen und bestahlen, wo sie konnten, verzieh ihnen aber auch die Unredlichkeit, weil sie sich von ihnen geliebt wußte – und das war ihre Schwäche. Das erste Läuten erscholl, der Pfarrer erschien an der Kirchentür in einer Wolke von Weihrauch, umringt von drei Assistenten; heute wurde die Messe, wie Jakob sich kutschermäßig ausdrückte, "vierspännig" gelesen.

"Weicht aus", rief die Baronin in die Menge; "laßt mich zur Kirche gehen, ich muß ja für euch beten."

"Wir tun's für Euer Gnaden – unsere Schuldigkeit, freiherrliche Gnaden", sprachen die Leute und gaben Raum, und die alte Frau ging auf den Geistlichen zu, der ihr das Weihwasser reichte, bekreuzte sich andächtig und verschwand in ihrem Oratorium. Alles wie immer. Außergewöhnlich war nur die Schönheit des Tages, an dem auch der verbissenste Wetterkritiker nichts auszusetzen gefunden hätte. Ein grüner Herbst war dem feuchten Sommer gefolgt, ein sonniger Herbst, der die reiche Ernte auf Feldern und Wiesen gemächlich und ohne Hindernis hereinzubringen gestattete. Alle Besitzenden waren in der besten Laune, die sich auf dem Markt in reger Kauflust äußerte. Frauen und Männer standen an den Buden, prüften die Ware, feilschten sie an; abgeschlossen sollte der Handel erst nach der Messe werden.

Zweites Läuten. Hohe Zeit auch für die minder Andächtigen, sich in das schon halb gefüllte Gotteshaus zu begeben. Der Zug der Kirchengänger wird dichter, die Männer schreiten vorbei am Pfarrersgarten, an dessen Einfassung wie vor sieben Jahren Pavel lehnt. Damals ein verwahrloster, zerlumpter Junge, heute ein gedrungener, kraftstrotzender Bursche, dessen Kleidung sich von der der anderen nur dadurch unterscheidet, daß sie besser sitzt und sorgfältiger gehalten ist. Nach den Männern kamen die Frauen. Pavel fühlte es in jedem Nerv, in jedem Blutstropfen – nun kamen die Frauen. Er lehnte sich zurück an die Stakete, kreuzte die Beine und nahm eine gleichgültige Miene an. Was kümmerten ihn, die an der Spitze gingen, die Mädel? Er hatte mit keiner etwas zu tun, hatte vielmehr für jede einzelne mehr Geringschätzung, als sie alle zusammen ihm gegenüber aufbrachten, die armen Gänse. Nach den Mädels kommen die Frauen, die jungen zuerst, und unter ihnen die eine... die eine, deren Namen er nie mehr aussprechen, für die er blind und stumm sein will von jetzt an bis zu seiner letzten Stunde. Was durch ihn für sie geschehen war, hatte er nie erwogen, nie überlegt; es war eben getan worden, werkzeugmäßig, unter einem übermächtigen Zwang, ohne klares Bewußtsein, ohne den Gedanken an ein Verdienst von seiner Seite, an eine Verpflichtung von der ihren.

Neulich aber, im Wirtshausgarten, als sie ihn angeklagt und beschimpft, da schwand das Dämmern, da schieden Licht und Schatten sich grell, da sagte er sich, was alles er für sie getan hatte... Unerhörtes, Ungeheures – und sie? Er rechnete zum ersten Male und schloß auch gleich die Rechnung ab. Es ist aus zwischen ihm und ihr, sie lebt für ihn nicht mehr... Und dennoch fühlt er ihr Nahen!... Warum fühlt er's, wenn es aus ist?... Er warf den Kopf zurück und hob den Blick empor zum höchsten Wipfel der Rüster und sah dort oben etwas, das seine Aufmerksamkeit fesselte. Inmitten der grünen Zweige, der Blätterunendlichkeit, einen großen, himmelanragenden, abgestorbenen Ast. – Der Anblick griff ihm ins Herz, als ob er an dem blühenden Leib eines geliebten Wesens das Zeichen schweren Siechtums entdeckt hätte. Wipfeldürr der herrliche Baum.

"Pavel, Pavel, hör mich an", sprach eine wohlbekannte Stimme, und er erzitterte, er fürchtete sich – vor sich. Wird es ihn wieder überkommen, das entsetzliche Gefühl, werden sie ihn wieder packen, die feurigen Krallen, ihm die Brust zusammenpressen und ihm den Atem rauben?Vinska wiederholte: "Pavel, hör mich an... ich habe dir Unrecht getan, verzeihe mir."

Sie sagte es freundlich, demütig, sie stand da und leistete Abbitte in Gegenwart aller, die mit ihr zugleich gekommen waren und unter denen niemand dem kleinen Auftritt eine so neugierige Aufmerksamkeit schenkte als ein blondes, schlankes Kind, ein halber Fremdling im Orte, eine Erscheinung von solcher Lieblichkeit, daß sie sogar in diesem bedeutungsvollen Augenblick Pavels Aufmerksamkeit erweckte. Dich sollte ich kennen, dachte er, und er kannte sie wirklich, er besann sich dessen; es war dieselbe, die dereinst, als er aufs Gericht geführt worden, das bitterste Hohnwort für ihn gefunden und den Stein geschleudert hatte, der jetzt unter seiner Türschwelle vergraben lag. Seit Jahren hatte man sie im Dorfe nicht mehr gesehen, sie sei im Dienste in der Stadt, hieß es, und nun war sie heimgekehrt und war schön wie die Madonna auf dem Altarbild. Pavel blickte abwechselnd sie an und Vinska, und eine so ruhig wie die andere. O Wunder, o Glück, o Sieg! Keinen befreiten Gefangenen, keinen von schwerer Krankheit Genesenen hat er Ursache zu beneiden. Er ist geheilt von der Krankheit dieser Liebe, er ist befreit von den Fesseln, die er gehaßt hatte – er ist gesund und frei. "Verzeihe mir", bat Vinska von neuem, und er, mit wonnig genossener Gelassenheit, erwiderte: "Laß gut sein, die Zeit ist vorbei, in der ich mir sowas zu Herzen genommen hätt." Sie errötete, biß sich auf die Lippen und setzte ihren Weg weiter fort. Sie ging verwirrt mit der beschämenden Empfindung, daß ihr eine Macht geraubt worden war, die sie für unverlierbar gehalten hatte. Die Feine, die Blonde, folgte ihr. Pavel aber stemmte beide Hände in die Seiten, wiegte sich übermütig in den Hüften und sprach vor sich hin: "Die Weiber, pfui, zu nichts gut als zum Schlechten!"

14

Peter ging es täglich besser; er durfte wieder sprechen und durfte essen, was ihm schmeckte, nur Schreien und Rauchen war ihm noch verboten. Während seiner Krankheit hatte er nicht aufgehört sich zu fürchten, im Anfang vor dem Sterben und später vor der Rechnung, die der Arzt ihm machen würde. Als dieser seine Besuche einstellte und die Rechnung nicht sofort schickte, ließ Peter sie abholen, aber nur, um ihr einen schnöden Empfang zu bereiten. Er legte sie auf den Tisch, setzte sich vor sie hin und begann Posten für Posten grimmig anzufeinden. Sein Weib schlich voll Besorgnis um ihn herum und bat ihn schüchtern, nicht so zu toben, worauf er es noch viel ärger trieb. Zu Fleiß! – weil er doch sehen wollte, ob die Reparatur, die der alte Notenreißer an ihm vorgenommen und sich so unverschämt bezahlen lasse, wenigstens ordentlich gemacht sei.

Es war ihm gelungen, sich völlig um sein bißchen Menschenverstand zu bringen und in den nicht mehr zurechnungsfähigen Zustand hineinzuärgern, in welchem ihn Vinska am liebsten vor der Begegnung mit fremden Leuten bewahrt hätte, als es an der Tür pochte und recht zur unguten Stunde der Wirt erschien.

Er zog höflich den Hut, und Vinska sah auf den ersten Blick: Der will etwas, und zwar etwas nicht ganz Rechtmäßiges.

Peter gab auf die Erkundigung nach seinem Befinden, mit der der Besuch sich einführte, keine Antwort, schob, als jener sich neben ihn gesetzt hatte, ihm nur die Rechnung hin, schnaubte: "Da!" und sah ihn von der Seite gespannt und erwartungsvoll an.

Der Wirt versank in das Studium des Schriftstückes, und nach einer Zeit, die zum Auswendiglernen desselben hingereicht hätte, sprach er, seine Worte mit einem Schlage der flachen Hand auf das Papier bekräftigend: "Das ist die Rechnung vom Doktor."

"Die Rechnung vom Doktor, vom Spitzbuben; furchtbar überhalten hat mich der Lump."

"Kann's nicht finden", erwiderte der Wirt. "Dich überhalten, so ein Sparmeister! kommt nicht vor. Die Rechnungen sind in Ordnung beide Rechnungen, die vom Doktor und", er lächelte verlegen, griff in die Brusttasche und zog langsam ein gefaltetes Papier hervor, das er dem Peter hinhielt, "und die meinige auch."

Peter fuhr zurück wie vor einem Feuerbrand und schrie aus Leibeskräften: "Rechnung?" – Was das zum Teufel für eine Rechnung sein könne, hätte er wissen mögen; er hatte keinen Kreuzer Schulden im Wirtshaus, er trank nie einen Tropfen, den er nicht sogleich bezahlte.

Ja, meinte der Wirt, als er endlich zu Worte kommen konnte, es handle sich auch nicht um Tropfen, sondern um einen Zaun, den Zaun seines Gartens nämlich, der bei Gelegenheit des Lokomobilsturzes zu Schaden gekommen war.

Nun geriet Peter völlig in Wut. Was in alle Wetter ging der Zaun ihn an? Wie konnte der Wirt sich erfrechen, ihm die Rechnung für den Zaun zu bringen?... Daß der Zaun umgerissen worden, das war ja die Ursache des ganzen Unglücks gewesen. Es geschah in dem Augenblick, in dem Peter just im Begriff gewesen, die Pferde wieder in die Hand zu kriegen, er hatte sie schon, ein Riß noch, und sie wären gestanden wie Mauern und hätten die Wendung genommen ins Hoftor wie die Lämmer. Freilich, wenn der Zaun umpoltert vor ihren Nasen, da werden solche Tiere scheu... Kühe sind's ja nicht. So war's, Peter schwor es hoch und teuer – schwor auch, jeden, der es nicht einsähe, mittelst Fußtritten davon zu überzeugen. In seiner Aufregung verließ er trotz Vinskas Abmahnungen das Haus und begab sich mit dem Wirt an die Ecke von dessen Garten, um den Vorgang an Ort und Stelle ausführlichst zu demonstrieren.

Sorgenvoll blickte sein Weib ihm nach. Sieben Wochen lang hatte er das Zimmer nicht verlassen und unternahm jetzt seinen ersten Ausgang an einem stürmischen Oktobertag, im leichten Hausanzug, heiß vor Zorn und keuchend vor Aufregung. Bis herüber hörte sie ihn schreien. Als er den Zaun erblickt hatte, dessen Wiederaufstellung zu bezahlen ihm zugemutet wurde, war er in die Höhe gesprungen wie toll. Was war denn das! Betrug! Schuftiger Betrug!... Nicht nur einfach aufgestellt, neu hergestellt war der Zaun. Mehr als die Hälfte seiner morschen Bretter durch neue ersetzt. Wie? ein alter Zaun war umgefallen und ein neuer aufgestanden, und zwar auf Peters Kosten?... Er tobte, er rief jeden Vorbeigehenden zum Zeugen des Diebstahls, den der Wirt an ihm verüben wollte. Vor einem immer wachsenden Publikum erzählte er die Geschichte ein halbes dutzendmal nacheinander, erzählte sie mit immer neuen, seine Behauptung bekräftigenden Zusätzen. Der verfluchte Zaunumreißer, der "Bub", hat alles auf dem Gewissen, das Scheuwerden der Pferde, den Sturz des Lokomobils, den Unfall Peters – des Helden, der, selbst im Augenblick dringender Lebensgefahr, die Rettung des Eigentums der Gemeinde im Auge behalten und, statt zur Seite zu springen, noch ganz zuletzt seinem Gespann eine Wendung gegeben, einen Ruck, der verhindert hatte, daß die Maschine auf "Fransen" ging. Er war zuletzt so heiser wie eine Rohrdommel und fiel vor Müdigkeit fast um. In der Nacht ließ die Unruhe ihn nicht schlafen, und des Morgens schickte er zum Bürgermeister, zu den Räten und zu einigen Freunden und entbot sie ins Wirtshaus, wo er eine ernstliche Beratung mit ihnen pflegen wollte. Sie kamen, und er setzte ihnen auseinander, daß er sein Recht verlange, und wenn die Gemeinde es ihm nicht gewähre, werde er sich's beim Bezirksgericht holen, beim Kreisgericht, beim Kaiser.

Der Bürgermeister stieß Seufzer um Seufzer aus, während Peter sprach, lächelte ängstlich, sah die Räte um Beistand bittend an. Er war der sanftmütigste Mann im Orte, sehr jung für sein Amt und – weil etwas gebildeter als die meisten seiner Standesgenossen – ihrer Roheit gegenüber ziemlich hilflos. Was denn also Peters Recht sei? fragte er, und dieser, statt zu antworten, begann seine Geschichte zu erzählen, die seit gestern noch viel wunderbarer, unmöglicher und glorreicher für ihn geworden war. Der Bürgermeister zuckte die Achseln, der älteste der Räte schlief ein; Anton machte seine ausdrucksvollste bedauernde Gebärde. Einige Witzbolde jedoch erlauben sich, Peters Prahlereien im Scherz zu überbieten, und erregen damit großes Gelächter. Er schwankte eine Weile, ob er mitlachen oder sich ärgern sollte, wählte aber dann das letztere: "Hab ich den Zaun umgerissen?" rief er.

"Nein, nein!" antwortete man ihm.

"So bezahl ich ihn auch nicht."

"Nein, nein!"

"Wer aber tut's?" jammerte der Wirt, dem dicke Schweißtropfen auf den glänzenden Wangen standen.

"Wie du die Rechnung gestellt hast, niemand; sie ist auf alle Fälle unverschämt", sagte Anton, und dankbar nickte der Bürgermeister ihm zu. Barosch jedoch, der eben sein fünftes Schnapsgläschen leerte und gern ein sechstes auf Kredit bekommen hätte, neigte demütig den kleinen kugelrunden Kopf auf die Seite hin und sagte: "Warum niemand? Warum nicht der, der ihn umgerissen hat? Warum nicht der Bub?"

"Der Bub? Das wäre – das wäre was – haha, der Bub!" kicherte, lachte, spottete man; trotzdem aber ließ sich unschwer erkennen, daß der Vorschlag Anklang gefunden hatte.

Peter bemächtigte sich seiner sogleich und beanspruchte ihn als sein Eigentum. Das war das Recht, von dem er geredet, die Genugtuung, die ihm gebührte für die Gefahr, in die der Bub ihn gebracht, für den Opfermut, den hingegen er bei Rettung der Maschine an den Tag gelegt hatte.

Der älteste Rat war eben aufgewacht und fiel verdrießlich ein: mit dieser Rettung sei es ein verfluchtes Geflunker. Bei dieser Rettung habe das Lokomobil "eines hinaufbekommen", von dem es sich nicht erholen könne. In einem fort repariere Anton an ihm und könne es nicht "auf gleich" bringen. Es puste wie schwindsüchtig, und sein vormals so heller Pfiff gliche jetzt dem Miauen einer kranken Katze. Daran läge gar nichts, meinte Anton; Pfeifen und Miauen käme am Ende auf eins heraus; das aber, daß die Maschine weit weniger leistungsfähig sei als früher, müsse er leider gelten lassen.

Seine Erklärung erweckte allgemeine Unzufriedenheit, nur Peter nahm keine Notiz von ihr, trommelte mit den Fäusten auf den Tisch und rief: "Der Bub muß her, und der Bub muß zahlen."

"Muß her, freilich", stimmte man von vielen Seiten bei, und der Bürgermeister, immer ungeduldiger werdend , je ohnmächtiger er sich fühlte, gegen die Strömung zu steuern, welche die öffentliche Meinung genommen, sagte lauter, als sonst seine Weise war: "Er muß, was muß er? Das nicht, was ihr euch einbildet!" und die Einwendungen beantwortend, die ihm zugerufen wurden, schloß er: "Er kommt nicht, kann nicht kommen, weil er und der Arnost einberufen worden sind und sich heute haben stellen müssen."

Das war nun allerdings etwas anderes, und es hieß sich bescheiden. Wohl kam Pavel am nächsten Morgen zurück, brachte aber nur vierundzwanzig Stunden daheim zu und sprach nur mit zwei Personen, mit dem Bürgermeister und mit Anton. Beim ersten meldete er sich in Gesellschaft Arnosts. Sie hatten beide das Glück gehabt, zur Landwehr eingeteilt zu werden, mußten jedoch sogleich einrücken.

Der zweite, den er zufällig traf, der Schmied, klagte ihm seine Not mit der Maschine und forderte ihn auf, nach dem Hofe Peters zu kommen, wo sie noch immer stand. Beim ersten Blick, den Pavel auf sie warf, wiederholte er sein schon einmal Gesagtes: "Seht Ihr nicht, daß das Stangel verbogen ist?" – Anton gab es zu, war aber der Ansicht, an der Kleinigkeit läge nichts.

"Alles liegt dran", entgegnete Pavel. "Deswegen stoßt's ja so, deswegen geht der Schieber nicht ordentlich, und wie soll denn der Dampf richtig eintreten? Einmal kommt zuviel, einmal zuwenig."

Es gelang ihm, den Schmied zu überzeugen, und nun brachten sie miteinander die Sache in kurzer Zeit in Ordnung.

Peter zeigte sich nicht, aber man hörte ihn in der Scheuer jämmerlich husten. "Er hat sich verdorben mit lauter Schreien", sagte Anton; "der Doktor kommt wieder zu ihm."

Diese Mitteilung wurde so gleichgültig aufgenommen, als sie gemacht worden. Pavel ging heim, bestellte sein Haus, sperrte es ab und begab sich beinahe fröhlichen Mutes nach dem Orte seiner neuen Bestimmung. Das wenige, das er bei der Assentierungskommission vom militärischen Wesen gesehen, hatte ihm sehr gefallen. -

Dem Schmiede wurde viel Lob zuteil wegen der wieder vollkommen hergestellten Maschine; er schien es jedoch nur ungern anzunehmen und brachte, wenn jemand damit anfing, das Gespräch sofort auf etwas anderes. Daß die Hilfe Pavels nötig gewesen war, um die Ursache des Schadens, den das Lokomobil erlitten hatte, zu entdecken, wollte ihm nicht über die Lippen.

Während Pavels Abwesenheit kam die Frage, wer die Rechnung über die Reparatur des Zaunes bezahlen solle, im Gemeinderat auf die Tagesordnung. Der Wirt ließ mit Drängen nicht nach und setzte die Erledigung der Angelegenheit endlich durch. Stimmenmehrheit entschied: Der Bub zahlt – man ist ja bereits schon früher einig darüber gewesen.

"Wenn er aber nicht kann", wandte der Bürgermeister ein.

"Ach was, wie soll er nicht können? Er hat Geld, und wenn er keins hat, ist ja sein Haus da, das immerhin ein paar Gulden wert ist. Mag ihn der Wirt auspfänden lassen."

Dabei blieb es, trotz des Verdrusses, den dieser Beschluß dem Bürgermeister verursachte.

Nach Pavels Rückkehr fand der Wirt sich schleunigst bei ihm ein, erzählte ihm, was in seiner Angelegenheit ausgemacht worden war, und endete mit der Versicherung, daß an der Sache nichts mehr zu ändern sei und Pavel unweigerlich zahlen müsse.

Der riß die Augen immer weiter auf; es kochte in ihm, obwohl er äußerlich ganz ruhig schien. Dennoch wurde dem kleinen, dicken Wirt unheimlich beim Anblick dieser Ruhe.

"Wer hat denn das bestimmt, daß ich zahlen muß?" fragte Pavel.

"Nun, die Gemeinde, der Bürgermeister, die Bauern."

"Der Bürgermeister, die Bauern", wiederholte der Bursche und trat einen Schritt auf ihn zu, der Wirt aber mehrere Schritte zurück.

"Zahl", sagte er; "wenn du gleich zahlst, laß ich die Kreuzer nach... laß ich einen Gulden und die Kreuzer nach."

"Setz dich und zieh den Gulden und die Kreuzer gleich von der Rechnung ab."

Der Wirt hätte gern widersprochen, wäre dieser Aufforderung sehr gern nicht nachgekommen, aber er tat es doch und erkundigte sich dann schüchtern: "Wirst du jetzt zahlen?"

"Eher nicht, als ich mit den Bauern gesprochen habe. Am Sonntag komm ich ins Wirtshaus und spreche mit den Bauern. – Auf was wartest du noch?"

Die Frage war mit einem Nachdruck gestellt, der den Wirt veranlaßte, sie nicht erst in wohlgesetzter Rede, sondern zugleich mit der Tat zu beantworten und dabei nicht mehr Zeit zu verlieren, als er brauchte, um die Tür zu erreichen, die er mit vorsichtiger Geschwindigkeit hinter sich schloß.

Abends erzählte er seinen Gästen: "Der Kerl hat euch beim Militär ein Wesen angenommen wie ein Korporal. Einer, der keine Courage hat, könnte sich vor ihm fürchten und am Sonntag will er kommen, hierher ins Wirtshaus, und mit den Bauern reden."

Die Gäste – unter denen auch Anton und Barosch sich befanden – widersprachen der Behauptung, daß man Courage brauche, um sich vor Pavel nicht zu fürchten, und Barosch meinte, die Absicht, mit den Bauern zu reden, könne der Bub haben, ausführen werde er sie schwerlich: "weil", und dabei klopfte er voll ungewohnter Hochachtung gegen sich selbst an die eingefallene Brust, "weil wir mit uns nicht reden lassen."

"Überhaupt", rief der Wirt, "nimmt er sich in der letzten Zeit viel zuviel heraus."

"Was denn eigentlich?" fragte Anton, der bis jetzt geschwiegen hatte, worauf der Wirt versetzte: "Und man soll es ihm einmal wieder zeigen."

"Was soll man ihm zeigen?"

Auf diese zweite Frage erhielt Anton ebensowenig Antwort wie auf die erste, niemand wußte eine; trotzdem stimmten alle dem Wirte bei: Der Bub nimmt sich zuviel heraus, und man muß "es" ihm einmal wieder zeigen. Und eine kleine Karikatur der Fama setzte eine Kindertrompete an den Mund und huschte im Dorfe umher von Haus zu Haus, von Hütte zu Hütte und verbreitete die Kunde, am Sonntag kommt das Gemeindekind ins Wirtshaus und wird dort Rechenschaft verlangen von seinen Nährvätern, und die werden ihm das geben, was ihm gebührt. Sie haben sich's vorgenommen, sie werden "es" ihm einmal wieder zeigen. Worin das geheimnisvolle "Es" bestand, verriet die kleine Fama nicht und gab dadurch dem zu erwartenden Ereignis einen ganz besonderen Reiz.

Am Sonntag war das Wirtshaus überfüllt; aber der Bürgermeister erschien nicht und von den Räten nur der älteste, Peschek, ein braver Mann und auch energisch, wenn er nicht eben an Schlafsucht litt. Peter hatte sich eingefunden mit seiner zahlreichen "Freundschaft". Er sah übel aus, seine Kleider schlotterten um ihn, seine Stimme war heiser, und sein Atemholen glich dem Geräusch einer arbeitenden Säge. In der dunklen Ecke neben dem Ofen hockte auf einem Schemel Virgil. Das rote Gesicht des Alten und seine funkelnden Augen glänzten aus dem Schatten hervor.

An die große Wirtshausstube stieß das einfenstrige Zimmerchen, in dem der Honoratiorentisch stand. Vor einer Weile hatten der Doktor und der Förster an demselben Platz genommen und den einzigen Zugang, den es hatte, die Tür ins anstoßende Gemach, offenstehen gelassen, da auch sie nicht ganz ohne Neugier den Dingen, die da kommen sollten, entgegensahen. Sie blinzelten einander zu, als der Wirt hereinglitt, mit anmutig auswärts gesetzten Füßen, wie er zu tun pflegte, wenn er das Honoratiorenzimmer betrat, und lispelte: "Da ist er."

Pavel trat ein, und zum allgemeinen Erstaunen kam Arnost in seiner Begleitung. Waren am Ende gute Kameraden aus den zweien geworden während ihrer kurzen Dienstzeit? – etwas Militärisches hatten beide angenommen. In strammer Haltung, ohne den Hut zu lüften, trat Pavel auf den Tisch der Bauern zu. Er trug ein weißes Blatt, das er langsam entfaltete, in der Hand, näherte sich Peschek, hielt es ihm vor die Augen und sprach: "Der Wirt sagt, daß der Bürgermeister und die Bauern wollen, ich soll die Rechnung bezahlen. Ist das wahr?"

Kein Laut der Erwiderung ließ sich vernehmen. Peschek hatte gar nicht aufgeblickt, und Pavels Stimme klang vor Bewegung so unterdrückt, daß der Rat bei dem herrschenden Durcheinander auch wirklich tun konnte, als hätte er die Frage überhört. Er klopfte mit dem geleerten Bierglas traumselig auf den Tisch und mahnte den Wirt einzuschenken. Pavel wartete, bis das geschehen war, dann wiederholte er Wort für Wort sein Sprüchlein. Zum zweiten Male verweigerte ihm Peschek seine Aufmerksamkeit, und nun legte Pavel die Hand auf dessen Schulter und sprach fest und drohend: "Anwortet mir!"

"Hund!" ertönte es vom andern Ende des Tisches. Peter hatte geredet, und in seiner Umgebung erhob sich ein beifälliges Gemurmel. Pavel jedoch drückte stärker, als er wußte und wollte, die Schulter des alten Rates.

"Ob ich zahlen muß, frag ich Euch, frag ich die Bauern, frag ich den dort", rief er zu Peter hinüber.

"Ja! ja! ja!" wetterten ihm alle unter einer Flut von Flüchen entgegen. Peschek wand und krümmte sich; ihm war der Schlaf vergangen: so wach hatte er sich lange nicht gefühlt und kaum je so hellsehend.

"Laß mich los", drohte er zu Pavel hinaus und dachte bei sich: An dem Menschen wird ein Unrecht begangen. – "Ich kann dir nicht helfen", fuhr er fort, "auch wenn ich möchte... Du mußt zahlen."

Pavel wechselte die Farbe und zog seine Hand zurück. "Gut", knirschte er, "gut also."

Langsam, mit einer feierlichen Gebärde, griff er in die Brusttasche, entnahm einem Umschlage, den er bedächtig öffnete, eine Zehnguldennote, reichte sie samt der Rechnung dem Wirt und sprach: "Saldier und gib heraus."

Eine Pause des Erstaunens entstand: das hatte niemand erwartet. Schadenfreude und Enttäuschung teilten sich in die Herrschaft über die Gemüter, nur der Wirt war eitel Entzücken. Bereitwilligst legte er, nachdem er die Banknote eingesteckt, einen Gulden vor Pavel hin. Dieser nahm ihn in Empfang, kreuzte die Arme und warf einen kühnen, herausfordernden, einen wahren Feldherrnblick über die ganze Gesellschaft. "So", sagte er; seine Stimme war nicht mehr umschleiert; sie klang laut und mächtig, und mit einem wahren Genuß ließ er sie zu den Worten erschallen: "Und jetzt sag ich dem Gemeinderat und den Bauern, daß sie alle zusammen eine Lumpenbagage sind."

Ein einziger Aufschrei beantwortete diesen unerhörten Schimpf, den der Geringste im Dorf den Reichen, den Machthabern zugeschleudert. Die Nächststehenden stürzten sich auf ihn und hätten ihn niedergerissen ohne Arnost und Anton, die ihm zu Hilfe kamen. Als in dem furchtbaren Lärm die Worte "undankbare Kanaille", die Peter ausgestoßen, an Pavels Ohr schlugen, bäumte er sich auf, und mit der Bewegung eines Schwimmers, der mit beiden Armen die auf ihn eindringenden Wellen der Flut teilt, hielt er sich die Menge, die ihn bedrohte, vom Leibe.

"Undankbar!" donnerte er, und durch die Empörung hindurch, von welcher er glühte und bebte, klang erschütternd eine Klage lang erlittenen

Schmerzes. "Undankbar? Und was verdank ich euch? Für den Bettel, den ihr zu meinem Unterhalt hergegeben, hab ich mit meiner Arbeit tausendfach bezahlt. Den Unterricht in der Schul hat mir der Lehrer umsonst erteilt. Keine Hose, kein Hemd, keinen Schuh hab ich von euch bekommen. Den Grund, auf dem mein Haus steht, habt ihr mir doppelt so teuer verkauft, als er wert ist. Wie der Bürgermeister gestorben ist, habt ihr mir die Schuld gegeben an seinem Tod; eure Kinder hätten mich beinah gesteinigt, und wie ich freigesprochen war, da hat es geheißen: Bist doch ein Giftmischer! Jetzt rette ich dem Peter sein Leben, und weil ich dabei dem Wirt seinen Zaun umgerissen hab, muß ich den Zaun bezahlen... Bagage!" Er warf ihnen zum zweiten Male das Wort ins Gesicht wie eine ungeheure Ohrfeige, die allen galt und für alle ausreichte, und – war's die elementare Macht des Zornes, der ihm aus den Augen loderte, war es die halb unbewußte Empfindung der Berechtigung dieses Zornes – trotz des Aufruhrs, den jenes Wort hervorrief, konnte Pavel fortfahren: "Warum wart ihr so mit mir? Weil ich als Kind ein Dieb gewesen bin? – Wie viele von euch sind denn ehrlich?... Weil mein Vater am Galgen gestorben ist? – Kann ich dafür?... Bagage..." und jetzt übermannte ihn die Wut; betäubend, racheheischend stieg die Erinnerung an alles, was er erduldet hatte und was ungesühnt geblieben war, in ihm auf. Er fand keine Worte mehr für eine Anklage; er fand nur noch Worte für eine Drohung, und die stieß er heraus: "Wenn ich aber heute etwas tue, was auch mich an den Galgen bringt, dann ist es eure Schuld!"

Nicht, was er gesagt und was die wenigsten verstanden hatten, aber seine geballten Fäuste, die herausfordernde Fechterstellung, die er angenommen, reizten die Geschmähten, und plötzlich hagelten Schläge auf Pavel nieder, ohne viel mehr Wirkung hervorzubringen, als ob sie auf einen Felsen gefallen wären. Er machte aber jeden, der auch nur einen Schlag von ihm empfing, kampfunfähig für diesen Tag und vermutlich auch für die nächstfolgenden.

"Gib jetzt Ruh!" rief der Förster, dessen große Gestalt in der Tür des Honoratiorenzimmers erschien, "du hast es ihnen gesagt, jetzt gib Ruh."

"Gib Ruh!" tönte ein heiseres Echo zurück. Peter war auf den Tisch gestiegen und schleuderte einen Bierkrug nach dem Kopf Pavels, fehlte ihn und traf Arnost so hart an die Stirn, daß der Bursche taumelte; doch raffte er sich sofort zusammen, sprang auf den tückischen Angreifer los und riß ihn vom Tisch herunter. Nun war der Kampf entbrannt.

Zwei Parteien bildeten sich, die kleine Pavels, die große Peters; der Wirt und Peschek flüchteten zum Doktor ins Nebenzimmer. Der Förster, der als Friedensstifter aufzutreten gesucht hatte, sah die Nutzlosigkeit seiner Bestrebungen ein, brach sich Bahn durch den Tumult und verließ das Haus. Draußen war schon eine zahlreiche Menge, meist aus Weibern und Kindern bestehend, zusammengelaufen. Die Buben, berauscht von der Nähe einer großen Prügelei, schrien, sprangen an den Fenstern empor, rauften sich um die besten Plätze. Die Schwächeren, von den Fenstern der Wirtsstube verdrängt, machten sich an das des Honoratiorenzimmers heran, stoben aber auf einmal kreischend auseinander. Über ihnen waren ein Paar Beine zum Vorschein gekommen und hatten die Köpfe der Jungen als Stützpunkte benutzen wollen, um Boden zu gewinnen. Der Förster eilte hinzu und half dem Inhaber dieser Beine, dem Doktor, aus seiner schwebenden Stellung.

"Nicht mehr möglich, sich in anderer Weise zu entfernen", sagte der alte Herr kopfschüttelnd, "und entfernen muß ich mich... Der Holub geht fürchterlich los... Ein Bär, der Mensch – das glaubt nur, wer es gesehen hat. – Ich empfehle mich."

Auf demselben Wege wie der Doktor kam auch Peschek auf die Straße und hinter ihm der Wirt, der laut klirrte, als er auf den Boden sprang. Dieses Geräusch wurde durch die Messer und Gabeln hervorgerufen, die er eiligst von den Tischen genommen und in seinen weitläufigen Kleidern geborgen hatte, bevor er die Gaststube dem tollen Heer überließ, das jetzt darin hauste. Er klagte, daß er nicht auch die Krüge und Gläser haben mitnehmen können, jammerte, trieb die Gassenjugend hinweg, preßte das Gesicht an die Fensterscheiben und suchte zu erkennen, was in der Stube geschah. Aber das furchtbare Ringen ging im Halbdunkel der schon hereingebrochenen Dämmerung vor, im Qualm aufgewirbelten Staubes. Man sah nur einen wild ineinandergekeilten, hin und her bewegten Menschenknäuel, hörte Stöhnen und Fluchen und das Stampfen schwerer Tritte und das Krachen zertrümmerten Holzwerks.

"Oh meine Bänke! O meine Tische!" seufzte der Wirt, und wie er sich an Peschek mit der Frage wenden wollte, ob man nicht nach dem Gendarm schicken solle, war der vorsichtige Rat in Gesellschaft des Doktors verschwunden.

"Herr Förster, machen Sie Ordnung!" rief der Wirt; "ich steh für nichts – der Schmied, der Arnost, der Holub – drei gegen alle; sie werden alle drei erschlagen... mit meinen Bänken, meinen Tischen!" setzte er, in Verzweiflung ausbrechend, hinzu.

"Wird nicht so arg werden", erwiderte der Förster, und plötzlich kamen durch die offene Tür herausgeflogen zwei Bauernsöhne aus Peters Sippe. Sie hatten sich noch nicht aufgerafft, als ein paar gute Freunde ihnen nachkollerten und, nicht minder unwillkürlich als die Vorhergehenden, drei und vier und fünf andere erschienen, im Purzelbaum, im kurzen Bogen, der mit den Füßen zuerst und jener mit dem Kopfe. Und der Förster begrüßte die Ankömmlinge und verstand es meisterlich – unterstützt von den Überredungskünsten ihrer Frauen -, diejenigen, die sich anschickten, auf den Kampfplatz zurückzukehren, von der Ausführung ihres Vorsatzes abzuhalten.

Einen unverhofften Verbündeten fand er an Barosch, der unter kräftiger Nachhilfe am Ausgang des Flurs erschien und hinter dem bald mehrere, der älteren Generation angehörende Männer sichtbar wurden. Auf der oberen Treppenstufe blieb Barosch stehen und brachte mit großer Anstrengung hervor: "Der Gescheitere gibt nach." Er besann sich, griff mit den Händen in die Luft, wiederholte: "Der Gescheitere gibt nach", und fiel die Stufen herunter.

"So ist's recht", rief der Förster. "Meine Hochachtung vor den Gescheiteren!" Und als alle in der Tür Eingekeilten sich herausgedrängt hatten, sprang er die Stiege hinauf, und vor der Wirtsstube angelangt, entfuhr ihm ein: "Potz Blitz und Donnerwetter!"

Wie hatten die Reihen sich gelichtet! Inmitten der Trümmer dessen, was die Einrichtung der Gaststube gewesen war, behaupteten Peter und die wenigen Getreuen, die bei ihm ausgehalten hatten, noch das Feld gegen Pavel. Der hatte sich seiner Jacke entledigt und stand in Hemdärmeln vor Arnost und dem Schmied; zu seinen Füßen kauerte, seinen Schutz anrufend, Virgil. Peter, außer sich, im Fieber glühend, suchte die Seinen zu neuem, offenbar schon oft zurückgeschlagenem Angriff auf den Gegner anzufeuern. Sie aber zagten, und als nun der Förster auf sie losdonnerte: "Frieden! Daß sich keiner mehr rührt!" – gehorchten sie ihm, und auch Pavel gehorchte, aber sein Gesicht wurde erdfahl, und tödlicher Haß sprühte aus seinen auf Peter gerichteten Augen.

Die Ruhe war von kurzer Dauer. Was die zwei miteinander auszumachen hatten, vermochte durch die Dazwischenkunft eins Dritten nimmermehr geschlichtet zu werden.

"Hund! Hund! Hund!" kreischte Peter, fuhr plötzlich in die Hosentasche; ein einschnappendes Messer knackte, und er warf sich mit blanker Klinge auf den Gegner. Arnost war vorgestürzt, den Angriff zu parieren. Es gelang ihm halb und halb; der gegen Pavels Brust geführte Stoß streifte die Rippen, ein großer Blutflecken färbte sein Hemd.

"Zurück!" schrie er, "zurück! Laßt den Kerl mir allein!" und ein Ringen begann, wie das eines Menschen mit einem wilden Tiere. Peter schäumte, biß und kratzte; Pavel wehrte sich nur, hielt ihn nur von sich, ließ sich Zeit, sammelte seine Kraft zu einem entscheidenden Streich.

Und nun geschah's... Mit der Linken sein Gesicht deckend, schob er raschen Griffs die Finger der Rechten in Peters ledernen Gurt – hob ihn an demselben hoch in die Luft, hielt ihn so mit ausgestrecktem Arm, schüttelte ihn und keuchte: "Bestie! Wenn ich dich jetzt hinhau, bist du fertig."

"Tu's!" rief Arnost.

"Tu's nicht!" rief der Förster, und Pavel fühlte die Last seines Feindes schwer werden wie Blei; Peters zusammengekrampfte Hände öffneten sich; das Messer entfiel ihm; die hinaufgezogenen Beine sanken matt herab – ein Erschöpfter erwartete, daß ihm der Rest gegeben werde.

Da lief ein Schauer über Pavels Rücken, und sein Zorn erlosch... Er ließ Peter langsam niedergleiten, sagte: "Ich mein, du hast genug!" und warf ihn seinen Freunden zu, die den Wankenden, halb Besinnungslosen schweigend aus der Stube geleiteten. Der Förster schloß hinter ihnen die

Tür, und Pavel brach in Jauchzen aus: "Draußen alle, und wir drinnen!" Er spürte nichts von seiner Wunde, nichts von den Beulen, mit denen er bedeckt war; er spürte nichts als seine Siegeswonne und eine stürmische, äußerungsbedürftige Dankbarkeit für seine Verbündeten: "Draußen alle, und wir drinnen, wir drei!"

"Wir vier", wimmerte Virgil; "hab ich nicht bis zuletzt bei dir ausgehalten, Pavlicek, gegen den Schwiegersohn!"

Pavel fuhr fort zu jubeln: "Gesagt hab ich es ihnen auch!"

"Gesagt und gezeigt", schrie Arnost, "und wenn sie bald wieder was hören oder sehen wollen, kannst auf mich zählen, Kamerad."

Der Förster musterte Pavel vom Kopf bis zu den Füßen: "Verfluchter Bursch!" sprach er lächelnd, und Anton lächelte ebenfalls. Der letzte Widerstreit zwischen seiner Eitelkeit und seiner Rechtschaffenheit war geschlichtet. "Und die Maschine hat er auch repariert", sagte der Schmied.

15

Um Mitternacht wanderte Pavel nach Hause. Es war kalt und sternenhell. In der Nähe der Kirche begegnete er dem Nachtwächter Much, der ihn mit einer gewissen scheuen Verbindlichkeit grüßte und zu ihm sagte: "Unsere Hunde haben just einen fremden Hund erbissen. Verfluchtes Vieh; hat sich gerauft wie der Teufel."

Auch einer gegen eine ganze Menge, dachte Pavel, und als er beim großen Ziehbrunnen anlangte und über ein Ding stolperte, das auf dem Boden lag, freute er sich, als er es unter seinem Fußtritt wimmern hörte. Er zog den Hund aus der Blutlache, in der er lag, schöpfte Wasser und schüttete den vollen Eimer über ihn aus. Soviel er in der Dunkelheit wahrnehmen konnte, war der unvorsichtige Eindringling übel zugerichtet. Grausam hatte sich an ihm der tierische Patriotismus bewährt, dem der blinde Zug zum Einheimischen blinden Haß gegen das Fremde bedeutet.

Der Hund gab kein Zeichen des Lebens mehr. Pavel ließ ihn liegen und setzte seinen Weg fort. Bald jedoch bemerkte er, daß das Tier ihm nachkroch, mühselig den Berg hinauf; er wehrte ihm nicht, ließ sich seine Begleitung gefallen, und daheim angelangt, pflegte er es trotz des Abscheus und Ekels, den seine außergewöhnliche Häßlichkeit und seine klaffenden Wunden ihm einflößten.

Am nächsten Tage ging er wie an jedem andern Wintertag hinüber in die Fabrik. Die Arbeit kam ihn heute schwer an; in seinem Kopfe war es schwül, und der ganze Körper schmerzte. Bei der Heimkehr am Abend erwartete er eine Vorladung zum Bürgermeister zu finden; sie war nicht da und kam auch später nicht.

In der nächsten Zeit, sooft er an einem seiner Feinde vorbeikam, machte er sich auf einen Angriff gefaßt und bereit zur Gegenwehr. Aber jedesmal umsonst; niemand schien Lust zu haben, mit ihm anzubinden. Fürchteten sie ihn? Sie alle zusammen ihn allein; waren sie so feig? Oder gedachten sie nur, ihn sicher zu machen, und warteten auf eine Gelegenheit, sich zu rächen – waren sie so schlecht und tückisch? Jedenfalls wollte er keinen Augenblick unterlassen, auf seiner Hut zu sein, nie vergessen, daß er unter lauter Gläubigern wandelte, die eine böse Schuld bei ihm einzukassieren hatten. Indessen verging der Winter, ohne daß es zum Ausbruch von Feindseligkeiten gegen ihn gekommen war. Er konnte unangefochten in seiner Hütte hausen – der Anblick derselben, der so lange und soviel Mißgunst erweckt hatte, ließ die Leute jetzt gleichgültig. Im stillen staunte sogar mancher über den Hauch von Wohlhabenheit, der sich allmählich über die kleine Ansiedlung breitete.

Pavel hatte sein Haus ringsum mit einem Zaun aus kreuzweis gesteckten Weidenruten umgeben, hinter dem er Gemüse zog. Alles gedieh, dank seinem unermüdlichen, eigensinnigen, seinem eisernen Fleiße. Das Fichtenbäumchen, das einzige, das den Angriffen der Übelwollenden widerstanden, hatte es glücklich bis zum Soldatenmaße gebracht; es guckte mit dem Wipfel in das Fenster an der Seite der Hütte hinein. Ein stämmiges Ding von einem Bäumchen, mit breiten Ästen, die es trotzig von sich streckte, und das sich, so jung es war, schon einen weißen Moosbart angeschafft hatte. Das ganze Anwesen, die Hütte mit ihrem schiefen Dach, der Fichtenbaum daneben, der Zaun davor, nahm sich aus wie ein Bildchen, das Kinder entwerfen bei ihren ersten Versuchen in der Zeichenkunst. Auf der Schwelle, unter welcher der Stein eingegraben war, der Pavel immer mahnen sollte an Haß und Verachtung gegen seine Mitmenschen, lag sein neuer Hausgenosse, sein bissiger Hund, den er in unbewußtem Humor l'amour genannt. – L'amour, nach Pavels Orthographie: Lamur, hatte die Größe eines Hühner- und den Knochenbau eines Fleischerhundes; seine breite Nase war von Natur aus gespalten, was ihm etwas sehr Unheimliches gab; beim geringsten Anlaß bleckte er die Zähne und sträubte sein kurzes schwarzes Haar.

Ein bitterer Groll gegen alles Lebendige schien unablässig in seiner Seele zu gären. Nie ließ er sich in eine Liebesaffäre ein; Hund oder Hündin waren ihm gleich verhaßt, und er wußte sich beiden Geschlechtern gleich fürchterlich zu machen. Nur eine tiefe, stille, an Äußerungen arme Anhänglichkeit kannte er, die an seinen Herrn. Stundenlang saß er vor dem Hause, ohne den Blick von dem Wege zu wenden, auf dem Pavel kommen mußte. Wurde er seiner endlich gewahr, so verrieten höchstens einige Freudenschauer, die ihm über die Haut liefen, und ein kümmerliches Wedeln des kurzen Schwanzes etwas von den Gefühlen seines Innern. So wenig Zärtlichkeiten Lamur spendete, so wenig wurden ihm zuteil; aber sein Futter erhielt er gleich nach der Heimkehr seines Herrn, und bevor dieser noch einen Bissen zu sich genommen hatte.

Aus der ungetrübten Gemütsruhe, in welcher Pavel seit einigen Monaten dahinlebte, wurde er durch die Ankunft eines Briefes seiner Mutter gerissen. Noch hatte er ihr letztes Schreiben nicht beantwortet, und nun kam dieses nach fast einjähriger Pause und enthielt weder eine Klage noch einen Vorwurf; es wiederholte nur die Bitten, von denen schon das frühere erfüllt gewesen, Bitten um Nachrichten von den Kindern, und schloß ebenfalls wie jenes und wie alle seine Vorgänger mit den Worten: "Mir geht es soweit gut." Dann folgte die Unterschrift und endlich eine Mitteilung, die von der Schreiberin bis zuletzt aufgespart und dann an den äußersten Rand des Papieres verwiesen worden, wo sie wie zagend und verschämt stand. "Heut über vierzehn Monat is meine Strafzeit aus."

Das war am Abend des 6. März.

Pavel rechnete an seinen Fingern. Im Mai des nächsten Jahres wird sie also kommen, um mit ihm zu hausen, die Mutter. – Die Mutter, die Genossin eines Raubmörders, die vor Gericht gegen die furchtbare Anklage, die Teilnehmerin seines Verbrechens gewesen zu sein, keine Silbe, keinen Laut der Einwendung gefunden hat, nicht geleugnet hat – nie!... Plötzlich erwachte in ihm der Gedanke: Wie ich!... Auch er hatte vor Gericht nicht geleugnet, auch er sich nicht entschuldigt. Weil er nicht gekonnt hätte? Nein – weil er nicht gewollt. Vielleicht – unaussprechlich tröstend, sein ganzes Inneres erhellend, überkam es ihn: Vielleicht hätte auch sie gekonnt und hat es nicht gewollt. -

Noch am selben Tage schrieb er an seine Mutter; aber er schämte sich, ihr einzugestehen, daß er von Milada nichts wisse, und beschloß, seinen Brief erst abzuschicken, wenn er sich die Möglichkeit verschafft haben würde, darin Kunde von seiner Schwester zu geben, sollte es auch nur die kurze, karge sein: Milada ist gesund; sie läßt Euch grüßen.

Der grauende Morgen fand ihn auf der Wanderung nach der Stadt, und so früh kam er vor der Klosterpforte an, daß er lange nicht wagte zu schellen.

Er lehnte sich an die Mauer des großen Hauses, dessen Dach das Liebste barg, das er auf Erden besaß. Das einzige ihm Nahestehende, ihm Teuere, das rein und unentweiht geblieben war; das einzige, an dem sein ganzes Herz hing – die Schwester, die sich freiwillig von ihm abgewendet hatte.

Die Glocken der Klosterkirche läuteten zur Messe, feierliche Orgeltöne erklangen, und ein Gesang erhob sich so hell, so weich wie die leise bewegte Luft, die ihn auf bebenden Schwingen herübertrug aus der Ferne... Aus einem irdischen Himmel, dachte Pavel – aus einem Reich der Seligen und Friedfertigen, zu hoch, zu hehr, um von der Sehnsucht eines makelvollen Erdenkindes auch nur erreicht zu werden, zu hoch, zu hehr, um ihm anderes einzuflößen als Ehrfurcht und Anbetung.

Allmählich hatte sich um Pavel eine kleine Versammlung von alten Leuten und Kindern gebildet, ständigen Kostgängern des Klosters, die auf Einlaß warteten. Als er ihnen gewährt wurde, schloß sich Pavel als der letzte ihrem Zuge an. Die Pförtnerin wies die Armen an einen Tisch, auf dem ein Frühmahl für sie bereitstand, und richtete an Pavel, der am Eingang stehengeblieben war und sich nicht rührte, die Frage: "Was wollen Sie?" Und er, obwohl ihm war, als würde er an der Gurgel gefaßt und gewürgt, brachte doch die Worte heraus: "Ich heiße Pavel Holub."

Eine dunkle Röte überflog das strenge Gesicht der Pförtnerin. "Ach ja", sagte sie; die unangenehme Erinnerung an Pavels ersten Besuch dämmerte in ihr auf. "Ich bin", nahm er wieder das Wort, "der Bruder der kleinen Milada."

"Ach ja, ach ja – und Sie möchten Ihre Schwester sehen?" setzte sie überstürzt hinzu. Nein, zu einer so kühnen Hoffnung hatte er sich nicht verstiegen; erst bei dieser Frage flammte sie in ihm auf und trieb ihm schwindelnd das Blut zu Kopf. "Ob ich möchte?" stammelte er, "freilich – und wie!"

Die Pförtnerin wurde der begangenen Übereilung inne und sagte verlegen: "Es ist aber kein Einlaß zu dieser Stunde; es ist heute überhaupt kein Einlaß und... Aber da ist Mutter Afra", unterbrach sie sich, "... warten Sie ein wenig."

Sie ging einer alten Klosterfrau entgegen, welche, gefolgt von zwei Laienschwestern, die in die Halle führende Treppe heruntergeschritten kam. Pavel erkannte sie sogleich; es war das Fräulein Ökonomin, das einst ein so wichtiges Wort gesprochen hatte in der Sache, an der ihm damals sein ganzes Heil zu hängen schien. Die Pförtnerin sprach leise zu ihr, und Pavel konnte nicht zweifeln, daß von ihm die Rede war; denn Fräulein Afra hatte, während sie schweigend zuhörte, den Blick wiederholt und mit großer Aufmerksamkeit auf ihn gerichtet.

Nun winkte sie ihn heran, fragte melancholisch lächelnd, ob er wirklich Pavel Holub sei, und sagte, als er es bejahte: "Schwer zu glauben, so sehr haben Sie sich verändert. Und was bringen Sie uns Gutes?"

Rasch, wie sie entstanden, war Pavels Hoffnung auf ein Wiedersehen mit seiner Schwester erloschen, und er wagte nicht einmal zu gestehen, daß er sie gehegt hatte. Einer Stube voll roher, halb betrunkener Gesellen hatte er den Meister gezeigt; diese alte Frau in ihrer heiteren Würde, mit der milden Freundlichkeit in den leidverklärten Zügen, schüchterte ihn ein. Unterdrückten und bewegten Tones antwortete er: "Ich bring einen Gruß von der Mutter an meine Schwester Milada und möchte auch fragen..." seine Stimme wurde beinahe unhörbar, "Wie es meiner Schwester geht?"

"Die Frage können wir beantworten, nicht wahr, Schwester Cornelia?" wandte Fräulein Afra sich an die Pförtnerin. "Ihre Schwester ist gesund an Leib und Seele, dem Himmel sei Dank, der sie geschaffen hat zu unserer Freude und Erbauung. Was den Gruß betrifft, da müssen wir erst Erlaubnis einholen, ihn zu bestellen, nicht wahr, Schwester Cornelia?" Ihr Auge ruhte wohlwollend auf Pavel, während er, immer noch schwer beklommen, sagte: "Ich möchte auch gern der Mutter schreiben, daß die Schwester sie grüßen läßt."

"Ja so", versetzte Afra, "nun, auch das kann bestellt werden – nicht wahr, Schwester Cornelia? Nur ein wenig gedulden müssen Sie sich. Haben Sie Zeit, sich zu gedulden?" setzte sie scherzend hinzu, nickte mit dem Kopf und schritt weiter an Pavel vorbei, der sich ungeschickt, aber tief vor ihr verbeugte.

Er wurde von der Pförtnerin in dasselbe Zimmer geführt, in dem er als kleiner Junge so unvergeßliche Stunden der peinlichsten Erwartung durchlebt hatte.

Nichts verändert in dem traurigen Raume, jeder Sessel an der alten Stelle, an der Mauer derselbe feuchte Fleck. Nur die Aussicht aus den vergitterten Fenstern bot heute ein friedliches Bild, denn die damals halb entblätterten Obstbäume prangten jetzt im Frühlingsschmuck weißer und rosiger Blüten. Am Ende des Rasenplatzes, vor dem bis an die Gartenmauer reichenden Seitenflügel des Hauses, trieb sich eine lustige Gesellschaft von kleinen Klosterzöglingen herum. Sie unterbrachen oft ihre Spiele und rannten im Wettlauf auf die Novize zu, der die Aufsicht über sie anvertraut war.

Und was hatte diese nur zu tun, um sich der Liebkosungen des anstürmenden Schwarms zu erwehren! Und wie gütig tat sie's und wie ernst; wie verstand sie, die Wildfänge zu bändigen und die Schüchternen aufzumuntern, Tadel und Lob zu verteilen, Zärtlichkeit zu spenden und Strenge walten zu lassen nach Verdienst und Gebühr! Pavels Augen hingen unverwandt an ihrer holden, gertenschlanken Gestalt. Ihr Züge genau zu unterscheiden, vermochte er nicht; doch bildete er sich ein, das Wesen des jungen Mädchens mahne an das Miladas. So – ungefähr so mochte sie jetzt aussehen, die kleine Milada... Nur nicht so groß konnte sie geworden sein; das schien ihm unmöglich; unmöglich auch, daß sie jetzt schon das Kleid der Nonnen trage.

Ein Glockenzeichen erscholl; die Novize nahm das kleinere Mädchen auf den Arm; die andern liefen vor ihr oder neben ihr her – einen Augenblick, und alle verschwanden im Hause.

Pavel trat vom Fenster zurück. Er war durch die Worte des Fräulein Afra auf ein langes Warten vorbereitet gewesen und nun sehr überrascht, als sich schon nach wenigen Minuten die Tür in ihren Angeln drehte. Auf der Schwelle erschien, in gewohnter edler Ruhe, unverändert durch die an ihr hingegangenen Jahre, die Oberin. Sie führte ein junges Mädchen an der Hand, ein hohes, schlankes, dasselbe, dessen stilles Walten Pavel gesehen, dasselbe, das ihn an seine Schwester gemahnt hatte – Milada im Novizenkleide.

Er starrte sie an in grenzenlos wonnigem, grenzenlos wehmütigem Staunen; über ihre Lippen kam bei seinem Anblick ein Ausruf des Entzückens; die Blässe ihres zarten Gesichts wurde noch durchsichtiger, noch farbloser.

"Pavel, lieber, lieber Pavel!" sprach sie; aber sie riß sich nicht los von der führenden Hand; sie stand still und sah ihn mit großen, glückstrahlenden Augen an. Auch er stand still. Mächtiger als der Wunsch, auf sie zuzustürzen und sie an seine Brust zu ziehen, war die ehrerbietige Scheu, die ihn ergriffen hatte und ihn gebannt hielt und ihm die geliebte Ersehnte, die Nahe – unnahbar machte.

Beklommen schwieg er; in seinem Kopf jagten sich die Gedanken: Diese junge Heilige, war das seine Schwester?... Durfte er sie noch so nennen? –

War sie's, die er tausendmal in seinen Armen gehalten, geküßt, geherzt hatte – manchmal auch geschlagen? – War sie's, deren Geschrei "Hunger, Pavlicek, Hunger!" ihn zum Diebstahl verleitet hatte, wie oft, wie oft! –War sie's, deren Füßchen er verbunden, wenn sie sich wundgelaufen bei den Wanderungen von Ort zu Ort, hinter dem Vater und der Mutter her?... War sie's?

Die Oberin weidete sich an der Überraschung der Geschwister. "Nun", sagte sie, sich freundlich zu Milada wendend, "wer hat denn einst in kindischem Vorwitz gesagt: Ich sehe dich nie mehr; sie werden mir nie mehr erlauben, dich zu sehen?... Und jetzt ist er da, dein Bruder. Begrüßt euch, gebt euch die Hände."

Die Aufforderung mußte wiederholt werden, bevor Pavel und Milada ihr nachzukommen wagten, und dann, als Pavel die Hand seiner Schwester in der seinen hielt, beängstigte ihn ihr Glühen und das Jagen der Pulse, die an seine Finger klopften. In seiner derben Rechten lag eine kleine schmale Hand, aber nicht die weiche Hand einer Müßiggängerin, sondern eine mit der Arbeit vertraute. So hatte man die zarte Pilgerin auf dem Wege zum Himmel nicht enthoben von der gemeinen Mühsal der Erde...

Ein, als der Lehrer es zu ihm gesprochen, halb verstandenes Wort tauchte im Gedächtnis Pavels auf: "Wie lange kann eine an beiden Enden angezündete Fackel brennen!" – Sein Herz schnürte sich zusammen, er erhob die Augen von der Hand Miladas zu ihrem Angesicht: "Eine Nonne also, eine Nonne –" sagte er.

Die Oberin erwiderte: "Noch nicht; über ein kleines jedoch wird sie zu denen gehören, die mit unserem göttlichen Erlöser sprechen: Wer ist meine Mutter? Wer sind meine Brüder?"

Bei dem Worte Mutter erwachte Pavel wie aus dem Traum: "Die Mutter läßt dich grüßen", sagte er; "es geht ihr gut. Sie möchte auch gern wissen, wie es dir geht. Was soll ich ihr schreiben?"

"Schreibe ihr", antwortete Milada, unterbrach sich jedoch und richtete einen um Erlaubnis bittenden Blick auf die Oberin. Erst als diese zustimmend genickt, begann sie wieder: "Schreibe ihr, daß mein ganzes Leben nichts ist als ein einziges Gebet für sie und – noch für einen, unseren armen, unglücklichen Vater..." ihre Stimme hatte sich gesenkt, nun erhob sie sich freudigen Klanges – "und auch für dich, lieber, lieber Pavel."

Pavel murmelte etwas Unverständliches, seine Augen begannen unerträglich zu brennen; plötzlich ließ er Miladas Hand aus der seinen gleiten und trat einen Schritt zurück.

Sie fuhr fort: "Der Allbarmherzige hat mich erhört, er hat dich gut werden lassen... nicht wahr? Sprich, lieber Pavel, sag ja, du darfst es sagen – es ist ja ein Werk seiner Gnade. Sag, ich bitte dich, daß du gut und brav geworden bist... Pavel, Lieber, bist du gut und brav?"

Er senkte den Kopf, gepeinigt durch ihr Flehen, und sprach: "Ich weiß es nicht."

"Du weißt es nicht?" fragte Milada, und als er schwieg, rief sie mit aufsteigender Besorgnis die Oberin an: "Er weiß es nicht – ehrwürdige Mutter, wie kann das sein?"

Die Oberin sah Bangigkeit und Unruhe sich in den Zügen der Novize malen, sah ihre bleichen Wangen sich mit immer dunkler werdender Röte färben und versetzte beschwichtigend: "Es kann wohl sein. Er hat dir eine schöne Antwort gegeben, die des Bescheidenen, der seinen Wert nicht kennt. Wir kennen ihn; wir wissen von den Fortschritten, die dein Bruder auf dem Wege des Heiles macht. Darum auch durfte er seinen Auftrag selbst bestellen und den deinen selbst einholen. Es ist geschehen, und nun, liebe Kinder, sagt euch Lebewohl."

Pavel seufzte tief auf: "Jetzt schon?" und zugleich und mit derselben Bestürzung drangen aus Miladas Mund dieselben Worte. Aber nur ein kurzer Kampf, und dem unwillkürlichen Schrei des Herzens folgte der Ausdruck der Ergebung in fremden Willen, und sie sprach: "Lebe wohl, Pavel." Ihr frommer Gehorsam wurde belohnt, die Oberin lächelte gütig: "Du kannst auch sagen, auf Wiedersehen."

"Bei meiner Einkleidung", fiel Milada begeistert ein, "zu meiner Einkleidung wirst du kommen, das darf man... Nicht wahr, ehrwürdige Mutter, man darf – er darf... und ich", setzte sie nach kurzem Besinnen demütig hinzu, "darf ich noch eine Frage an ihn stellen?"

"Frage!"

Milada, die schon im Begriffe gewesen, der Oberin zu folgen, wandte sich wieder Pavel zu: "Lieber, hast du allen verziehen, die dir Böses getan haben?"

Er sah die gespannte, bebende Erwartung, mit der sie seiner Antwort lauschte, er prüfte sein Herz und sagte: "Einigen schon."

"Du mußt aber allen verzeihen; sie sind ja Werkzeuge Gottes, die dich zu ihm führen durch Prüfungen. Verzeih ihnen, liebe sie, versprich es mir." Sie beschwor ihn mit einem Ungestüm, der an die Milada früherer Tage gemahnte. "Versprich's, mein Pavel. Wenn du es nicht tust, muß ich leiden", klagte sie, "es ist ein Zeichen, daß ich noch nicht genug getan, gebetet, gebüßt habe."

"Ich versprech es!" rief er überwältigt und streckte seine Arme nach ihr aus.

"Dank", hörte er sie noch sagen. "Dank, lieber, lieber Pavel", und alles war vorbei, die Lichterscheinung entglitten. Die Oberin hatte Milada mit sich fortgezogen, er war allein. Bald darauf öffnete die Pförtnerin die Tür und blieb an derselben stehen, die Klinke in der Hand. Pavel leistete ihrer stummen Aufforderung Folge, er trat in die Halle, er trat ins Freie.

16

Pavel schritt langsam über den Platz, der ihm einst einen so großartigen Eindruck gemacht und für dessen Herrlichkeiten er heute keinen Blick hatte. Das Glücksgefühl über das unerwartete Wiedersehen mit Milada zitterte noch eine Welle in ihm nach, wich aber bald einer jede andere verdrängenden Empfindung qualvoller Besorgnis und füllte seine Seele mit Leid und mit Reue.

Er hätte sich nicht fortweisen lassen dürfen, wie er es in feiger Schüchternheit getan, er hätte bleiben und der Frau Oberin sagen sollen: Mir bangt um meine Schwester; sehen Sie nicht, daß sie sich verzehrt in Arbeit, Gebet und Buße? Das wäre seine Pflicht gewesen, wohl auch sein Recht. – Der Gedanke einmal gefaßt, und sogleich war er auch zum Entschluß. Pavel kehrte nach dem Kloster zurück und zog an der Glocke.

Die Tür öffnete sich nicht, aber an einem in derselben angebrachten kleinen Gitter wurde ein Auge sichtbar; die Pförtnerin fragte nach dem Begehr des Schellenden, und auf Pavels Antwort kam der Bescheid, die Frau Oberin sei nicht zu sprechen. Die Klappe hinter dem Gitter schloß sich.

Was tun? Pochen, stürmen, den Einlaß erzwingen, auf die Gefahr hin, den Unwillen der frommen Frau auf sich zu laden?... Und wenn dies geschah – wer würde für Pavels Vergehen büßen, mehr büßen wollen als müssen? – Milada. Er wußte es wohl und trat von neuem seine Wanderung an.

Am Ende der Stadt, in unmittelbarer Nähe der Brücke, stand ein Einkehrhaus und davor eine breitästige Linde, die ein paar mit den dünnen Füßen in die Erde eingelassene Tische und Bänke beschattete. Pavel nahm auf einer der letzteren Platz; er war hungrig und durstig und rief nach Bier und Brot. Aber als das Verlangte ihm gebracht ward, vergaß er zu essen und zu trinken.

Im Hofe des Gasthauses ging es lebhaft zu. Ein Stellwagen war angekommen und hatte einige Reisende abgesetzt, von denen sich zwei in lebhaftem Streit mit dem Kutscher wegen des von ihm geforderten Trinkgeldes befanden. Eine alte Frau vermißte ein Bagagestück und durchstöberte, zum Verdruß der anderen Fahrgäste, den kleinen Berg von Mantelsäcken und Bündeln, der unter dem Türbogen zusammengetragen worden war.

Diesen Vorgängen schenkte Pavel anfangs nur eine flüchtige Aufmerksamkeit; aber sie wurde sehr rege, als ihm plötzlich ein Köfferchen, ein Pelz und ein Knotenstock auffielen, die er neben dem Eckstein auf der Erde liegen sah. Das waren ja drei alte Bekannte!... besonders der Stock; der hatte ihm einmal recht lustig auf dem Rücken getanzt.

Ohne sich zu besinnen, rief er laut: "Herr Lehrer, Herr Lehrer! sind Sie da?" sprang auf und wollte ins Haus stürzen... da trat ihm Habrecht schon mit ausgebreiteten Armen entgegen.

"Alle guten Geister! Pavel, lieber Mensch..."

"Woher? Wohin?" fragte der Bursche.

"Wohin? Zu dir; dich wollte ich besuchen und treffe dich auf meinem Wege. Ein glücklicher Zufall, ein gutes Omen!"

"Sie haben mich besuchen wollen – das ist schön, Herr Lehrer."

"Schön? I, warum nicht gar... Aber sag mir nicht "Herr Lehrer" – ich bin kein Lehrer mehr... das ist alles vorbei. Ich bin ein Jünger geworden, und" – er spitzte die Lippen und sog die Luft mit tiefem Behagen ein, als ob er von etwas Köstlichem spräche, "und ein neues Leben beginnt."

Pavel war erstaunt; das neue Leben, hatte er gemeint, habe längst begonnen.

"War nichts, ist durchaus mißraten", erwiderte Habrecht kopfschüttelnd, "sollst hören wie. Komm ins Haus; unter der Linde – ein schöner Baum... werde mich vielleicht sehr bald nach dem Anblick einer solchen Linde sehnen – ist's mir zu frisch... Komm, lieber Mensch, ich habe viel für dich auf dem Herzen und will auch viel von dir hören, ehe wir uns trennen, voraussichtlich – auf Nimmerwiedersehen."

Er bestellte ein Mittagessen für sich und Pavel, ließ das beste Zimmer des ersten Stockes aufsperren und erklärte sich ungemein zufrieden, als ihm eine große Stube angewiesen wurde, deren Einrichtung aus zwei schmalen Betten mit hoch aufgetürmten, rosenfarbigen Kissen, aus einem mit Wachsleinwand überzogenen Tisch und aus vier Sesseln bestand. Auch die trübe Suppe und der noch trübere Wein, das ausgewässerte Rindfleisch und die halbrohen Kartoffeln, die der Wirt ihm vorsetzte, begrüßte er mit unbedingten Lobeserhebungen. Sein eigenes Nahrungsbedürfnis war nicht größer als das eines indischen Büßers, aber seinen Gast munterte er fortwährend auf: "Iß und trink, laß dir's schmecken; das Mahl ist gut, und ich würze es dir mit nützlichen Gesprächen, mit der Quintessenz meiner Erfahrungen."

Er begann zu erzählen, geriet in immer erhöhtere Stimmung, hielt es nicht lange aus auf einem Platze, sprach jetzt stehend, jetzt sitzend, jetzt im Zimmer hin und her schwirrend und stets mit eigentümlich hastigen Gebärden. -

Ja, das war ein Irrtum gewesen, das mit dem Glauben an die neue Lebenssonne, die ihm in dem neuen Wirkungskreise aufgehen würde. Die Gespenster der toten Vergangenheit huschten nach in die lebendige Gegenwart und richteten Verwirrung und Hader an, wo Klarheit und Frieden herrschen sollten. Zu gut hatte Habrecht es machen wollen, zuviel Eifer an den Tag gelegt, sich zu demütig um Gunst beworben – dies alles, verbunden mit seinem Fleiße, seiner strengen Pflichterfüllung und makellosen Lebensführung, erweckte Mißtrauen. "Der Mann muß ein schlechtes Gewissen haben", sagten die Leute.

"Spürst du was?" fragte Habrecht. "Als ich das hörte, grinste das Gespenst mich an, von dem ich im Anfang gesprochen habe. Wär ich gewesen wie einer, der nichts gutzumachen hat – hätt ich's nicht zu gut machen wollen, wäre meinen geraden Weg einfach und schlicht gegangen, unbekümmert um fremde Wohlmeinung... Noch eins! Sie sind dort viel rabiater tschechisch als hier, mein deutscher Name verdroß sie. Sie haben bei mir deutsche Gesinnungen gesucht, bei mir, dem die Erde eine Stätte der Drangsale ist und jeder Mensch ein mehr oder minder schwer Geprüfter! Ich werde einen Unterschied machen, ich werde sagen: Am Wohlergehen dessen, der hüben am Bach zur Welt gekommen, liegt mir mehr als am Wohlergehen dessen, der drüben geboren worden ist... Es gibt eine Nation, ja, eine, die leitet, die führt, die voranleuchtet: alle tüchtigen Menschen – der anzugehören wär ich stolz... Was jeden anderen Nationalitätenstolz betrifft –", er griff sich an den Kopf und lachte, "Narrheit, unwürdig des Jahrhunderts. Das ist mein Gefühl... Gefällt euch mein Name Habrecht nicht – sagte ich, nennt mich Mamprav, mir gilt das gleich... Nun, damit, daß ich bereit war, ihnen auch in der Sache nachzugeben, damit hab ich's ganz verschüttet. Jetzt war ich ein Spion, der sie kirren wollte, Gott weiß, in welchem Interesse... Und jetzt trat ich auf Schlangen bei Tritt und Schritt. Zuletzt konnte ich beim Bäcker kein Stück Brot mehr bekommen für mein gutes Geld und bei der Hökerin keinen Apfel... Oh, die Menschen, die Menschen! Man muß sie lieben – und will ja -, aber manchmal graut einem; es graut einem sogar sehr oft."

Die Erinnerung an das jüngst Erlebte drückte ihn nieder; er blieb eine Weile still, bald jedoch gewann seine unverwüstliche Lebhaftigkeit die Oberhand, und neuerdings ließ er den Strom seiner Rede sprudeln und vergaß, von ihm hingerissen, auf die Begriffsfähigkeit seines Zuhörers Rücksicht zu nehmen. Pavels Interesse für die Auseinandersetzungen seines alten Gönners hatte große Mühe, sich dem mangelhaften Verständnis gegenüber, das er ihnen bieten konnte, zu behaupten.

Die letzte Prüfung, die Habrecht bestanden hatte, war bitter, aber kurz gewesen. Ein Freund, ein einstiger Schulkamerad, mit dem er in steter Verbindung geblieben, erschien eines Morgens bei ihm als Erlöser aus aller Pein und Not. Zwischen den Schicksalen beider Männer bestand eine gewisse Ähnlichkeit, und es war die außerordentliche Übereinstimmung ihrer Sinnesart, welche ihren Seelenbund trotz jahrelanger Trennung aufrechterhalten hatte. Sie beschlossen in der ersten Stunde des Wiedersehens, die Fortsetzung des Lebenskampfes Seite an Seite aufzunehmen. Für die Mittel, sich auf das von ihnen gewählte Schlachtfeld zu begeben, sorgte der Freund, sorgten die Freunde des Freundes. Diese lebten in Amerika in Wohlhabenheit und Ansehen und gehörten zu den eifrigsten Aposteln einer "ethischen Gesellschaft", deren Zweck die Verbreitung moralischer Kultur war und die täglich an Anhang und Einfluß gewann.

"Bekenner einer Religion der Moral nennen sie sich", rief Habrecht; "ich nenne sie die Entzünder und Hüter des heiligsten Feuers, das je auf Erden brannte und dessen Licht bestimmt ist, auf dem Antlitz der menschlichen Gemeinde den Widerschein einer edlen, bisher fremden Freudigkeit wachzurufen... Ihre Botschaft ist zu mir gedrungen in Gestalt eines Buches, dergleichen noch nie eines geschrieben wurde... O lieber Mensch! ein Wunderbuch und hat bei mir beinahe dasjenige ausgestochen, das du einst, du Tor, ein Hexenbuch nanntest... Ich folge der Botschaft; ich gehe hinüber, etwas zu suchen, das ich verloren und ewig vermißt habe: eine Anknüpfung mit dem Jenseits. Eins von beiden brauchen wir, wir armen Erdenkinder, ein – wenn auch noch so geringes –Wohlergehen oder einen Grund für unsere Leiden; sonst werden wir traurig, und das ist eines Wackeren unwürdig."

Hier unterbrach ihn Pavel zum ersten Male: "Ist Traurigkeit unwürdig?"

"Durchaus. Traurigkeit ist Stille, ist Tod; Heiterkeit ist Regsamkeit, Bewegung, Leben." Er blieb vor dem Tische stehen, sah Pavel forschend an und sprach: "Sie fehlt dir noch immer, die Heiterkeit; du bist nicht munterer geworden... Und wie geht es dir im Dorfe?"

"Besser", erwiderte Pavel.

"Das läßt sich hören. Seit wann denn?"

"Seitdem ich es ihnen einmal gesagt und gezeigt habe."

"Gesagt, oh! – gezeigt, oh, oh!... Wie gezeigt? Hast sie geprügelt?"

"Fürchterlich geprügelt."

"Ei, ei, ei!" Habrecht machte ein bedenkliches Gesicht und kreuzte die Arme. "Nun, lieber Mensch, Prügel sind nicht schlecht, aber nur für den Anfang, durchaus nur! und überhaupt nie mehr als ein Palliativ... Salbader freilich verstehen von Radikalmitteln nichts, leugnen darum auch, daß es solche gebe. Sei kein Salbader!" schrie er den erstaunten Pavel an, der sich nicht einmal eine ungefähre Vorstellung von dem machen konnte, was damit gemeint war.

Und nun forderte Habrecht ihn auf zu sprechen: "Ich habe dir meine Generalbeichte abgelegt, laß mich die deine hören." Er begann ihn auszufragen, verlangte von dem Tun und Lassen seines ehemaligen Schützlings genaue Rechenschaft und erhielt sie, so rasch die Ausrufungen, Betrachtungen und guten Ratschläge, mit denen er Pavel fortwährend unterbrach, es erlaubten. Dem aber war das ganz recht, störte ihn nicht mehr, als das Geräusch eines murmelnden Baches getan hätte, und gab ihm Zeit, nach jedem Satze seine Gedanken zu sammeln und einen passenden Ausdruck für sie zu suchen. Endlich hatte er ja doch sein fest verschlossenes, übervolles Herz in das seines wunderlichen Freundes ausgeschüttet.

Sie befanden sich beide in feierlicher Stimmung. Der alte Mann legte dem jungen die Hände aufs Haupt und sprach einen warmen Segen über ihn.

"Von Vernunft und Gemeinde wegen", schloß er, "hätte ein schlechter Kerl aus dir werden müssen; statt dessen bist du ein tüchtiger geworden. Mach so fort, schlag ihnen ein Schnippchen ums andere. Arbeite dich hinauf zum Bauer, werde ihr Bürgermeister."

Pavel machte größere Augen als je in seinem Leben und sah den Lehrer mit einem zugleich stolzen und ungläubigen Lächeln an. Habrecht nickte hastig: "Ja, ja! und wenn du's bist, dann zahl ihnen mit Gutem heim, was sie Übles an dir getan haben."

Der Abend brach an; die Stunde der Abfahrt näherte sich, und Habrecht wurde von fieberhafter Unruhe ergriffen. Er forderte seine Rechnung, bezahlte, schenkte den Versicherungen des Wirtes, daß es zum Aufbruch viel zu früh sei, kein Gehör, verließ das Haus und schlug, von Pavel gefolgt, der das Kofferchen, den Pelz und den Stock trug, im Eilmarsch den Weg zum Bahnhof ein.

Als er dort anlangte und fragte, ob er noch zurechtkomme zum Abendzuge nach Wien, wurde er ausgelacht, was ihn beruhigte.

Ein heftiger Sturm hatte sich erhoben und schüttelte die vor dem Stationsgebäude gepflanzten Akazienbäume, daß es ein Erbarmen war; aus den grauen, jagenden Wolken fegte kalter Strichregen nieder. Habrecht achtete dessen nicht und setzte seinen ehrwürdigen Frack, den er auch zu dieser Reise angelegt hatte, schonungslos den Unbilden der Witterung aus. Nur seinem grauen, langhaarigen Zylinder gewährte er den Schutz eines über ihn gebreiteten und unter den schnörkelförmigen Krempen befestigten Taschentuchs und pendelte so neben Pavel auf dem Perron hin und her und sprach ohne Unterlaß.

Nachdem die Kasse eröffnet worden und er ein Billett gelöst hatte, kannte seine Ungeduld keine Grenzen mehr. Er zog seine Uhr, der des Bahnhofes traute er nicht. Zehn Minuten noch... möglicherweise konnte aber der Zug gerade heute um fünf Minuten früher eintreffen, und da man dann in fünf Minuten scheiden mußte, warum nicht lieber gleich? Er bat Pavel inständigst heimzugehen, sich seinetwegen nicht länger aufzuhalten. Vorher aber zwang er ihn noch, fast mit Gewalt, seine Uhr anzunehmen.

"Ich brauche sie nicht mehr, mein Freund hat eine. Denk nach: Wenn immer auf zwei Menschen eine Uhr käme, was wäre das für ein günstiges statistisches Verhältnis! – Leb wohl, geh jetzt."

Mit einer Hand schob er ihn fort, mit der anderen hielt er ihn zurück. "Meine letzten Worte, lieber Mensch, merk sie dir! präge sie dir in die Seele, ins Hirn. Gib acht: Wir leben in einer vorzugsweise lehrreichen Zeit. Nie ist den Menschen deutlicher gepredigt worden: Seid selbstlos, wenn aus keinem edleren, so doch aus Selbsterhaltungstrieb... aber ich sehe, das ist dir wieder zu hoch – - anders also!... In früheren Zeiten konnte einer ruhig vor seinem vollen Teller sitzen und sich's schmecken lassen, ohne sich darum zu kümmern, daß der Teller seines Nachbars leer war. Das geht jetzt nicht mehr, außer bei den geistig völlig Blinden. Allen übrigen wird der leere Teller des Nachbars den Appetit verderben – dem Braven aus Rechtsgefühl, dem Feigen aus Angst... Darum sorge dafür, wenn du deinen Teller füllst, daß es in deiner Nachbarschaft so wenig leere als möglich gibt. Begreifst du?"

"Ich glaube, ja."

"Begreifst du auch, daß du nie eines Menschen Feind sein sollst, auch dann nicht, wenn er der deine ist?"

"So etwas", erwiderte Pavel, "hat mir schon meine Schwester gesagt."

Habrecht drückte seine Freude an dieser Übereinstimmung aus und fuhr fort: "Ferner, verlerne das Lesen nicht. Ich habe aus meinem Vorrat von Schulbüchern, ehe ich ihn verschenkte, sechs Stück für dich beiseite gebracht – du wirst sie durch die Post erhalten -, schlichte Büchlein, von unberühmten Männern zusammengestellt; wenn du aber alles weißt, was in ihnen steht, und alles tust, was sie dir anraten; dann weißt du viel und wirst gut fahren. Lies sie, lies sie immer, und wenn du mit dem sechsten fertig bist, fange mit dem ersten wieder an... Was das Allerschwierigste im

Leben betrifft, die süßeste, die grausamste, die mächtigste und fürchterlichste aller Leidenschaften – ich mag sie gar nicht nennen -, so meine ich, du wärst abgeschreckt und könntest es bleiben. Sie ist dir am Quell vergiftet worden, bei ihrem ersten Ursprung, das hilft manchmal für immer. Du hast es mit ihr so schlecht getroffen, wie dein aufrichtigster Freund, für den ich mich halte, es dir nicht besser hätte wünschen können."

Auf dem Bahnhofe waren immer mehr Leute zusammengekommen; ein erstes Glockenzeichen wurde gegeben; aus der Ferne gellte ein Pfiff. Habrecht merkte von alledem nichts; er hatte Pavel am Rock gefaßt und redete hastig und heftig in ihn hinein: "Nicht jeder braucht einen Hausstand zu gründen; das ist der größte Wahn, daß man einige Kinder haben müsse – es gibt Kinder genug auf der Welt... und je besser ein Vater ist, desto weniger hat er von seinen Kindern – wer fühlt edel und selbstlos genug, um sich zutrauen zu dürfen, er werde ein guter Vater sein?... Und deinen Ruf, lieber Mensch, achte auf deinen Ruf, du weißt schon, die gewisse Tafel, die blank sein muß – die deine war sehr verkritzelt... putze, fege, strebe vorwärts... glaube: wenn du heute nicht etwas besser bist, als du gestern warst, bist du gewiß etwas schlechter..."

"Herr Lehrer", wollte Pavel ihn aufmerksam machen, als nun zum zweiten Male geläutet wurde; aber unter dem Zipfel des Taschentuches hervor, das sich aus der Hutkrempe losgemacht hatte und nun, vom Winde bewegt, Habrechts Gesicht umflog, sah dieser ihn liebreich an und fuhr fort: "Wende mir nicht ein: Das sind lauter zu hohe Grundsätze für unsereinen; gehen Sie damit zu denen, die ohnehin schon hoch stehen; wir sind geringe Leute; für uns ist auch eine geringe Moral gut genug... Ich sage dir, gerade die beste ist für euch die rechte; ihr Geringen, ihr seid die Wichtigen, ohne eure Mitwirkung kann nichts Großes sich mehr vollziehen – von euch geht aus, was Fluch oder Segen der Zukunft sein wird..."

"Herr Lehrer, Herr Lehrer! es ist Zeit", sagte Pavel, und Habrecht versetzte: "Eure Zeit, jawohl! – und was ihr aus derselben macht, das wird..."

"Einsteigen!" rief es dicht an seinem Ohr, und er sah sich um, sah den Zug dastehen und erschrak furchtbar. "Dritte Klasse nach Wien!" schrie er, rannte auf den ihm vom Schaffner bezeichneten Waggon zu und erklomm ihn mit nicht gerade anmutiger, aber wunderbarer Behendigkeit. Pavel eilte ihm nach und reichte ihm seine Effekten in den überfüllten Wagen, in dem er unter vielen Entschuldigungen einen Platz gefunden hatte. Ein neuer Pfiff, der Zug setzte sich in Bewegung, eine kleine Strecke konnte ihn Pavel in scharfem Laufe begleiten.

"Gott behüte Sie, Herr Lehrer!" schrie er, und durch das Brausen der davonrollenden Lokomotive und aus Rauch und Dampfwolken kam die Antwort: "Und dich, lieber Mensch, Amen, Amen, Amen!" Am späten Abend, nachdem Pavel heimgekommen war, fütterte er seinen Hund, nahm eine Haue und grub dem Steine nach, den er unter die Schwelle seines Hauses versenkt hatte. Lamur saß daneben und warf aus verdrießlich zugekniffenen Augen so scheele Blicke auf die Arbeit seines Herrn, leckte sich die Nase so oft und sah so verächtlich drein, daß jener seine üble Laune bemerken mußte. "Ist dir's vielleicht nicht recht?" fragte Pavel.

Ein höhnisches Zähnefletschen war die Antwort.

Pavel aber hatte den Stein ausgehoben, betrachtete ihn, wog ihn in der Hand und fand ihn kleiner und leichter, als er sich ihn vorgestellt.

"Da ist er, schau – nimm!" sagte er und hielt ihn dem Hunde hin, der ihn auf Befehl seines Herrn in die Schnauze nahm und ihm nachtrug.

Am Brunnen angelangt, an dem ihre erste Begegnung stattgehabt hatte, nahm Pavel dem Hunde den Stein aus dem Maul und schleuderte ihn ins Wasser, in dem er mit einem lauten Glucksen versank.

Lamur gab durch Knurren seine Mißbilligung zu erkennen.

17

Seit einiger Zeit hatte die Frau Baronin ihre Wohnung im ersten Geschoß des großen Schlosses mit einer zu ebener Erde gelegenen vertauscht. Sie fühlte sich sehr alt werden, das Treppensteigen machte ihr Mühe, und sie unterzog sich derselben nur noch bei besonderen Feierlichkeiten, die nirgends anders als im Ahnensaale stattfinden konnten. Am ersten Januar zum Beispiel, wenn die Baronin die Glückwünsche ihrer *in corpore* mit Gemahlinnen und courfähigen Nachkommen ausgerückten Beamten empfing; oder am Gründonnerstag, wenn sie, einer Familientradition getreu, dasselbe Fest in bescheidener Nachahmung beging, das an diesem Tage in der Hofburg zu Wien mit kaiserlichem Glanze vollzogen wird.

Das gewöhnliche Leben der Greisin verfloß in gleichmäßiger, immer tiefer werdender Stille. Sie beschäftigte sich viel mit dem Gedanken an ihren Tod, dem sie ohne Furcht und – trotz mancher quälenden Leiden und Beschwerden – ohne Ungeduld entgegensah. Sie hatte ihre letzten Anordnungen getroffen und zum Erben ihres Gutes Soleschau das Kloster eingesetzt, an dessen Spitze ihre hochverehrte Freundin stand und in dem Milada erzogen worden war, die, so es Gott und seinen Stellvertretern auf Erden gefiel, bestimmt sein konnte, die oberste Leiterin des Hauses zu werden, in das sie vorzeiten als der ärmste Zögling getreten war. Die Bedürftigen der Gemeinde waren im Testament der alten Dame nicht vergessen und auch keiner ihrer Diener; zuletzt hatte sie an sich gedacht, dann aber recht ausführlich, und das Zeremoniell, das sie bei ihrem Leichenbegängnis beobachtet wissen wollte, genau bestimmt. Die Gruft, die halb verfallen war und für deren Erhaltung sie grundsätzlich nie etwas getan hatte, sollte noch ihre Reste aufnehmen, dann zugemauert und der Eingang mit Erde und Rasen überdeckt werden. Die Leute, die da drinnen liegen, schließen sich mit Vergnügen vor der heutigen Welt ab, meinte sie, ordnete jedoch an, daß die Kapelle, die den Grufthügel krönte, in gutem Stand erhalten werde und immer unverschlossen zu bleiben habe, damit jeder, dessen Herz danach verlangen sollte, an der heiligen Stätte ein Vaterunser für die alte Gutsfrau zu sprechen, diesem frommen Bedürfnisse nachkommen könne.

Die Baronin sann jetzt oft darüber nach, wer von den Leuten, denen sie manche Wohltat erwiesen hatte, den Wunsch empfinden würde, für ihre ewige Ruhe zu beten, und gewöhnte sich, jeden, mit dem sie sprach, darauf anzusehen, ob er wohl zu denjenigen gehöre, die ihrer vergessen, oder zu denjenigen, die ihrer gedenken würden. Und wenn die Bejahung oder Verneinung der von ihr darüber angestellten Vermutungen auch nicht ausschlaggebend für ihre Wertmessung der Menschen war, so übte sie auf dieselbe doch großen Einfluß.

Eines Morgens, am Tage nach Pavels letztem Klosterbesuch – die Baronin saß bei ihrer Arbeit in der Mitte eines Kanapees, das bequem noch einem halben Dutzend Personen von ihrem Umfang Platz geboten hätte, hinter einem ebenso langen schwerfälligen Tisch -, öffnete sich die Tür des Zimmers, und Matthias trat ein und meldete: "Der Holub ist schon wieder draußen."

"Schon wieder? – Meines Wissens kommt er ja nie", sagte die Schloßfrau, und Matthias erwiderte: "Ja – aber doch."

"Hm, hm, was will er?"

"Sprechen möcht er."

"Mit wem?"

"Mit freiherrlichen Gnaden."

"Soll kommen", befahl die Baronin, und bald darauf knarrten Pavels schwere Stiefel auf den Parketten.

Er wollte auf die Baronin zugehen und ihr die Hand küssen, wie es sich geschickt hätte; aber der Tisch versperrte den Zugang zum Kanapee, und den wegzuschieben hätte sich wieder nicht geschickt. So geriet Pavel in einen peinlichen Konflikt der Pflichten, ließ in seiner Verlegenheit den Hut fallen und wagte nicht ihn aufzuheben.

Die Baronin winkte ihm, näherzutreten, stand auf, beugte sich über den Tisch und suchte sich, so gut ihre zunehmende Blindheit es erlaubte, durch den Augenschein davon zu überzeugen, daß wirklich Pavel Holub vor ihr stand. Dann setzte sie sich wieder und fragte, was ihn herführe. Er indessen hatte abwechselnd sie und die Strickarbeiten angesehen, die, offenbar zur letzten Ausfertigung bereit, vor ihr lagen und neue und farbenfrische Ebenbilder der Röcklein und Jacken waren, in denen alle armen Dorfkinder herumliefen. Angeheimelt durch den Anblick und gerührt durch den Fleiß der alten, gebrechlichen Frau, faßte er sich auf einmal ein

Herz und kam mit seinem Anliegen heraus. Es bestand in der Bitte, die Frau Baronin möge sich gnädigst dafür verwenden, daß man seiner Schwester Milada den Dienst im Kloster erleichtere, sonst könne sie es nicht aushalten und müsse sterben.

"Sterben? Milada sterben?" Die Greisin lachte, war entrüstet, befahl dem impertinenten Dummkopf, der so etwas zu denken wage, dem rohen und grausamen Schlingel, der ein solches Wort über seine Lippen bringe, das Zimmer zu verlassen, rief den Bestürzten, als er gehorchen wollte, wieder zurück und forderte ihn auf, ihr zu erklären, wie er ins Kloster und dazu gekommen sei, Milada zu sprechen. "Aber lüg nicht wie ein Zigeuner, der du bist", setzte sie heftig erregt hinzu.

Pavel erstattete seinen Bericht in äußerster Kürze, jedoch mit einem Gepräge der Wahrhaftigkeit, das wohl den verhärtetsten Zweifler überzeugt hätte.

Die Baronin senkte den Kopf immer tiefer auf ihre Strickerei; sie bereute schon ihre Ausfälle gegen Pavel, besonders den letzten. Warum hatte sie ihn einen Zigeuner genannt? Warum ihn damit an das elende Wanderleben, das er in seiner Kindheit führen mußte, und zugleich an Vater und Mutter erinnert und ihm sein Unglück zum Vorwurf gemacht? – - Pfui, daß sie sich so weit von ihrem Ärger über den Burschen hatte hinreißen lassen, weil er eine unbegründete Besorgnis um seine Schwester geäußert. Nach allem, was die Baronin in der letzten Zeit von ihm gehört, verdiente er eher Lob als Tadel. Hatte Anton, einer ihrer Vertrauensmänner, nicht gesagt: "War Nichtsnutz Holub, aber jetzt macht sich." Hatte der Förster ihn nicht ganz außerordentlich gerühmt? Hatte nicht sogar der ihm durchaus nicht wohlgesinnte Pfarrer, auf ihre Erkundigung nach ihm, erwidert: "Es liegt nichts gegen ihn vor." – Und sie beschimpfte ihn!... Sie, die am Rande des Grabes stand, die bald nicht mehr vermögen würde, einem Menschen wohlzutun, tat noch einem ohnehin Hartgeprüften weh!

"Holub", sprach sie plötzlich, "deiner Schwester fehlt nichts. Trotzdem will ich zu deiner Beruhigung und auch ein wenig zu der meinen morgen ins Kloster fahren. Denn – einen unangenehmen Eindruck machen mir deine eingebildeten Befürchtungen doch, und ich möchte ihn bald loswerden. -

Pavels Gesicht strahlte vor Freude. – "Wenn die Frau Baronin", sagte er, "sich selbst vom Aussehen Miladas überzeugen möchte und, falls sie damit unzufrieden ist, bestimmen wollte, daß besser acht auf sie gegeben und man ihr verbieten würde, sich weit über ihre Kräfte anzustrengen, wie sie es tut, weil sie sich vorgenommen hat, gar zu schwere Sünder loszubeten – das wäre eine große Wohltat, und der liebe Herrgott würde es der Frau Baronin tausendfach vergelten."

Sie lächelte und meinte: "Da hätte der liebe Herrgott viel zu tun, wenn er alle die Wechsel einlösen sollte, die von unbefugten Schatzmeistern auf ihn ausgestellt werden."

"Freilich, freilich", erwiderte Pavel gedankenlos, hob seinen Hut vom Boden auf, sah sich im Zimmer um und erkannte es als dasselbe, in welchem er nach dem Federnraube an dem bösen Pfau seine erste Audienz im Schlosse gehabt hatte. Unwillkürlich warf er einen Blick nach der dünnen Schnur an der Decke und sah, daß sie noch immer festhielt und daß der vergoldete Kübel bis zur Stunde nicht herabgefallen war. Jede Einzelheit des damaligen Vorganges tauchte vor ihm auf. Er erinnerte sich besonders deutlich der großen Abneigung, die ihm die Frau Baronin eingeflößt hatte und die in solchem Gegensatz zu der Hochachtung stand, von welcher er sich jetzt für sie durchdrungen fühlte.

Was hatte sich denn verändert?... Sie nicht, sie war dieselbe geblieben, in seinen Augen nicht einmal älter geworden, eine Greisin damals, eine Greisin jetzt. Er war ein anderer, ein reicherer Mensch, nicht mehr der stumpfe, für den es nichts Verehrungswürdiges gibt, weil ihm der Sinn, es zu erkennen, fehlt. Er empfand das mit ziemlicher Klarheit und hätte es gern an den Tag gelegt, hätte sich aber auch gern empfohlen, nachdem sein Geschäft beendet, sein Gesuch angebracht und auf das beste aufgenommen worden war. Ohne Ahnung, daß es ihm zukomme zu warten, bis er entlassen werde, sprach er: "Ich will Euer Gnaden nicht länger belästigen; ich sag der Frau Baronin tausendmal: vergelt's Gott, und wenn Sie sterben, werde ich für Sie beten."

"So? so?" sie richtete sich empor. "Wirst du das wirklich tun, und andächtig?"

"Sehr andächtig."

"Pavel Holub", sagte die Baronin in freundlichem Tone, "es freut mich, daß du für mich beten willst. – Und jetzt sag mir: Mein Feld, dasjenige, an dessen Rand deine Hütte steht, hast du es dir wohl recht aufmerksam angesehen? – Wie groß schätzest du's?"

"Es wird so seine fünfzehn Metzen haben, nicht ganz drei Hektare", sprach Pavel ohne Zögern.

"Ein schlechtes Feld, was?"

"Ja, die Felder dort oben sind alle schlecht. Wenn ich der Verwalter wär, würd ich dort oben nie Weizen aussäen."

"Sondern?"

"Hafer oder Korn, und Kirschbäume würd ich pflanzen, viele, viele."

"So pflanze Kirschbäume", versetzte die Baronin ernst und rasch, "das Feld ist dein."

"Mein – was ist mein?"

"Nun, das Feld, ich schenk es dir."

"Um Gottes willen – mir – das Feld..." Ihm war, als ob alles ins Wanken geriete, der Boden unter seinen Füßen, die Wände, das Kanapee und auf dem Kanapee die Frau Baronin. Er streckte die Arme aus und griff nach einem Stützpunkt in die Luft. "Das große, das schöne, das gute Feld..."

"Hast du nicht eben gesagt, daß es ein schlechtes Feld ist?"

"Für Sie, aber nicht für mich; für mich ist es ein gutes, zu gutes... Um Gottes willen", wiederholte er, "schenken Sie es mir im Ernst, das Feld?"

Die Baronin blinzelte: "Es tut mir leid, Holub", sagte sie, "daß ich das Gesicht, das du jetzt machst, nicht recht deutlich sehen kann. Das Blindwerden, mein lieber Holub", setzte sie leicht aufseufzend hinzu, "verdirbt dem Menschen manche Freude. – Geh jetzt und schicke mir den Verwalter.

Ich will gleich Anordnungen treffen, daß die Schenkung rechtskräftig gemacht werde."

"Rechtskräftig... Euer Gnaden... sogar rechtskräftig..." Pavel kannte sich nicht mehr; sein Entzücken überwand seine Schüchternheit, er stürzte auf den Tisch zu, schob ihn zur Seite, ergriff die Hände der Gutsfrau und küßte sie, und als sie ihm mit aller Kraft, die sie aufzubringen vermochte, die Hände entzog, küßte er den Saum ihres Kleides und ihre Ärmel und ihr Umhängetuch und stöhnte und jauchzte und konnte nicht sprechen.

Ihr wurde, so mutig sie war, ein wenig bang vor diesem entfesselten Sturme; sie zankte Pavel tüchtig aus und erklärte ihm, alles müsse ein Ende haben, auch Dankbarkeitsbezeigungen, und wenn er den Verwalter nicht augenblicklich holen gehe, sei es mit der ganzen Schenkung nichts.

Das brachte ihn zu sich. In der nächsten Minute war er draußen im Hofe. –Vor dem Tor stand die blonde Slava, das Häuslerkind schnöden Angedenkens. Sie diente im Schlosse seit ihrer Rückkehr und war jetzt damit beschäftigt, kecke Turteltauben zu füttern, die sich's nicht einfallen ließen, dem heranstürzenden Pavel auszuweichen; er mußte sich in acht nehmen, nicht eine von ihnen zu zertreten. Slava rief ihm einen guten Morgen zu, und er, ganz vergessend, daß es seine schlimmste Feindin war, die zu ihm gesprochen, erwiderte: "Ich hab ein Feld, die Baronin hat mir ein Feld geschenkt."

Die Feindin wurde rot bis unter die Haarwurzeln: "Das ist aber schön", sagte sie, "das freut mich."

Jetzt erst besann er sich, mit wem er redete, und eilte ohne Gruß hinweg.

So ganz anderes und Wichtigeres ihn auch erfüllte, nebenbei mußte er doch daran denken, wie gut das Rotwerden ihr gestanden hatte, welch ein bildhübsches Mädchen sie war, und daß es nicht recht sei vom lieben Herrgott, einer so schwarzen Seele Wohnung anzuweisen in einer so holden Hülle. Jeder Unbefangene mußte dadurch irregemacht werden. Zum Glück war Pavel kein Unbefangener; ihn vermochte der Schein nicht zu täuschen. Er kannte diese Slava, und ob ihre Lippen sich im Sprechen bewegten, ob sie von lieblichster Sanftmut umschwebt aufeinander ruhten, er konnte sie nicht ansehen, ohne der Stunde zu gedenken , in welcher sie sich geöffnet hatten, um ihn dem Hohn und Spott preiszugeben mit der grausamen Frage: "Fahrst zum Vater oder zur Mutter?"... Verzeih allen – hatten Milada und Habrecht gesagt, und er, wahrlich, er wollte es tun; aber der gemahnt wird zu verzeihen, wird er nicht und zugleich an das gemahnt, was er zu verzeihen hat?

Die Erinnerung bildete die unüberbrückbare Kluft zwischen ihm und denjenigen, mit welchen Frieden zu schließen seine liebsten Menschen ihn beschworen. Die Frau Baronin hielt Wort; die Schenkung wurde rechtskräftig gemacht; Pavel war ein Grundbesitzer geworden. Das unerhörte Glück, das ihm vom Himmel gefallen, trug allerdings nichts bei zur Verminderung seiner Unbeliebtheit. Niemand gönnte es ihm; sogar Arnost hatte, als ihm Pavel die große Nachricht gebracht, den Mund verzogen und gefragt: "Wie kommst du dazu?" Auch der Förster und Anton äußerten im ersten Moment mehr Überraschung als Teilnahme. Was den Verwalter betraf, so sprach er der Frau Baronin gegenüber unverhohlen aus, sie habe sich von ihrer Großmut leider hinreißen lassen. Das Geschenk sei ein viel zu namhaftes und müsse in der Dorfbewohnerschaft Neid gegen den Empfänger erregen und Mißmut gegen die edle Spenderin.

Die Frau Baronin begnügte sich damit, diese Äußerungen der Unzufriedenheit ihres ersten Würdenträgers zur Kenntnis zu nehmen, als jedoch der Herr Pfarrer dasselbe Lied anstimmte und von edlen, aber gar zu spontanen Entschlüssen der Frau Baronin sprach, entgegnete sie: Die Schenkung an Pavel Holub sei die Frucht eines von ihr ausnahmsweise langgehegten Entschlusses und durchaus keine zu großmütige, sondern die genau entsprechende Spende für einen braven, vom Schicksal bisher vernachlässigten Burschen, der überdies der Bruder der mutmaßlich zukünftigen Oberin eines Fräuleinstiftes sei. Hierauf schwieg der geistliche Herr.

Aus dem Kloster war die Frau Baronin nach mehrtägigem Aufenthalt ganz vergnügt zurückgekehrt, hatte Pavel rufen lassen, ihm zahllose Grüße von seiner Schwester gebracht, ihn wegen seiner Sorgen um sie beruhigt und mit unendlicher Liebe und mit unendlichem Stolz von ihr erzählt. Die alte Frau wurde förmlich schwärmerisch in ihrer Begeisterung über das "Kind". Der Allgütige selbst hatte ihr, der alten müden Pilgerin, das Kind gesandt, damit es ihr die letzten Lebensjahre erhelle und ihr die Pforten seines Himmels öffne.

"Mache dich einer solchen Schwester würdig", schärfte sie Pavel ein, und er faßte die besten Vorsätze, nach diesem Ziel, das ihm als das denkbar höchste erschien, zu streben, konnte aber den geheimen Zweifel, ob er auch jemals imstande sein werde, es zu erreichen, nicht loswerden. Doch kämpfte er redlich und wünschte heiß, daß die Frau Baronin und daß seine Schwester nur noch Gutes von ihm zu hören bekämen. Eine große Ängstlichkeit um seinen Ruf begann sich seiner zu bemächtigen. Die Sehnsucht, gelobt zu werden, die Freude an der Anerkennung erwachte in ihm, und er ahnte nicht, daß sie ihn so schwach machte, wie einst sein Trotz gegen die Menschen und seine herausfordernde Gleichgültigkeit gegen ihr Urteil ihn stark gemacht hatten.

"Wer kann mir was nachsagen?" wurde seine stehende Redensart. Ein scheeler Blick, ein rauhes Wort vermochten den sonst gegen die rohesten Äußerungen der Mißgunst Gefeiten zu beleidigen; der Neid, den sein Besitztum erregte und der ihm in früheren Tagen die Freude daran gewürzt hätte, verdarb sie ihm jetzt. Sein Feld wurde zum Räuber seiner Ruhe und seines Schlafes, seine geliebte Qual. Sooft er es nach kurzer Trennung wiedersah, war es in irgendeiner Weise geschädigt worden, und er brachte, um es zu verteidigen, die Energie nicht auf, mit welcher er dereinst seine Ziegel verteidigt hatte. Er wollte nicht, daß der Frau Baronin zu Ohren komme, er habe sich wieder aufs Prügeln eingelassen, und überhaupt sollte sie nie erfahren, wie sehr das Geschenk, das sie ihm gemacht hatte, ihm bestritten wurde.

Einmal fand er einen Teil des mageren, auf seinem Felde stehenden Weizens noch grün abgemäht. In der nächsten Nacht paßte er den Übeltätern auf, die auch wirklich in Gestalt einiger mit Sicheln bewaffneter Weiber und Kinder wiederkamen. Pavel begnügte sich damit, ihnen die Sicheln und die Grastücher abzunehmen, und trug dieselben am nächsten Morgen zum Bürgermeister. Der zeigte sich erfreut über dieses gesetzmäßige und schonende Vorgehen, versprach, den Schaden erheben zu lassen und das Diebsvolk zur Zahlung anzuhalten. Drei Wochen später lagen die Sicheln und Grastücher aber noch immer beim Ortsvorsteher, weil die Mittel, sie einzulösen, fehlten. Pavel ersuchte endlich selbst, sie ihren Eigentümern zurückzugeben, unter der Bedingung, daß die Leute zu ihm kämen, um sich bei ihm zu bedanken. Es geschah nur allzugern; das war ein neuer, ein guter Spaß, so wohlfeil durchzuschlüpfen und sich dann zu bedanken bei Pavel, dem Gemeindekind. Alle, welche den Scherz mitgemacht, fanden ihn so lustig, daß sie beschlossen, sich ihn bald wieder zu gönnen. -

Die Diebereien hörten nicht auf, und Pavel fuhr fort, sich ihnen gegenüber erstaunlich wehrlos zu zeigen, während er andererseits eine außerordentliche Tatkraft entfaltete.

Er hätte sich vervielfältigen, an zehn Orten zugleich sein und an jedem seinen Mann stellen mögen. Er rigolte einen Teil seines Feldes und bereitete es vor zur Aufnahme der Kirschbäumchen; er half dem Schmied, wo er konnte; der Förster verließ sich beim Anlegen der Waldkulturen auf niemanden so gern wie auf ihn und meinte, das Forstwesen wäre Pavels eigentliches Fach gewesen, wenn er sich ihm von Jugend auf hätte widmen können. "Und was für ein Schmied wäre er geworden, wenn er etwas gelernt hätte!" sagte Anton. "Aber ein Gemeindekind läßt man nichts lernen; die Grundlagen fehlen, und beim Anfang anzufangen, ist es jetzt zu spät. Er wird sich mit dem schlechten Feld plagen bis an sein Ende und doch nichts Rechtes herausbringen."

Diese Prophezeiung betrübte Pavel – ihn im Glauben an sein Feld zu erschüttern vermochte sie nicht. Er bestellte den alten Virgil, der sich seinem Pflegesohn, wie er ihn nannte, mit Haut und Haar geschenkt hatte und tagelang neben Lamur auf seiner Schwelle hockte, zum Hüter seines Grundbesitzes, und Virgil übernahm das Amt freudig, vermochte jedoch nicht mehr, es zu versehen. Vor seinen Augen vollzog sich Frevel um Frevel an Pavels Eigentum. Die Vorwürfe, die Virgil deshalb hören mußte, nahm er mit einem verschmitzt-schalkhaften Lächeln hin und sprach: "Geh, Pavlicek, was liegt dir an dem Krempel?... Du kannst ihnen bald die ganze Geschichte hinwerfen, wirst bald ganz andere Grundstücke haben."

Pavel geriet in Zorn, verwies ihm solche Reden und wandte sich rasch ab, um den Eindruck zu verbergen, den sie auf ihn hervorbrachten.

Der Alte wurde immer aufgeräumter; sein schwaches Lebensflämmchen schien neu aufzuflackern, indes der Sommer hinwelkte. Ein Wunder, das ihn beglückte, war im Begriff, sich zu vollziehen. Er, der gebrechliche Greis, sollte den jungen, starken Peter überleben. Ja, das war das einzige, das ihn freute; er sollte den Peter überleben. Der Arzt machte kein Geheimnis daraus, daß er ihn aufgegeben; alle Leute wußten es; nur Vinska wollte es nicht glauben, und der Kranke selbst sagte: "Ich werde gesund, sobald ich mich ausgehustet habe."

Peter kämpfte mit dem Tode wie ein Riese; je näher der ihm kam, desto mutiger wehrte er sich.

"Nützt alles nichts", vertraute sein Schwiegervater jedem, der es hören wollte, an; "der erste Frost nimmt ihn doch mit; der Herr Doktor hat es mir gesagt" – und Virgil konnte den ersten Frost kaum erwarten. Eines frühen Morgens, im Oktober, schallte der Klang des Zügenglöckleins durch das Dorf. An ein Fenster der Grubenhütte wurde geklopft, und Lamur schlug an. Pavel fuhr aus dem Schlafe; die Tür seiner Stube war geöffnet worden. Virgil stand da, das Gesicht brennrot, die mit einem Rosenkranz umwundenen Hände auf den Stock gestützt, und sprach: "Was sagst dazu, Pavlicek? die Vinska ist eine Wittib."

18

Der Winter in diesem Jahr trat gleich im Anfang mit ungewöhnlicher Kälte und ungewöhnlicher Reinlichkeit auf. Der Schnee, der einen ganzen Tag und eine ganze Nacht hindurch in kleinen, dichten Flocken aus massigen Wolken niedergewirbelt war, blieb silberweiß liegen; auf den Fahrwegen bildeten sich glatte Schlittenbahnen, und schmale Fußpfade liefen glitzernd von Haus zu Haus und am Rande der Felder hin. An der Hütte Pavels vorbei schlängelte sich der meistbenützte von allen, der Pfad, den die Holzknechte auf ihren jetzt regelmäßigen Gängen in den herrschaftlichen Wald ausgetreten hatten. Wenn sie am Morgen an die Arbeit gingen, trafen sie Pavel schon an der seinen; und wenn sie gegen Abend aus der Arbeit kamen, schien der unermüdliche Bursche gerade auf dem Punkt angelangt, auf dem der Fleiß zum Hochgenuß wird, zur seligen Besessenheit. Sie blieben dann meistens vor seinem Gärtlein ein wenig stehen, sahen ihm zu und wechselten ein paar Worte mit ihm. – Einmal tat Hanusch, der Roheste unter den Rohen, als ob er nicht imstande wäre zu erkennen, was für ein Ding das sei, mit dem Pavel sich plage.

"Ein Dachstuhl wird's", erklärte dieser.

"So? Baust noch ein Grubenhaus?"

- Nein, kein Haus, einen Stall beabsichtigte er im nächsten Frühjahr zu bauen.

"Und was wirst einstellen?"

"Werdet schon sehen", lautet Pavels Antwort, und Hanusch brach in ein Hohngelächter über seine Geheimnistuerei aus und rief, indem er den viereckigen Kopf zur Seite neigte und mit dem Pfeifenrohr nach den übrigen deutete: "Die werden's sehen, ich weiß's schon. Wett'st um ein Seidel, daß ich's weiß?"

Das Gekicher der anderen bewies, daß sie eingeweiht waren in den versteckten Sinn der Behauptung ihres Gefährten. Pavel aber kümmerten diese elenden Neckereien wenig, und er sandte den Urhebern derselben, wenn sie sich endlich trollten, höchstens ein gelassenes: "Hol euch der Teufel!" nach.

Der Holzknechte wegen wäre es ihm nicht eingefallen, den an seinem Wohnort vorbeiführenden Fußsteig zu verwünschen; er verwünschte ihn aus einem viel triftigeren Grunde. – Auf diesem Fußsteig kam jetzt ein-, auch zweimal die Woche Mägdlein Slava dahergewandert, als Botin der Frau Baronin an den Oberförster. Der alte Herr war krank gewesen, erholte sich langsam, und zur Unterstützung der Fortschritte seiner Rekonvaleszenz sandte ihm die gnädige Frau allerlei gute Sachen: edlen Wein aus ihrem Keller, feine Rehrücken, kräftige Hammelkeulen, und meistens war Slava die Überbringerin dieser Leckerbissen. Pavel bemerkte mit Verdruß, daß sie den Schritt verlangsamte, wenn sie in die Nähe seines Gärtleins kam, und seine Ansiedlung neugierig betrachtete. Was hatte sie zu betrachten, was hatte sie sich um seine Ansiedlung zu kümmern? In guter

Absicht geschah es gewiß nicht. Er gefiel sich darin, sein Vorurteil gegen sie zu nähren; er überredete sich unter anderem, daß sie die Anführerin der Kinder gewesen, die ihm dereinst seine Ziegel zertreten hatten. Sie auf der Tat zu ertappen war ihm allerdings nicht gelungen; aber das bewies keineswegs ihre Unschuld, es zeigte nur, daß sie sich darauf verstanden, rechtzeitig die Flucht zu ergreifen, die von ihr Verleiteten im entscheidenden Augenblick treulos verlassend. Wie sie an ihren Spießgesellen, hatten hundert- und hundertmal die Genossen seiner Bubenstreiche an ihm gehandelt: Er wußte, wie es tat, in der Patsche stecken gelassen zu werden. Nachträglich noch hätte er für sein Leben gern den Verratenen eine Genugtuung verschafft, sollte sie auch in nichts anderem bestehen als in einem an die Verräterin gerichteten eindringlichen Vorwurf. Gewöhnlich verbiß sich Pavel, wenn er Slava von weitem erblickte, derart in seine Beschäftigung, daß es nichts zu geben schien, wichtig genug, ihn darin zu unterbrechen.

Einmal machte er aber doch eine Ausnahme.

Da kam sie daher mit ihrem Henkelkorbe, leichten Ganges, vom Sonnenlicht umflossen, die Hexe, trug ein dunkles Wolltuch um das von der Winterkälte rosig angehauchte Gesicht geknüpft, eine gut gefütterte und doch ungemein zierliche Jacke, ein faltenreiches Röcklein, das bis zu den Knöcheln reichte, blau, mit weißen Sternchen besät, und hohe Stiefel an den schlanken Füßen, unter denen der Schnee knisterte. Und munter und frisch war sie, daß es ein Vergnügen hätte sein müssen, sie anzusehen, wenn einem das Herz nicht voll des Grolls gegen sie gewesen wäre.

Bei der Umzäunung der Grubenhütte angelangt, hemmte sie, wie sie pflegte, den Schritt und musterte das Häuschen vom Grunde bis zum Firste.

Plötzlich richtete Pavel sich von seiner Arbeit auf, warf die Hacke hin, und auf das Mägdlein zuschreitend, sprach er: "Was schaust?"

Und sie, überrascht, aber nicht im mindesten erschrocken, wurde sehr rot und erwiderte: "Was soll ich schauen?"

"Nichts", versetzte Pavel unwirsch, "gar nicht schauen sollst, weitergehen sollst."

Das schien jedoch keineswegs ihre Absicht, vielmehr hatte sie sich dem Zaun genähert, und da Pavel dies seinerseits auch getan, standen sie ziemlich nahe aneinander. Sie, in der ganzen Zuversicht ihrer Schönheit, ihrer Jugend, ihres Frohsinns; er in seiner befangen machenden Erbitterung gegen sie, gegen ihre lügenhafte Anmut und Holdseligkeit.

Slava hatte ihren Korb neben sich auf den Boden gesetzt und bewachte ihn fortwährend mit ihren Blicken, als ob sie fürchte, daß er davonlaufen werde, sobald sie ihn aus den Augen ließe; und so, mit gesenkten Lidern und leise bebenden Lippen, sagte sie: "Ich schau das Haus an, weil ich mich nicht getrau, dich anzuschauen."

Pavel zog die Brauen finster zusammen und murmelte etwas von einem "bösen Gewissen".

Da wurde sie wieder rot: "Wer hat ein böses Gewissen?"

"Der fragt."

"Ich?... warum hätte denn ich ein böses Gewissen?"

Die geheuchelte Treuherzigkeit, mit welcher diese Frage gestellt war, erweckte Pavels Zorn, und während tausend brennende Ausdrücke für denselben sich ihm auf die Lippen drängten, plumpste er heraus mit dem schwächsten, dem kindlichsten: "Hast du mir nicht meine Ziegel zertreten?"

Das Mädchen erhob die Augen, ihr Blick ruhte voll und hell auf ihm: "Wann soll ich das getan haben?... Das hab ich nie getan."

"Lüg nicht", herrschte er sie an.

"Ich lüg nicht", erwiderte sie, "warum sollt ich lügen? Ich hab's nicht getan, und damit gut."

- Er glaubte ihr, er konnte nicht anders als ihr glauben, und schon etwas besänftigt, fuhr er fort: "Bist du mir nicht nachgelaufen mit einem Stein in der Hand?"

"Aber Pavel, wer wird sich denn sowas merken, was ein dummes Kind getan hat. Was hast du nicht alles getan?" Sie schlug leicht und zierlich mit der Hand in die Luft: "Sowas vergißt man. Ich bitte dich, Pavel, vergiß das."

Er schwieg; es überkam ihn wie Scham über sein allzu treues Gedächtnis. Hatte sie nicht recht? – sowas vergißt man. Von Verzeihen, ja von Dankbarkeit gegen die Urheber unserer Prüfungen hatte Milada gesprochen, vom Vergessen der Beleidigung – nicht. Um ihm davon zu sprechen, von diesem gründlichen Heilmittel, hatte die kleine nichtsnutzige Feindin kommen müssen. Sie sagte noch ein paar freundliche Worte, beugte sich, hob ihren Korb auf und setzte ihre Wanderung fort.

Pavel blieb allein mit Lamur, mit seiner Arbeit und mit seinen Gedanken. – Vergiß, dann brauchst du nicht zu verzeihen! Vergiß, dann hast du auch keinen Grund, dir etwas darauf einzubilden, daß du verziehen hast. Wenn man's nur träfe! Er besann sich, daß er es einmal getroffen hatte der hübschen Widersacherin gegenüber, damals, als er aus dem Schloß gestürzt kam, voll des Glücks über das große Geschenk der Frau Baronin. Und was einmal zufällig und unwillkürlich gelang, sollte es nicht wieder gelingen können, freiwillig und mit gutem Bedacht?

Bei ihrem nächsten Gange zum Forsthause hielt Slava abermals ein Ständchen mit Pavel, und seine erste Frage an sie war: "Wenn du kein schlechtes Gewissen gegen mich gehabt hast, warum hast du dich gefürchtet, mich anzuschauen?"

"Weil du immer so verdrießlich gewesen bist und schreckliche Augen auf mich gemacht hast. Das mag ich nicht, ich hab's gern, daß man fröhlich ist und mich freundlich ansieht."

Mit diesem "man" meinte sie nicht etwa ihn allein, sie meinte jeden. Pavel täuschte sich nicht lange darüber. Es war ein Teufelchen der Lustigkeit in ihr, das sie antrieb, den Ernst zu bekämpfen, wo immer sie ihm begegnete; und diese Lustigkeit, die fast bis an die Grenze der Ausgelassenheit gehen konnte, verbunden mit den hohen Ehren, in welchen sie ihr nettes Persönchen hielt, und ihrem jungfräulich züchtigen Wesen machte ihren von jung und alt empfundenen Zauber aus.

Auf niemanden jedoch wirkte er unwiderstehlicher als auf Arnost; den hatte sie völlig umstrickt, und er machte Pavel gegenüber weder ein Hehl aus seinen Liebesschmerzen noch aus seiner Eifersucht auf ihn. Als ein verständiger, mit praktischem Sinn ausgerüsteter Bursche fand er nichts erklärlicher, als daß Slava den Inhaber eines Hauses und eines Feldes ihm, der nur ein Haus und den dazugehörenden kleinen Gemeindeanteil besaß, vorziehen müsse.

Daß Pavel in die Reihen der Bewerber um die Gunst oder die Hand des hübschen Mädchens zu treten beabsichtige, schien ihm so ausgemacht, daß er nicht einmal danach fragte, und sein Freund, dem er das zu verstehen gab und der schon hatte sagen wollen: Bist ein Narr, ich denk nicht an sie, sie ist mir gleich wie was, verschluckte diese Antwort; denn – er wollte nicht lügen. Gleichgültig war sie ihm nicht, sie hatte es doch auch ihm angetan. Nicht wie dem Arnost; von einem blinden Verliebtsein war bei ihm keine Rede, aber warm machte ihm ihre Nähe, und überaus gut gefiel sie ihm, und überaus lieb wäre es ihm gewesen, wenn er den Zweifel hätte loswerden können, der sich in ihrer Gegenwart immer wieder meldete und eine gewisse bange, unbestimmte Erwartung: jetzt und jetzt wird sie etwas tun, das mir ans Herz greifen und mir die Freude an ihr verderben wird.

Ein anderes Bedenken, das ihn früher schwer gepeinigt hatte, war er ganz losgeworden, das: Wird mich denn eine Ordentliche nehmen? Wird eine Ordentliche unter einem Dach mit meiner Mutter leben wollen? Nun, die Slava war eine Ordentliche und ließ ihn merken, daß sie ihn nehmen würde, obwohl sie recht gut wußte, daß die Mutter heute oder morgen heimkehren und Aufnahme finden werde bei ihrem Sohn. Sie fragte ab und zu nach ihr und sprach einmal: "Eine Mutter bleibt halt doch immer eine Mutter; sie soll sein, wie sie will, wenn man nur eine hat. Ich hab keine."

Pavel begrüßte sie nun stets sehr artig, machte nie mehr schreckliche Augen "auf sie", verhielt sich aber, was auch in seinem Innern drängte und gärte, äußerst zurückhaltend gegen die Kleine, während Arnost vor ihr in Weichheit zerschmolz oder in Flammen aufloderte. Der verliebte Bursche war immer genau unterrichtet von jedem ihrer Schritte, und immer traf sich's, daß er an den Tagen, an denen sie einen Botengang ins Forsthaus unternahm, zufällig just nichts zu tun hatte und sich Pavel zur Verfügung stellen konnte, um ihm bei seiner Arbeit behilflich zu sein. Kam die Erwartete dann, so fand sie die zwei an den Zaun gelehnt und ihrer harrend. Wer es in größerer Sehnsucht tat, ob der Ernste, verschlossene, ob der andere, sie selbst wußte es nicht. Sie benahm sich mit beiden gleich herzlich, gleich kameradschaftlich, sprach aber mehr mit Arnost, weil sich der viel besser aufs Scherzen und Spaßen verstand.

Nach Weihnachten brachte Slava einmal eine Kunde aus dem Schlosse, durch welche alle eingeschlummerten Sorgen Pavels über seine Schwester wieder wachgerüttelt wurden. Milada war krank gewesen, die Frau Baronin hatte neuerdings einen Besuch im Kloster gemacht und war von neuem getröstet heimgekehrt. Es ging besser, versicherte sie, es ging gut. Dennoch hatte sie sich von "ihrem Kinde" nicht leicht getrennt, gedachte bald zu ihm zurückzukehren und dann mehrere Wochen, als Gast der Frau Oberin, im Kloster zu verweilen. Vorher aber – ließ sie Pavel sagen – wolle sie ihn noch sprechen. Er beeilte sich, von der Erlaubnis Gebrauch zu machen, fand die alte Dame gebeugt und unruhig und, je mehr sie das war, desto bemühter, sich selbst Frieden zu erringen und den der anderen nicht zu stören.

Die Frau Baronin gab Pavel das Versprechen, ihm unmittelbar nach ihrem Eintreffen in der Stadt eine Zusammenkunft mit Milada zu erwirken, und nahm dafür sein Wort in Empfang, daß er sich um eine solche nicht auf eigene Hand bemühen werde.

Er schrieb an Milada, erhielt einige schöne, tröstliche Zeilen, wartete auf die Abreise der Frau Baronin, und als diese erfolgte, auf die Berufung zu seiner Schwester. Sein Herz war schwer und wurde nur etwas leichter, wenn es Pavel gegönnt war, sich an dem Anblick des holden Mädchens zu laben, das Arnost und er nicht mehr anders als die "Goldamsel" nannten.

Die Zeit kam, in welcher er es töricht zu finden begann, sich länger gegen die in ihm aufkeimende Neigung zur Wehr zu setzen. Daß Slava eine besondere Liebe für ihn hege, bildete er sich nicht ein; aber er zweifelte auch nicht, daß sie, wenn Arnost und er um sie freiten, ihm den Vorzug geben und, einmal verheiratet, ein braves Weib sein werde, wie sie ein braves

Mädchen gewesen war. Aus Rücksicht für den Freund auf sie zu verzichten, der Gedanke war ihm im Anfang allerdings manchmal durch den Sinn geflogen; aber diese Regungen der Großmut hatten sich in dem Maße vermindert, als sein Wohlgefallen an dem munteren Ding wuchs und wuchs.

Gegen Arnost war er so aufrichtig wie dieser gegen ihn.

"Wie lieb du sie hast, ich hab sie lieber", sagte Arnost.

"Was nützt das, wenn sie mich nimmt", sagte Pavel. "Und ich werd sie nächstens fragen, ich will auch einmal glücklich sein."

Arnost erwiderte: "Frag sie." – Sein Entschluß war gefaßt. Am Tage, an dem Pavel das Jawort Slavas erhielt, wollte er die Hütte, in welcher er seit dem Tode seiner Mutter allein hauste, verkaufen und Soldat werden. Es ist kein schlechtes Leben beim Militär, besonders für einen, der es wie Arnost schon nach zweimonatlicher Dienstzeit zu einer Charge gebracht hat. Eines nebligen Januarvormittags kam er in höchster Aufregung zu Pavel und teilte ihm mit, heute mache die Kleine ihren letzten Besuch beim Oberförster, er sei gesund, die Sendungen aus dem Schlosse hörten auf.

Arnost stand der Angstschweiß auf der Stirn, in seiner Brust ging es zu wie in einem Pochwerk. "Ich halt's nicht mehr aus", sagte er. "Heute mußt du reden, oder ich rede."

"So red", sagte Pavel, "ich werd aber auch reden."

Sie sahen einander mit Augen an, aus denen der Haß funkelte, und gingen hinter dem Zaun hin und her wie zwei Löwen im Käfig.

Lamur saß auf der Schwelle, schwarz und häßlich, und beobachtete in stiller Verachtung die beiden von der Leidenschaft gequälten Menschenkinder.

Nun brach ein breiter Sonnenstrahl durch den weißen Dunst, der ringsum auf den Feldern und Wegen lagerte, und verwandelte ihn in licht und farbig glitzernden Duft, von dessen durchsichtigen Schleiern umwoben die kleine Slava herannahte, an diesem Tage, gerade an diesem, an dem die feindlichen Freunde ein Wort im Vertrauen an sie zu richten gedachten, nicht allein. Sie hatte eine Begleiterin mitgenommen – die Vinska.

Arnost und Pavel entdeckten es zugleich, und der erste rief und der zweite murmelte: "Verwünscht!"

Ein kleines Stück Weges hinter dem jungen Weibe und dem jungen Mädchen kam die Schar der Holzknechte. Sie gingen heute so ungewöhnlich spät in den Wald, weil gestern Sonntag gewesen war und weil ein Holzknecht, der sich achtet, "am Montag früh immer Feierabend macht", wie Hanusch zu sagen pflegte.

Vinska schien es für nötig zu halten, ihr Kommen dadurch zu erklären, daß sie mit dem Herrn Oberförster wegen des Ankaufs von Bauholz sprechen müsse und sich Slava angeschlossen habe, weil sich's zu zweien doch immer besser gehe.

Arnost fing das Wort sogleich auf, gab ihr recht, und ihre Gefährtin anstarrend, stammelte er etwas Verworrenes von der Torheit, das nicht einzusehen und lieber allein dahinzuzotteln durchs Leben, statt mit einem, der einen übermenschlich gern hat.

Pavel flüsterte ihm ein zorniges: "Red du nur!" zu, und nachdem sein erster Verdruß über Vinskas Anwesenheit verraucht war, forderte er sie und Slava auf, bei ihm einzutreten und ein wenig zu rasten. Damit öffnete er das Gitterpförtchen und hieß sie, nachdem sie seiner Einladung Folge geleistet hatten, nicht ohne hausherrliche Würde, auf eigenem Grund und Boden willkommen.

Diese Höflichkeit vollzog sich vor den Augen der heranrückenden Holzknechte und gab den wüsten Gesellen Anlaß zu Glossen der empörendsten Art.

Pavel wußte keine Antwort darauf, und von seinem Platze aus rief er mit unterdrückter Wut den Holzknechten zu: "Packt euch!"

Sie erwiderten mit Roheiten, schlimmer als alle vorhergehenden, und Hanusch, bequem an den Zaun gelehnt, die Pfeife zwischen den Zähnen, tat, als ob er den im Gärtlein liegenden Dachstuhl aufmerksam betrachtete, und sprach: "Der is ja fertig, jetzt kannst anfangen, den Stall zu bauen... Bau ihn! bau ihn! tummel dich, die du einstellen willst, is schon auf'm Weg... die aus'm Zuchthaus!"

"Die, ja – die!" scholl es im Chor, und Hanusch schrie, daß die Adern an seinem Halse schwollen: "Nehmt ihn! Weiblein! Vor der Schwiegermutter aus'm Zuchthaus braucht ihr euch nicht zu fürchten, die kommt in den Stall, die Mutter!..." Die Worte reuten ihn.

Pavel hatte sich aufgebäumt, aus seiner Brust drang ein gräßliches Stöhnen, über die Zähne floß das Blut der zerbissenen Lippe. Einen Augenblick schaute er... Da stand die Frau, die er geliebt hatte – da stand das Mädchen, das er liebte, da der ehrliche Bursche, dem er es streitig machen wollte, und dort am Zaun der Schurke, der ihn in ihrer Gegenwart unauslöschlich beschimpft hatte; auf dem Boden aber, zu seinen Füßen, lag sein gutes Zimmermannsbeil. Die Dauer eines Blitzes, und er hatte es ergriffen und geschleudert. – Hanusch kreischte und bog aus. Das nach seinem Kopf gezielte Beil flog haarscharf an seinem Ohr vorbei. Alle schrien, Pavel stieß Vinska weg, die ihm den Weg vertreten wollte, schwang sich über den Zaun und sprang mitten unter die Holzknechte hinein.

So furchtbar war er anzusehen, ein so maßloser Zorn sprühte aus seinen Augen, daß der ganze Trupp vor ihm zurückwich – am weitesten Hanusch, die Hand am Ohr. Aber schon war er ereilt und gestellt von einem, der noch rascher gewesen als Pavel. Lamur hatte ein unheilverkündendes Knurren ausgestoßen, sich seinem Herrn vorangeworfen und Hanusch an der Gurgel gepackt. Der glitt aus, wankte und stürzte dicht vor Pavel nieder, die hervorgequollenen Augen in verzweiflungsvoller Angst auf ihn gerichtet, der schon seinen Fuß erhob, um den Mund zu zermalmen, der ihm solche Schmach angetan... Plötzlich jedoch, wie von Abscheu und Entsetzen ergriffen, totenbleich geworden, stampfte er den Boden und rief: "Zurück, Lamur!"

Ungern ließ der Hund ab von seiner Beute. Hanusch erhob sich mühsam, seine Genossen machten Miene, alle zusammen auf Pavel loszugehen, besannen sich aber eines anderen. Sie parlamentierten noch eine Weile mit Arnost, während Pavel, dumpf vor sich hinbrütend, dastand, und zogen endlich, kleinlaut geworden, weiter. Erst in einiger Entfernung vom Grubenhaus faßten sie den Mut, sich zurückzuwenden und in Drohungen zu ergehen, auf welche niemand hörte und die auch nicht erfüllt wurden.

Die Zurückgebliebenen bildeten eine kleine stumme Gruppe. Pavel schien der letzte sein zu wollen, das Schweigen zu brechen. Er war an die Tür der Hütte getreten und sah zu seinem Hunde nieder, der seinen Blick ernst und verständnisvoll erwiderte.

Eine Weile verging, bevor sich Slava so weit ermunterte, daß sie Pavel an seine vorhin gemachte Einladung erinnern konnte. Halblaut erneuerte er dieselbe, und lächelte das Mägdlein, auf dessen Gesicht sich die Spuren des überstandenen Schreckens malten, fremd und traurig an. Man trat ins Haus, in die durch Habrechts Großmut eingerichtete Stube mit der niederen Decke, mit den kleinen Fenstern und dem Fußboden aus gestampftem Lehm. Der Tisch stand in der Mitte der Stube, wie er in der Mitte des Lehrerzimmers gestanden hatte, der alte Lehnstuhl und drei Sessel um ihn herum. In der Ecke, der Herdnische gegenüber, der schmale Schrank, der das Heiligtum des Hauses trug, des Freundes kostbares Vermächtnis, die Bücher, in denen immer zu lesen er Pavel empfohlen hatte. Nicht umsonst; man sah es den schlichten Bänden an, daß sie oft, wenn auch in schonender Ehrfurcht, zur Hand genommen wurden.

Vinska nahm Platz im Lehnstuhl, Slava auf einem Sessel neben ihr. Die erste schwieg, die zweite äußerte sich verbindlich über die Reinlichkeit, die im Hause herrschte, brach aber ab, verwirrt durch die strengen Mienen der drei anderen.

Arnost war zu Pavel getreten und hatte ihm ein paar Worte zugeraunt, und Pavel hatte den Kopf geschüttelt, sich nicht mehr geregt und stand, wie auf dem Fleck angewurzelt, in finstere Gedanken versunken.

Lange bezwang sich Arnost, zuletzt aber siegte seine Ungeduld; er faßte Pavel bei der Schulter und sprach: "Was simulierst? Hör auf... Was liegt dir dran, was ein paar Betrunkene reden?"

"Ja", fiel die Kleine mit ihrer glockenhellen Stimme ein, "was liegt dir dran? Laß die Leut reden, und sprechen wir lieber von was Lustigem."

Pavel horchte auf – eine so liebe Stimme, und konnte doch einen Mißklang erwecken.

"Von was Lustigem? – Gut – ich hab's nicht anders im Sinn." Er lachte herb und trocken, kam auf den Tisch zu und wandte sich an die Kleine: "Ich bin ein Freiwerber", sprach er, "für den da, für den Arnost. Wir haben es schon lang zusammen ausgemacht, daß ich dich fragen soll, ob du ihn nimmst?"

"Mach keinen schlechten Spaß", fuhr ihn Arnost derb an, "was soll denn das heißen?" Und noch derber gab Pavel zurück: "Willst vielleicht nicht mehr werben? Ist die Lieb schon verraucht?..."

"Oh, was die Lieb betrifft..."

Der Ausdruck, mit dem diese Worte gesprochen wurden, erledigte die Frage übergenügend.

Eine Viertelstunde später verließ ein Brautpaar die Hütte Pavels. Der Bräutigam glückselig, die Braut still zufrieden. Arnost war ihr lieber als Pavel; noch lieber jedoch wäre ihr Arnost mit dem Felde Pavels gewesen.

Vinska empfahl sich zugleich mit den Verlobten, die sie ins Forsthaus begleiten wollte. Am Ausgang des Gärtchens jedoch hieß sie die jungen Leute vorangehen, blieb stehen und sprach zu Pavel: "Was war das jetzt? Es hat geheißen, du hast die Slava gern?"

"Ich hab sie auch gern", rief er, und mit seiner Selbstbeherrschung war es zu Ende; "aber wie soll denn ich heiraten, wie soll denn ich ein Weib nehmen, ich, dem's alle Tag geschehen kann, er weiß nicht wie, daß er einen erschlagen muß, weil er sich nicht anders helfen kann? Ich hab Schand fressen sollen, dazu hat die Mutter mich geboren. Jetzt haben sie "was Bessres" aus mir machen wollen, der Herr Lehrer und meine Schwester Milada, und jetzt schmeckt mir die Schand nicht mehr, und jetzt bring ich sie nicht mehr hinunter, das ist mein Unglück."

Nach einer Pause, in welcher Vinska die Augen fest auf den Boden gerichtet hielt, sagte sie: "Du bist mitgegangen beim Begräbnis von meinem armen Peter. Ich hab dir noch nicht danken können, weil du mir immer ausweichst."

Er zuckte die Achseln und erwiderte: "Ich werd dir nimmer ausweichen. Leb wohl."

"Lieber Pavel", nahm sie nach abermaliger Pause wieder das Wort; "eh ich geh, mußt du noch was anhören. Ich hab keine Ruh, die Leut lassen mir keine Ruh. Mein armer Peter ist erst drei Monate tot, und schon haben sich zwei Freier bei mir gemeldet."

"So such dir einen aus."

"Ich glaube", sagte Vinska, nachdem sie eine Weile in den Schnee geblickt, "daß ich eine Witfrau bleiben werde."

"So bleib eine Witfrau. Leb wohl."

Schon im Begriffe zu gehen, wandte sie sich noch einmal zu ihm und begann von neuem mit beklommener Stimme: "Du hast gut sagen: Leb wohl. Wenn man gegen jemanden so schlecht gewesen ist wie ich gegen dich, lebt sich's nicht wohl!"

"Deswegen brauchst dir keine grauen Haare wachsen zu lassen", sprach er ruhig; "das hab ich alles vergessen."

Sie senkte den Kopf auf die Brust, ein Schmerzenszug umspielte ihren Mund: "Und du", fragte sie, "wirst du wirklich immer ein Junggesell bleiben?"

"Ja", entgegnete er; "ich bleib der einsame Mensch, zu dem ihr mich gemacht habt."

19

Die Nachricht, die Pavel aus der Stadt erhalten sollte, traf ein und lautete sehr unbefriedigend. Die Frau Baronin ließ sagen, noch könne ihm die Erlaubnis, seine Schwester zu besuchen, nicht erteilt werden; aus welchem Grunde, solle er später erfahren und sich vorläufig in Geduld fassen. Bald darauf kam ein Brief von Milada, in welchem sie Pavel bat, sein Kommen aufzuschieben. Auf das liebreichste dankte sie im vorhinein für die Erfüllung ihrer Bitte, vertröstete ihn auf das Frühjahr, versicherte, daß es ihr von Tag zu Tag besser gehe, und schloß mit der Kunde, daß ihre Einkleidung, auf welche sie sich unaussprechlich freue, im Mai stattfinden werde.

So mußte Pavel sich bescheiden und tat es: doch wurde es ihm nicht leicht. Jede Woche wenigstens einmal ging er ins Schloß und fragte: "Ist die Frau Baronin zurückgekommen?" und erhielt immer zur Antwort: "Nein." – "Hat sie auch nicht geschrieben?" – "Das wohl – um Anordnungen zu treffen, die auf eine neue Verzögerung ihrer Rückkehr schließen lassen."

Mit der Heirat Slavas, die ihr pflichtgemäß angezeigt worden, hatte sie sich einverstanden erklärt, dem Mädchen die erbetene Entlassung und ein Geschenk gegeben, das nicht nur hinreichte, um die Kosten der Hochzeit zu bestreiten, sondern auch, um ein rundes Sümmchen für die Wirtschaft zu erübrigen. Dies alles, weil Slava, obwohl von früher Jugend an verwaist und auf eigenen Füßen stehend, sich stets brav geführt und nun unbescholten an den Altar treten konnte. Am dritten Sonnabend nach Ostern fand die Trauung statt. Pavel fungierte als Brautführer. Er hatte sich schwer dazu entschlossen, tat es aber dann in guter Haltung und mit Stolz auf seinen über sich selbst errungenen Sieg. Anton der Schmied vertrat die Stelle des Brautvaters, Vinska die der Brautmutter. Sie war trotz des großen Witwentuches, das sie sich über den Kopf gezogen hatte, schöner als die Braut selbst. Der Herr Pfarrer sprach die Traurede mit ganz ungewöhnlicher Wärme, beehrte auch die Neuvermählten mit seiner Gegenwart beim Festessen im Wirtshause. Der Doktor, der Verwalter, der Förster, der Bürgermeister und einige große Bauern kamen, ihren Glückwunsch zu bringen und den Dank des jungen Paares für die ihm ins Haus geschickten Geschenke zu empfangen. Alles ging ohne unanständigen Lärm, einfach, aber – "urnobel" zu.

Nach dem Essen wurde getanzt, und nun ereignete sich das Erstaunliche: Virgil, der seit Jahren nur noch schleichen konnte, führte mit einer ungefähr im gleichen Alter wie er stehenden Magd eine Redowatschka an. – Als die Musik auf sein Geheiß die Weise des längst aus der Mode gekommenen Tanzes angestimmt, hatten sich die Gesichter aller anwesenden alten Leute erheitert. Die Männer standen auf, jeder winkte der "Seinigen", sie legten die schwieligen Hände ineinander und schwenkten sich im Tanze hinter dem Hirten und seiner grauen Partnerin. Einmal wieder kamen sie in freundlicher Eintracht zusammen, die alten Paare, die vielleicht längst nichts mehr kannten als Hader oder Gleichgültigkeit. Da spielte ein verschämtes Lächeln um manchen welken Frauenmund, da blitzte es unternehmend aus manchem trüben Männerauge. Bei der lieben Redowa erinnerten sie sich der Tage, in denen sie jung gewesen waren und einander sehr gut, und tanzten sie unter dem Applaus ihrer Kinder und Enkel durch bis ans Ende.

Manches hübsche Mädchen hatte Pavel schon angeblinzelt und gefragt: "Was ist's mit dir? Kannst nicht tanzen?"

"Weiß nicht", gab er zur Antwort, "hab's noch nie probiert."

"So probier's jetzt."

Aber das wollte er nicht, um nichts in der Welt sich da lächerlich machen vor einer so großen Versammlung; er blieb dabei und widerstand sogar den Bitten Slavas, die durchaus wenigstens einmal mit ihm getanzt haben wollte an ihrem Ehrentage. Dem Beispiel, das er im Entsagen gab, folgte die Vinska. Sie drohte sogar, das Fest zu verlassen, als der stürmischste ihrer Freier sie zwingen wollte, mit ihm in den Reigen zu treten. Pavel und sie wechselten hie und da ein Wort; von seiner Seite, wenn nicht in Freundschaft, so doch in Frieden, von der ihren in tiefem Dank dafür, daß er mehr als verziehen – daß er vergessen hatte.

So war es auch; mit der Liebe zu ihr war die Erinnerung an das Leid erloschen, das er durch sie erfahren. Und wenn es ihm gelungen, sagte er sich, diese erste Liebe, die im Kern seines Daseins gewurzelt hatte, mit ihm gewachsen und stark geworden war, zu besiegen, sollte es ihm nicht ein Leichtes sein, der zweiten, über Nacht an seinem Lebensbaum erblühten

Herr zu werden? – Ein paar schmerzliche Regungen galt es noch zu überwinden, und er war ein freier Mensch – für immer, so Gott will, einsam und frei. Daß er sich in dieser Freiheit wohlfühlte, dazu trug heute alles bei. Der Tag war nicht nur für Arnost und Slava, er war auch für ihn ein Ehrentag. Zum ersten Male stand Pavel auf gleich und gleich mit den Besten, die er kannte, unter einem Dach. Angesehene Bauern grüßten ihn, der Förster sprach lange mit ihm in fast väterlicher Güte, der Herr Pfarrer holte seine Meinung in einer landwirtschaftlichen Frage ein, der Schmied wollte durchaus die Geschichte von der Maschine öffentlich erzählen und ließ sich nur aus Rücksicht für Vinska davon abhalten. Arnost beteuerte ihm laut und begeistert seine Dankbarkeit und ewige Freundschaft.

Das Gemeindekind bewegte sich in einer Atmosphäre von Achtung und Wohlwollen, die es einsog durch alle Poren und um so inniger genoß, als eine leise Stimme in seinem Innern mahnte: Freu dich dieser Stunde, sie wiederholt sich dir vielleicht nie... Mit der Achtung, mit dem Wohlwollen wird es aus sein, wenn die Mutter kommt... Und sie kann morgen kommen – wer weiß? sie kann schon da sein. Er kann sie finden, wenn er sein Haus betritt, in seiner Stube, an seinem Herd...

Da faßte es ihn mitten in seinem stillen, schwermütigen Glücke mit übermächtigem Drang: Hinweg! überlaß der Mutter Hütte und Feld, und du wander fort, weit, weit in die Welt, unter fremde Menschen, die nichts von dir und nichts von deinen Eltern wissen. Lerne und werde – wenn auch später als ein anderer, mehr als die anderen.

Diese Gedanken hafteten, begleiteten ihn heim, waren seine letzten, als er einschlief, und seine ersten, als er erwachte.

Am Morgen jedoch, als er seine im Herbst gepflanzten Kirschbäume besuchen ging und sah, wie die meisten von ihnen schon Blüten über Blüten angesetzt hatten, und als er sein Feld abschritt, auf dem die erste von ihm gesäte Frucht grünte, da fühlte er, daß ihm das Scheiden doch schwer sein würde. Und dann, wenn seine Schwester Milada, wenn Habrecht von den Fluchtgedanken, die er hegte, wüßten, was würden die wohl sagen? -

"Kleiner Mensch, bleibe in deinem kleinen Kreise und suche still und verborgen zu wirken auf die Gesundheit des Ganzen."

Das war auch einer der Aussprüche des Freundes gewesen, der im Augenblick, in dem er getan wurde, von Pavels Verständnis empfangen worden war wie das Samenkörnlein des Evangeliums vom Felsengrunde. Jetzt aber glich seine Seele nicht mehr dem steinigen Boden, sondern einem guten Erdreich, und das Samenkörnlein keimte und ging auf und mit ihm eine Fülle von Erwägungen...

Eine Stimme, die seinen Namen rief, weckte Pavel plötzlich aus seinem Sinnen; auf ihn zugelaufen kam ein herrschaftlicher Stallpage, winkte von weitem und rief: "Die Frau Baronin hat einen Boten geschickt, du sollst gleich zu ihr in die Stadt, du sollst fahren."

"Ich werd doch gehen können", erwiderte Pavel, dem es vor Überraschung, Freude, Schrecken heiß und kalt durch die Adern lief; "warum denn fahren?"

"Daß du früher dort bist vermutlich; mach nur, es wird schon eingespannt."

Hastig wechselte Pavel die Kleider und rannte ins Schloß. Die Fahrgelegenheit wartete bereits; ein paar kräftige Wirtschaftspferde, vor einen leichten Wagen gespannt, brachten ihn in kurzer Zeit nach der Stadt, an die Pforte des Klosters, wo ihn auf sein Schellen die Pförtnerin mit den Worten empfing: "Ich soll Sie zu der Frau Baronin führen."

"Ist meine Schwester bei ihr?... Wie geht's meiner Schwester?" fragte Pavel mit versagendem Atem.

Die Nonne antwortete nicht, sie schritt ihm schon voran über eine Treppe, durch einen bildergeschmückten Gang, an dessen Ende, einer dunklen Doppeltür gegenüber, ein lebensgroßer Heiland am Kreuze hing.

"Wie geht's meiner Schwester?" wiederholte Pavel.

Die Pförtnerin deutete nach dem dornengekrönten Haupte des Erlösers, sprach: "Denken Sie an Seine Leiden", öffnete die Tür und hieß ihn eintreten. Pavel gehorchte und befand sich in einem saalähnlichen, feierlichen Gemach, in dem die Frau Baronin und die Frau Oberin standen, die alte Dame auf den Arm der Freundin gestützt.

"Gott zum Gruße", sagte die ehrwürdige Mutter; die Baronin wollte reden, vermochte es aber nicht und brach in Tränen aus.

Auch Pavel konnte nur stammeln: "Um Gottes willen, um Gottes willen, was ist's mit meiner Schwester?... Ist sie krank?"

"Sie ist genesen", sprach die Oberin. "Eingegangen zum ewigen Lichte."

Pavel starrte sie an, mit einem Blicke der Qual und des Zornes, vor dem ihre schönen ruhigen Augen sich senkten.

"Was heißt das?" schrie er auf in seiner Pein.

Da machte die kleine Greisin sich los von dem Arm ihrer starken Freundin und schwankte auf Pavel zu mit ausgestreckten zitternden Händen: "Armer Bursche", schluchzte sie, "deine Schwester ist tot, mein liebes Kind ist mir vorangegangen, mir Alten, Müden."

Die Knie versagten ihr, sie war im Begriff umzusinken; Pavel fing sie auf, und die alte Gutsfrau weinte an seiner Brust.

Er geleitete sie behutsam zu einem Lehnsessel und half ihr, sich darin niederzulassen; dann, am ganzen Leibe bebend, wandte er sich zur Oberin: "Warum hat meine Schwester mir geschrieben, daß es ihr besser geht von Tag zu Tag?"

"Sie hat es geglaubt, und wir durften ihr diesen Glauben lassen, bis die Zeit kam, sie zum Empfang der heiligen Wegzehrung vorzubereiten..." sie hielt inne.

"Vorzubereiten", wiederholte Pavel und drückte die Hand an seine trockenen, glühenden Augen, "sie hat also gewußt, daß sie sterben muß?"

Die Oberin machte ein bejahendes Zeichen.

"Und hat sie nicht gesagt, daß sie mich sehen will, nicht gesagt: Ich will meinen Bruder noch sehen? – Frau Baronin", rief er die Greisin mit erhobener Stimme an, "hat sie nicht gesagt, ich will meinen Bruder noch sehen?" -

"Sie hat dich tausend- und tausendmal grüßen und segnen lassen, aber dich zu sehen, hat sie nicht mehr verlangt", lautete die Antwort, und die ehrwürdige Mutter fiel ein: "Sie war losgelöst von allem Irdischen, sie gehörte schon dem Himmel an... Sie sah ihn offen in ihrer letzten Stunde, sah Gott in seiner Herrlichkeit und hörte den jauchzenden Gesang der Engelchöre, die sie willkommen hießen im Reiche der Glückseligen."

"Wann ist sie gestorben?" würgte Pavel hervor.

"Gestern abend." Gestern abend – während er ein Fest mitfeierte, während seine Gedanken so fern von ihr waren! Mit wildem Zweifel ergriff es ihn: Es kann nicht sein, es ist ja unmöglich – - und er rief: "Wo ist sie?... Führen Sie mich zu ihr..."

"Sie ist noch nicht aufgebahrt", versetzte die Oberin; aber Pavel ließ keinen Einwand gelten, und die Gebietende, die zu herrschen Gewohnte gab nach. -

Sie stiegen die Treppe zum zweiten Geschoß empor, durchschritten einen Gang, in welchen viele Türen mündeten. Vor der einen blieb die Oberin stehen. "Das Zimmer Marias", sprach sie in tiefer Ergriffenheit.

Pavel stürzte vor und riß die Tür auf... In der weißgetünchten, von Sonnenlicht durchfluteten Zelle mit dem vergitterten Fenster, mit den glatten Wänden stand ein schmales Bett, eine Wachskerze in schwarzem, eisernem Leuchter brannte zu dessen Häupten und eine zu dessen Füßen, vor demselben knieten, im Gebet versunken, zwei Klosterfrauen, und auf dem Bette lag, mit einem Linnen bedeckt, eine starre, hagere Leiche. Die Oberin näherte sich ihr und zog das Tuch vom Gesicht herab.

Pavel prallte zurück, taumelte und schlug an den Türpfosten an, an dem er stehenblieb und sich wand wie ein Gefolterter. Endlich, endlich brachen Tränen aus seinen Augen, und er schrie: "Das ist nicht meine Milada, das ist sie nicht. Wo ist meine Milada?"

Er war nicht zu beruhigen, sein Schmerz spottete des Trostes.

Die Frau Baronin ließ ihn rufen, weinte, sprach von Milada, und er hatte nicht das Herz, ihr zu sagen, was er unaufhörlich dachte: Würde man sie zu rechter Zeit aus dem Kloster genommen haben, sie wäre jetzt am Leben;

du hättest dein Kind noch und ich noch mein lichtes Vorbild, mein kostbarstes Gut.

Auf den Wunsch der alten Frau blieb er in der Stadt bis zum Tage des Begräbnisses, irrte in den Gassen umher, durch den ungewohnten Müßiggang seinem Schmerze ohnmächtig preisgegeben.

"Milada, meine liebe Schwester", sprach er vor sich hin, und manchmal blieb er stehen und meinte, es müsse ihm jemand nachkommen und ihm sagen: Kehr um, sie lebt, sie fragt nach dir. Das kleine, zusammengezogene Totenangesicht, das du gesehen hast, war nicht Miladas Angesicht.

Als sie in der Kapelle aufgebahrt lag im Glanz von hundert Lichtern, weißgekleidet, mit weißen Rosen bedeckt, war er nicht zu bewegen, an den Katafalk heranzutreten. – Erst als der Sarg geschlossen wurde, der die Reste seiner Milada barg, warf er sich über ihn und betete, nicht für sie, sondern zu ihr.

Bei der Beerdigung machte der Anblick des Schmerzes seiner alten Gutsfrau ihn fast unempfindlich für seinen eigenen. Ganz gebrochen stand sie neben ihm am Grabe ihres Lieblings auf dem stillen Klosterfriedhofe und ließ nach beendeter Trauerfeierlichkeit den Zug der Nonnen vorüberschreiten, ohne sich ihm anzuschließen. Nach einer Weile erst sprach sie zu Pavel: "Führe du mich jetzt zurück auf mein Zimmer, und dann geh nach Hause und sage im Schloß, daß sie alles zu meinem Empfang vorbereiten sollen. Ordentlich – es wird ohnehin die letzte Mühe sein, die ich meinen Leuten mache. Ich glaube, daß ich nur heimkommen werde, um mich hinzulegen zum Sterben."

Pavel widersprach ihr nicht. Er fühlte wohl, auf einen Widerspruch war es hier nicht abgesehen wie so oft bei alten Leuten, wenn sie Anspielungen machen auf ihren nahenden Tod: Es war ernst gemeint, und also wurde es aufgenommen. Spät am Nachmittag langte er im Dorfe an. Sein erster Gang war nach dem Schloß, wo er den Auftrag der Frau Baronin bestellte. Die Dienerschaft lief zusammen, als es hieß, er sei da; alle sahen ihn voll Neugier an, und er machte sich rasch davon, besorgend, daß Fragen über Milada an ihn gestellt werden könnten. Auf der Straße begegnete er derselben Aufmerksamkeit, die er im Schlosse erregt hatte. Einer oder der andere blieb stehen in der Absicht, ihn anzureden; aber Pavel eilte mit kurzem Gruß vorbei.

Vor dem Hause Vinskas auf einer Bank saß Virgil, der sich seit dem Ableben Peters bei seiner Tochter einquartiert hatte. Er winkte Pavel heran: "Bist endlich da?" rief er ihm zu... "Du, dein Hund wäre verhungert, wenn ich mich seiner nicht angenommen hätt."

"Hab mich ohnehin darauf verlassen", erwiderte Pavel und schritt weiter; Virgil jedoch schrie aus allen Kräften: "Lauf nicht, bleib! Die Vinska hat dir was zu sagen", und da trat sie auch schon aus der Tür, ging auf Pavel zu und sprach in der demütigen Weise, in welcher sie sich ihm gegenüber jetzt immer verhielt: "Wir haben von deinem Unglück gehört... es tut uns leid..."

"Laß, laß das!" fiel er ihr ins Wort.

"Sag ihm doch das andere", ermahnte Virgil voll Ungeduld.

"Vinska verfärbte sich. "Lieber Pavel", begann sie, "lieber Pavel, deine Mutter ist angekommen."

Er zuckte zusammen: "Wo ist sie?... ist sie in meinem Hause?"

"Nein, sie hat in dein Haus nicht treten wollen, bevor du da bist. – Sie hat auch nicht zu mir kommen wollen", setzte sie hinzu.

"Hast du sie eingeladen?-

"Ja, ich hab sie eingeladen, zu mir zu kommen und bei mir auf dich zu warten. Sie hat nicht gewollt; sie wohnt beim Wirt, aber von dir erzählt habe ich ihr den ganzen Tag, und sie hat sich gar nicht satt hören können. Dann ist sie hinaufgegangen zu deinem Haus. Sie wird jetzt dort sein."

Pavel war zumut, als ob ein großes Stück Eis auf seine Brust gefallen wäre: "Gut", murmelte er, "gut, so geh ich", aber er rührte sich nicht. Sein unstet irrender Blick begegnete dem der Vinska, der angstvoll gespannt auf seinem finsteren Gesichte ruhte, und plötzlich sprach er: "Ich dank dir, daß du sie eingeladen hast."

"Nichts zu danken", versetzte Vinska.

Die Herzen beider pochten hörbar, deutlich las jeder in der Seele des andern. Sie fand in der seinen nicht mehr die alte Liebe, aber auch nicht mehr den alten Groll; die ihre war in allen Tiefen erfüllt von schwerer, von nutzloser Reue, hervorgegangen aus dem Bewußtsein: Was ich an dir gefrevelt habe, vermag ich nie wiedergutzumachen. Ohne noch ein Wort zu wechseln, schieden sie.

Pavel ging langsam die Dorfstraße hinauf. – Die Sonne versank hinter den waldbekränzten Hügeln, scharf und schwarz ragten die Wipfel des Nadelholzes in die purpurfarbige Luft. Auf das Grubenhaus hatten klare Schatten sich gebreitet, sie glitten über sein ärmliches Dach, trübten den Glanz seiner kleinen Fensterscheiben und umflossen eine hohe Gestalt, die vor dem Gärtchen stand, vertieft in den Anblick des untergehenden Tagesgestirns.

Die Mutter, sagte sich Pavel – die Mutter.

Da war sie, ungebeugt von der Last der letzten zehn Jahre, ungebrochen durch die Schmach ihrer langen Kerkerhaft. Pavel setzte seinen Weg fort – nicht mehr allein! Das unterdrückte Geräusch von flüsternden Stimmen, von Schritten, die ihm nachschlichen, schlug unsäglich widerwärtig an sein Ohr. Eine Schar von Neugierigen gab ihm das Geleite und wollte Zeuge sein der ersten Begegnung zwischen Mutter und Sohn. Er sah sich nicht um, er ging vorwärts, äußerlich ruhig, seinem Verhängnis entgegen. -

Die Mutter hatte sich gewandt, erblickte ihn, und Wonne, Stolz, erfüllte Sehnsucht leuchteten in ihren Augen auf; aber sie blieb stehen, wo sie stand, mit herabhängenden Armen, sie sprach ihn nicht an.

"Grüß Euch Gott, Mutter", sagte er rasch und gepreßt; "warum bleibt Ihr vor der Tür, tretet ein."

"Ich weiß nicht, ob ich soll", antwortete sie, ohne ihn aus den Augen zu lassen, aus denen eine Liebe sprach, ein glückseliges Entzücken, die wie Licht und Wärme über ihn hereinströmten. "Ich habe nicht gedacht, dich so zu finden, Sohn –" ihre Stimme bebte vor tiefinnerlichstem Jubel -, "nicht so, wie ich dich finde. Ich möchte dir nicht Schande bringen, Pavel."

Nun faßte er ihre Hand: "Kommt, kommt, und noch einmal: Grüß Euch Gott." Er führte sie ins Haus und sah, daß sie unwillkürlich das Zeichen des Kreuzes machte, als sie es betrat. "Setzt Euch, Mutter", sagte er; "ich hab Euch viel zu sagen, viel Trauriges..."

Sie war seiner Aufforderung gefolgt, sah sich bewegt und staunend in der Stube um und sprach: "Was du mir sagen willst, weiß ich im vorhinein: daß ich hier nicht bleiben kann. Es ist mir nicht traurig – eine Freude nur, daß ich dich so gefunden habe, wie du bist, wie ich dich sehe... Nie wäre es mir in den Kopf gekommen, Sohn, daß ich dir beschwerlich fallen will, und wie du geschrieben hast: Ich bau ein Haus für Euch, da habe ich gedacht: Baue! und Gott segne jeden Ziegel in deinen Mauern. Baue! baue! aber für dich – nicht für mich."

"Warum habt Ihr so gedacht?"

"Weil du mich hier nicht brauchen kannst", antwortete sie ruhig und ohne den Schatten eines Vorwurfs. Er aber murmelte: "Was meint Ihr?"

"Wenn dich in den vielen Jahren dein Herz an die Mutter gemahnt hätte", fuhr sie in ihrer Gelassenheit fort, "hättest du dich manchmal nach ihr umgeschaut. Du hast es nie getan, und darum bin ich auch nur gekommen, weil ich es nicht mehr ausgehalten habe, dich nicht zu sehen, und gehe wieder, heute noch."

"Wohin? Ihr könnt doch nicht wieder in den Kerker zurück?"

"Das nicht; aber in unser Spital, wo ich Krankenwärterin bin."

"So, Mutter, so? Seit wann?"

"Seit ein paar Monaten schon."

"Das muß was Schweres sein, Krankenwärterin bei den schlechten Leuten."

"Schwer und leicht; die Ärgsten werden oft die Besten, wenn sie einen brauchen... und schwer oder leicht, was liegt daran? Ich hab dort einmal mein Heim; ich bin zufrieden. Oh lieber Gott, mehr als zufrieden –" und wieder umfaßten ihre strahlenden Blicke den Sohn mit unergründlicher Liebe. "Mehr als zufrieden, weil ich dich jetzt gesehen habe, so stark, so brav, so gesund... Und mein zweites Kind, das sie dem lieben Herrgott geschenkt haben, das ich nicht sehen darf – Milada..." Pavel stöhnte -, "ist sie schon eine kleine Klosterfrau?"

"Nein, Mutter."

"Nein?" Sie erbebte bei dem gramvollen Ton seiner Worte. "Nein", murmelte sie mit trockenen Lippen und stockendem Atem, "noch nicht würdig befunden worden dieser höchsten Gnade?"

"O Mutter", rief Pavel, "wie redet Ihr? – nicht würdig? Sie war eine Heilige... Das ist das Traurige, das ich Euch gleich habe sagen wollen – Milada ist tot."

"Tot..." Zweifelnd, dumpf und gedehnt sprach sie es ihm nach und schrie plötzlich: "Nein, nein!"

"Seit drei Tagen, Mutter."

Sie sank zurück, erdrückt von der Wucht eines Schmerzes, der mächtiger war als sie. – Allmählich erst kam wieder Leben in ihre Züge, und ihre Starrheit wich dem Ausdruck wehmütiger Begeisterung: "Ich glaube dir, Sohn, ich glaube dir. Sie war eine Heilige, und jetzt ist sie im Himmel, und dort werde ich sie finden, wenn es dem Herrn gefallen wird, mich abzurufen."

"Mutter", entgegnete Pavel zögernd, "hofft Ihr denn, daß Ihr in den Himmel kommen werdet?"

"Ob ich es hoffe? – Ich weiß es! – Gott ist gerecht." – "Barmherzig sagt... Sagt Ihr nicht barmherzig?" Seine Mutter richtete sich auf: "Ich sage gerecht", sprach sie mit einer großartigen Zuversicht, vor der alle seine Zweifel versanken, die einen Glauben an dieses arme, verfemte Weib in ihm entzündete, fester, treuer, seligmachender als je ein Glaube an das Höchste und Herrlichste. Er trat näher, sein Mund öffnete sich; sie erhob bittend die Hände: "Frag mich nicht mehr, ich kann dir nicht antworten... Die Frau hat am Altar geschworen, ihrem Mann untertänig zu sein und treu... Dafür wird er unserem Herrgott dereinst Rechenschaft über sie ablegen müssen.

Mög ihm der ewige Richter barmherzig sein. – So bete ich, und so sollst auch du beten und schweigen und nicht fragen."

"Nein", beteuerte er, "nein – und ich frage ja nicht. Ich bitte Euch nur, daß Ihr es von selbst aussprecht, daß Ihr keinen Teil habt am Verbrechen des Vaters... Erbarmet Euch meiner und sprecht es aus..."

Ein schmerzliches Lächeln umspielte ihre Lippen: "Pavel, Pavel, das tut mir sehr weh... Es hat mir ja oft einen Stich ins Herz gegeben: – Wer weiß, was die Kinder denken? – Ich hab mich immer davon losgemacht wie von einer Eingebung des Bösen... Das war gefehlt." – Sie hob das Haupt, ein ernster und edler Stolz malte sich in ihren Zügen. – "Ich hätte dir nicht über die Schwelle treten sollen, bevor ich zu dir gesagt hätte: Ich bin unschuldig verurteilt worden, Sohn." Da brach er aus: "Barmherziger Gott, wie schlecht war ich gegen Euch!..."

"Klage dich nicht an", versetzte sie mit unerschütterlicher Ruhe, "du warst so jung, als ich dich verlassen mußte. Du hast mich nicht gekannt."

"Mutter", konnte er nur sagen, "Mutter..." und er stürzte vor ihr nieder, barg sein Haupt in ihrem Schoß, umschlang sie und wußte, daß er jetzt seinen besten Reichtum, sein Kostbarstes und Teuerstes in seinen Armen hielt. "Bleibt bei mir, liebe Mutter", rief er. "Ich werde meine Hände unter Eure Füße legen, ich werde Euch alles vergelten, was Ihr gelitten habt. Bleibt bei mir." Und sie, verklärten Angesichts, einen Himmel in der Brust, beugte sich über ihn, preßte die schmale Wange in seine Haare, küßte seinen Nacken, seine Schläfen, seine Stirn. "Ich weiß nicht, ob ich darf", sagte sie.

"Der Leute wegen?"

"Der Leute wegen."

Da sah er zu ihr empor: "Was habt Ihr eben gesagt? – Die Ärgsten werden oft die Besten, wenn sie einen brauchen. Nun, liebe Mutter, das müßt doch kurios zugehen, wenn man zwei Menschen, wie wir sind, nicht manchmal brauchen sollte. Bleibt bei mir, liebe Mutter!"